복 주시는 하나님

두려워하지 말라
내가 너와 함께 함이라 놀라지 말라
나는 네 하나님이 됨이라 내가 너를 굳세게 하리라
참으로 너를 도와 주리라
참으로 나의 의로운 오른손으로 너를 붙들리라

(이사야 41장 10절)

항상 기뻐하라 쉬지 말고 기도하라
범사에 감사하라
이는 그리스도 예수 안에서 너희를 향하신
하나님의 뜻이니라.

(데살로니가전서 5:16-18)

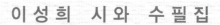

이성희 시와 수필집

복 주시는
하나님

이성희 지음

도서출판 새한

다섯 번째 책을 내면서

이 책을 내도록 인도해주신 하나님아버지께 영광과 찬양을 올려 드립니다.

제가 책을 내게 된 것은 제 뜻이 아니라 보배들이 응원이요 하나님 아버지의 전적인 은혜입니다. 고난도 모질게 겪어 온 지난날이 있어 오늘의 저를 만드신 것입니다. 인생의 사계절에 이제 겨울 앞에 살고 있기에 지금 누리는 행복을 나누고 싶어 책을 내게 되었습니다.

저는 참 복이 많은 엄마요, 할머니입니다. 저는 오직 하나님 아버지 은혜와 사랑하심으로 지금까지 살고 있습니다. 젊어서 천국 갈 거라고 영정사진도 촬영해 보관하고 있는데 이렇게 살려주시고 다섯 번째 책을 내게 하신 하나님 아버지께 영광을 드립니다.

우리 보배, 특히 장녀 벽옥진주 이선정 사모에게 배꼽인사 하고 싶습니다. 딸로 태어나 철없는 엄마 품에서 자라면서 고생 많이 시켜 정말 미안하고 고맙습니다. 황옥 이호기 목사님도 배꼽 인사드리고 싶습니다. 이번 책도 장녀가 수고하여 예쁜 책으로 엄마와 아빠의 삶을 하나님 아버지 주신 복을 전하게 하시니 감사합니다.

사남매와 외손 친손 일곱 보배들이 함께 기뻐하며 축하해 주니 참 고맙습니다. 막내 딸 비취 은아 사모, 홍옥 김익조 목사님 감사합니다. 막내아들 교장 자수정 이헌체 목사님, 청옥 민정사모 감사합니다. 장남 남보석 이헌석 목사님, 담황옥 애경사모 고맙습니다. 사랑하는 나의 보배들 예진이, 예찬이, 하진이, 현민이, 한결이, 라엘이, 은결이 사랑하고 축복하는 나의 보석들아 할머니가 되게 해주어 너무 고맙고 행복합니다.

구년 전 행복하게 사시다 천국가신 남편 이동근 목사님 사랑하고 존경합니다. 지금도 꿈 속에 오셔서 바지 맞추어 입어라 하시고, 돈있나 걱정하시는 사랑 많으신 당신께 천국에서 우리 보배들이 얼마나 엄마 할머니를 행복하게 잘 해주는 것 보시기 바랍니다.

홀로 사는 처형 돌보시며 무엇이든지 채워주시는 제부 김 목사님, 동생 사모에게 감사합니다. 참기름과 성주참외와 고기를 사주시면서 잘 먹으라고 언제나 위로해 주십니다.

엄마 같은 언니, 기도해주고 사랑해주어 감사합니다. 시인이 된 막내 남동생 성진이, 예쁜 누나 다 늙었다고 울던 동생아 누나 나이가 늙어야지 하고 웃었지, 고맙다. 나를 사랑하고 우는 네 모습이 감사하더라. 행복합니다.

복 주시는 하나님

날마다 예쁜 사진과 편지 주시는 부곡교회 손부경 목사님과 사모님 갈비탕 사주시면서 감기에 먹고 이기게 하신 사랑 참 감사합니다. 부족한 저를 위해 바쁜 중에도 추천사를 써 주신 김철봉 목사님, 서임중 목사님께 감사드립니다.

아름다운 책 '복 주시는 하나님'을 출판해 주신 새한출판사 민병문 장로님께 진심으로 감사를 드립니다.

이 행복 하나님 아버지 주신 복입니다. 모든 분들 행복하셔요. 사랑합니다.

2024년 새 봄에 창녕부곡 행복의 동산에서.

하나님의 딸, **이성희**(명자, 드보라) 드림.

감동이 멈추지 아니하는 신앙고백

김 철 봉
(전임 고신총회장, 사직동교회 원로목사)

시인이요 수필가 이성희 사모님의 손으로 다섯 번째 수필집 "복 주시는 하나님"이 세상에 나왔습니다. 먼저 왜정 말기 그리고 6·25전쟁과 보릿고개 시절, 그 고통의 시대를 살아내신 전형적인 부모세대로서는 보기 드물게 부부사랑을 보여주셨던 이동근 목사님과 이성희 사모님!! 저희들이 신학생과 목회 초년병 시절, 그때 이동근 장로님은 특유의 밝은 미소와 친절로써 고신총회와 우리들을 참으로 많이 섬겨 주셨습니다. 친근한 호칭~장로님!! 그리고 이후 목사님 곁에는 언제나 이성희 권사님(사모님)이 계셨습니다. 문예인이기 전에 이성희 사모님은 너무나 뛰어난 현모양처셨기에 이 목사님은 늘 미소 띤 얼굴로 행복에 겨워하셨으며 자녀들은 그럴 수 없이 밝고 아름답고 씩씩하였습니다.

5부로 이루어진 이 책은 감동이 멈추지 아니하는 신앙고백이요 사랑의 노래입니다. 5부의 시 '세월의 강을 건너며 남기고 싶은 은혜'가 이를 말해줍니다. 인생 동지이자 부군이신 목사님을 그리워하는 글 '스승 같은 당신에게'와 '하나님이 하셨습니다'가 이를 단적으로 보여줍니다. 사모님의 눈에 벽옥진주같은 장녀 이선정 사모, 황옥 같다는 사위 이호기 목사~~ 자녀 여러분은 이 땅에서 최고의 어머님을 모시고 있으니 참으로 부럽습니다. 이성희 사모님, 진심으로 축하드리며 축복합니다.

정심(正心), 그리고 또 정심(淨心)의 삶을 연주하시는 이성희 사모님

서 임 중
(포항중앙교회 원로목사, 전, 경안신학대학원대학교 총장)

우리가 상용하는 고사성어 가운데 백문불여일견(百聞不如一見)이란 말이 있습니다. 백 번 듣는 것이 한 번 보는 것만 못하다는 뜻으로 무엇이든지 경험해야 확실히 알 수 있다는 뜻입니다.

이성희 사모님의 다섯 번째 귀한 저서에 부족한 사람이 추천사를 올릴 수 있음은 하나님의 선하신 뜻이 있음을 고백하면서 영광이고 기쁨입니다. 이 글을 쓸 수 있음은 언양 평리교회 이호기 목사님과 사모님을 만난 것이 인연이고 사모님의 어머님이 저자라는 말씀을 듣고 왠지 모르게 마음이 젖어드는 행복 감동이 있었습니다. 참 좋은 어머니의 그 딸이라는 생각을 지울 수 없습니다.

내가 처음 이호기 목사님 내외분을 만났을 때 내 마음에 담겨진 것이 있습니다. 그것은 정심(淨心)과 순수무잡(純粹無雜) 그리고 지성사역(至誠使役)이었습니다. 범사를 깊이 볼 수 있는 통관(通觀), 그러면서 어떤 상황에서도 이해와 감사를 담아내는 그 마음자리가 아직도 내 마음에 담겨있는 느낌입니다. 사모님의 추천사를 부탁 받았을 때 주저했던 것은 귀한 저서에 누가 될까 싶은 마음이었으나 저서를 읽어보면서 한마디 덧붙여야겠다는 마음으로 기쁘게 추천사를 올리게 되었습니다.

이번에 이성희 사모님이 삶의 현장의 감동 이야기를 진솔하게 그려낸 〈복 주시는 하나님〉을 출간하게 되어 더 없는 축복이라 생각합니다. 하나님을 향한 믿음도, 이웃을 향한 사랑도, 교회를 향한 아름다운 헌신도 더 깊고 넓은 삶으로 인도하는 나침반의 역할을 하리라 믿습니다.

플라톤은 그의 위대한 저서 '공화국'을 저술할 때에 맨 처음 문장 하나를 쓰는데 아홉 번을 써 보고 고쳐 쓰고 난 후에 만족했습니다. 최고의 권위를 갖는 영어사전을 완성하기 위하여 웹스터는 대서양을 두 번이나 건너다니며 자료를 수집했는데 장장 36년간을 소모하며 그 웹스터 사전을 완성했습니다. 밀턴은 그의 저서 '실낙원'을 완성키 위하여 매일 새벽 4시에 일어나서 글을 썼습니다.

지성감천 지성무식(至誠感天, 至誠無息)이라는 말이 있습니다. '지극한 정성은 하늘도 감동시키고 지극한 정성은 쉬지 않는 것이다.'라는 뜻입니다. 현대사회에서 절체절명의 윤리를 하나 고른다면 '성(誠)'이라고 할 수 있겠습니다. 사람들은 일반적으로 지성감천

(至誠感天)은 잘 아는데 지성무식(至誠無息)에 대해서는 간과하는 경향이 있습니다. 그러나 지성무식, 즉 지극한 정성을 기울이되 쉬지 않고 끊임없이 해 나갈 때 감천(感天)이 되는 이 '성(誠)'의 우직한 연속성을 잊어서는 안 됩니다. 〈복 주시는 하나님〉은 이성희 사모님의 지성무식이기에 지성감천이 되리라 확신합니다.

신앙생활에서 경험된 가장 적절한 내용을 진솔하게 삶의 교훈으로 그려낸 이 한 권의 책이 서재 책장에 꽂혀있는 책이 아니라 독자들의 손에 들려져 읽고 또 읽어질 것이라 확신합니다. 그만큼 내용이 오늘을 살아가는 삶의 현장에서 보다 가치있는 정신적 신앙적 삶의 트랜드(trend)를 제시하는 나침반의 역할을 할 수 있으리라는 것이 나의 마음이었습니다.

정심(正心), 그리고 또 정심(淨心)의 삶을 연주하시는 이성희 사모님의 사역이 더욱 아름다움으로 꽃피우기를 기도하면서 이 한권의 책을 통해 우리 모두의 삶이 더욱 깊고 넓은 십자가 복음의 생활이 되었으면 좋겠습니다.

Contents

PART 1.
세월, 봄, 여름, 가을, 그리고 겨울

PART 2.
아름다운 사람들, 가족, 이웃, 그리움

PART **3.**
그리고 자연, 그 아름다운 꽃

PART 4.
하나님이 하신 일, 그 은혜

PART **5.**
세월의 강을 건너며, 남기고 싶은 흔적

세월, 봄, 여름, 가을, ———

그리고 겨울

God who Blesses

2024년 새해의 기도

하나님 아버지
새해를 주시니 감사와 찬양을 드립니다
어려움과 역경 속에서도 견디게 하시고
저희 가족 열여섯 사랑하는 보배들을 지켜 주시고
이웃들과 이 나라를 지켜주셔서 참으로 감사와 찬양을 드립니다

2024년 새해에도 하나님 아버지의 뜻에 합당하게 살도록
예수님 손잡고 성령님이 제 영혼을 깨우사 인도하여 주소서
날마다 말씀 붙잡고 기도하며
사랑의 노래 행복의 노래 부르게 하소서
하나님을 기쁘시게 이웃이 기쁘게 내가 기쁘게
살 수 있도록 성령님이 인도하소서

찬란한 아침 태양 사랑빛 희망빛을 닮아서
따뜻한 사람 밝은 사람으로
열심히 살면서 두 손에 있는 것은
이웃들에게 나누며 베풀며 섬기며 살게 하소서

남은 날을 계수하는 지혜를 주시고
지난날을 원망하거나 불평하지 않게 하소서

하나님 아버지 아름다우심을 본받아서
예쁜 마음 밭에 사랑의 꽃 감사의 꽃 소망의 꽃
향기를 내며 행복의 꽃향기를 풍기게 하소서
성령의 아홉 가지 꽃들이 열매 맺게 하소서

사랑과 희락과 화평과 오래 참음과 자비와 양선과
충성과 온유와 절제 아홉 가지 성령의 열매 맺게 하소서
최고의 하나님께 최선을 다하는 아버지 딸이 되게 하소서
예수님 이름으로 간절히 감사하며 기도드립니다 아 멘.

복 주시는 하나님

새해 새 소망

주님 새해를 주셔서 감사드립니다
새해에는 찬송하며 살게 하소서

하나님 사랑 이웃사랑 찬송하게 하소서
구원하신 그 은혜 갚을 길 없어

날마다 찬송으로 살게 하소서
기쁨으로 사랑으로 부르게 하소서

새해 새 소망 주신 주님께
온 몸 다해 정성 다해 찬양 하게 하소서

하늘 보좌 아버지 기뻐하시고
사랑의 예수님 기뻐하시고

우리들도 기쁨의 춤추게 하소서
주님 찬양하면서 춤추게 하소서 아 멘.

이 백성은 내가 나를 위하여 지었나니 나의 찬송을 부르게 하려 함이니라.
이사야 43장 21절 말씀. 2020년 1월 3일 주님이 주신 은혜의 찬양시

1999년 1일 1일 새해기도

주님을 사랑하는 마음이 변치 말게 하소서
뜨거운 가슴으로 주님을 만나고
사랑의 눈으로 이웃을 만나고
겸손한 마음으로 주님을 만나고
온유한 마음으로 이웃을 만나고
오직 주님의 영광을 위해 땅 끝까지
주님 복음을 전하게 하소서
오직 남은 시간 주님을 위해 살고
주님을 위해 불태우는 삶의 끝자락을 붙드는
기쁨과 감사와 찬양의 삶이 되게 하소서
주님 새해에는 더욱 사랑의 가슴이 되어
우는 자와 함께 울게 하시고
기뻐하는 자와 함께 기뻐하게 하소서
저와 저의 온 가족들이
하나님이 기쁘시게
이웃이 기쁘시게
나를 기쁘게 하며 살며 사랑하며 한해를 맞게 하사
끝남이 후회 없는 삶이 되게 하소서
예수님 이름으로 기도 드립니다 아 멘.

복 주시는 하나님

2023년 1월 17일 만난 새해기도

울면 안 돼 울지 마
매일 자신에게 한 말입니다
이사야 41:10 말씀을 붙잡고 야곱처럼 씨름하며 살았지요
24년 전 그날의 이성희 권사에게 칭찬을 했습니다
그 어떤 환경 속에서도 원망이나 좌절하지 않고
오직 하나님 아버지 예수 그리스도 성령 하나님만 믿고
굳센 믿음과 사랑과 용기를 품고 살아낸 이성희에게
뜨거운 박수를 보냈습니다 갑자기 변한 환경에도
좌절하지 않게 하신 하나님 아버지께 영광을 올려 드립니다
시편 23편을 생명의 말씀으로 붙잡고 살아가다 보니
그 말씀대로 살게 하셨더이다
사망의 음침한 골짜기를 지나도 주님이 함께하셔서
지팡이로 막대기로 의지하게 하시고
조롱하는 원수들의 목전에서 잔칫상을 차려 주시더이다
주님의 선하심과 인자하심이 영원토록 함께 하시더이다
내가 여호와의 전에서 영원히 살게 하시더이다
독수리를 훈련하시듯 우리 가족들을 훈련하시더이다
겸손을 배우고 자비와 긍휼의 마음을 주시더이다
[무릇 지킬 것 무엇보다 네 마음을 지켜라 생명의 근원이 이에서 남
이니라 잠언 4:23]
성령님의 도우심으로 마음을 지킬 수 있더이다 날마다 성령님의
도우심을 구하시면

좋은 길로 좋은 생각으로 좋은 하루를 선물로 주시더이다
무궁화 꽃이 하루만 피듯이 하루만 최고의 하나님께 최선을
다 하는 동안 봄 여름 가을 겨울이 지나가더이다
인생의 겨울 앞에서 최고의 아름다운 봄날을 맞을 준비를 하며
행복의 노래를 부르며 하루를 살아갑니다
이렇게 행복한 마음일줄 정말 몰랐습니다 할렐루야 아 멘.

이날의 기도는 참으로 힘들 때였습니다.
25년 살던 창녕부곡 112평의 주택에서 사업하다 IMF로 빈손으로 나와서
장남을 부산영도고신대학에 복학을 시켜 놓고 150만원 전세에 달세 10만
원에 4개월 살다가 세 개의 방 월 20만원으로 옮기는 새벽에 드린 기도입니
다.

새해 새 소망

새해가 어김없이 우리에게 선물로 왔더이다
태양은 황금빛으로 보랏빛으로 무지갯빛으로

변함없이 찾아와서 사랑을 희망을 노래하게 합니다
사람들은 변해도 태양은 변하지 않고 찾아옵니다

그 보다 태양은 제 자리에 있고 지구별이 도는데
사람들은 모르고 해가 뜨고 진다고 말합니다

지구가 초록 별로 우리에게 선물로 생명을 주는데
사람들은 새해 하루만 복을 받으려 몰려듭니다

날마다 돌고 도는 초록 지구별을 하나님 손길로
멈추신다면 우리는 나뭇잎에 물방울입니다

하나님이 세우신 대한민국을 누가 망하게 합니까
목숨 걸고 기도하며 부르짖는 하나님의 자녀들

그 들이 이 땅에 민들레처럼 무궁화처럼 피고 지는데
하나님이 보우하사 우리나라 만만세 선열들의 피 흘림

이 땅에 거름되어 딛고 사는 우러들이 할 일은
내 마음 내 가정 내 나라 도둑맞지 않도록

목숨 걸고 힘을 다해 나라 가정 지키기를 하나님께 올립니다

새해의 기도

하나님 아버지
새해를 맞게 하시니 감사와 찬양을 드립니다
수많은 재난 속에 한 해가 지났는데
저희 가족과 저희 교회와 이 나라를 지켜 주셔서 감사드립니다

새해에는 주의 손을 꼭 붙잡고 찬양하며
앞으로만 걷게 하소서
뒤 돌아보지 말게 하시고 하루만
최고의 하나님께 최선을 다하는 날들이 되게 하소서
찬란한 태양을 반가워 맞으며 사랑을 나누며 살게 하소서

두 손에 있는 것 무엇이든지 나누며 베풀며 살게 하소서
남은 날을 계수하는 지혜를 주소서
원망이나 불평이 없게 하시고 감사와 기쁨으로
기도하며 살게 하소서
하나님 아버지 주신 예쁜 마음 밭에
아홉 가지 꽃들이 피어나게 하소서

사랑과 희락과 화평과 오래 참음과 자비와 양선과 충성과 온유와 절제
아홉 가지 꽃들이 열매로 맺게 하소서

잠깐 소풍 나온 이 땅에서 사랑하는 저희 가족들과 이웃들에게
아름다운 꽃향기 나는 좋은 사람이 되게 하소서

감사의 노래가 행복의 노래가 나오게 하소서
하루를 천년같이 귀하게 여기며 최선을 다 하는 한해가 되게 하소서
거룩하신 예수님 이름으로 간절히 기도드립니다 아멘.

2023년 1일 1일 새해를 맞이하며

1일이 주고 간 희망

아름다운 태양이 활짝 웃으며 왔었네
새해라고 새 소망을 가지라고 웃었네
매서운 칼바람 불어도 햇살은 웃었네
동백은 겨울을 이기고 피어 웃었네

새해라고 햇살은 찬란하게 빛나고 있네
세상은 어두워도 희망은 숨어 었었네
이 또한 지나가리라 웃어라 속삭이네
태양처럼 환히 빛나도록 웃어라 하네

나 있을 동안에 사랑하며 지내라 하네
1월이 가지고 온 서른한 개의 진주 보석
손바닥위에 올려진 희망이라는 이름
하루 만 지나면 사라지는 보석 한 알

새해는 좋은 이웃들과 행복해야지
사랑하는 이웃들과 웃으며 지내야지
내가 사는 이 땅에서 행복 해야지
주님 주신 에덴동산에서 나누며 살아야지

복 주시는 하나님

1월에 내린 은구슬 비

새해 새 희망품고 맞이한 정월 열 사흗날
초록 동백잎새 위에 초록비가 내리더이다
어제만 해도 황금빛 햇살 속에 있던 하늘
하얀 솜구름 이불 덮고 은구슬비 내려 주네요

얼었던 동백잎새 반짝이며 흔들며 춤추고
철쭉 잎새들도 빗방울 친구하며 춤추더이다
태풍에 누워버린 복숭아나무도 은구슬 송송
초록빛 상사화 잎새 흔들며 기뻐하더이다

이렇게 아름다운 그림 속에 나를 부르신 분
여기까지 나를 살게 하시고 지키신 그 사랑
독한 코로나도 이기게 하신 그 은혜 그 감사
구름 이불펴사 은구슬 비 내려 주신 그 축복

땅에 있는 모든 만물들 기뻐 춤추며 노래하는 데
전깃줄에 앉은 비둘기 한 마리 은구슬 비에 씻더이다
새해 새소망 가득한 나날 속에 만난 아름다운 날
행복한 마음 주신 창조주아버지께 감사드리나이다

오십 삼년 살아온 정겨운 부곡 이천 삼백 가정마다
행복의 노랫소리 감사의 노랫소리 들리게 하소서
삶의 길은 고해라 했기에 견디고 버티게 하소서
행복은 아름다운 삶을 살아내는 것에 숨어 있더이다

2월의 기도

하나님 아버지 감사합니다
아름다운 이월 열 이튿날
좋은 아침 주신 아버지를 찬양합니다
나 같은 죄인 못나고 부족한 저를
하나님 아버지 딸로 불러 주시고
지금까지 사랑으로 보살피시고
먹이시고 입히시고 고치시고
다듬으신 그 크신 은혜를 말로서는
글로서는 다 할 수 없더이다
감사합니다 고맙습니다 더 좋은 말이 없음이
아 아 있습니다 사랑합니다 정말 정말
아름다운 말 사랑합니다 아버지 하나님
이렇게 좋은 말 아름다운 말 아버지 아버지
상천하지에 한 분이신 내 아버지 하나님
사랑합니다 정말 정말 사랑합니다
천지 만물을 만드시고 다스리라 하신 말씀
오늘도 주신 천지 만물 가운데
열심히 사랑하겠나이다 하나님 아버지
아름다운 이 땅에 사랑을 회복 시켜주소서
하나님이 가르치신 한 가지나 이웃을 내 몸과 같이
사랑하라 하신 그 말씀을 실천하지 못하나이다
나를 좋아하는 사람은 나도 좋아하고
나를 미워하는 사람은 나도 미워지더이다
내 몸처럼 사랑하라 하시는 말씀대로
살지 못함을 회개하나이다

복 주시는 하나님

하얀 옷을 입혀주신 2월

칼바람 속에 찾아온 이월 초열흘 아침
초록 동백나무에 새하얀 옷이 입었더이다
너무도 놀라 소리를 질렀지요
[아이 예쁘다 이렇게 고운 옷을 입히시다니요]
핸드폰 속에 사진을 찍어보며 행복 했지요

오랜만에 만난 하얀 눈꽃은 동백나무 산수유
모과나무 매화나무 미니 사과나무 개암나무
뽕나무 감나무 측백나무 홍단풍 복숭아나무
어찌 그리 고운 옷을 새하얗게 입었든지
흰 옷 입은 우리 민족 생각나게 하더이다

하얀 무명옷을 입고 하얀 마음으로 살던 우리가
조그만 음식도 나누며 이웃이 아프면 찾아가던 모습
쌀을 들고 가고 계란 들고 가고 닭 한 마리 들고 가고
집에 있는 그 무엇이든지 들고 가서 위로하던 모습

지금도 그 습관 배우고 살아왔기에 그렇게 살고 보니
넘치고도 채우시는 하나님 아버지 사랑과 은혜더이다
하얀 마음 주고 싶은 마음 날마다 나누고 싶은 마음
대한민국 우리 조상들이 심어주신 긍휼의 마음이더이다

2월이 주고 간 슬픔

핏빛 동백꽃이 친구로 찾아온 날에
사랑하는 이웃이 떠났다 하더이다

농협에서 반가워 인사하려다 못한 것은
부부가 함께 통장을 보고 있더이다

정겨운 모습이 너무 좋아 보였기에
부부란 함께한 모습 사랑스럽더이다

좋은 모습 바라보며 혼자 웃으며
인사도 못하고 마음으로 했었지요

[행복하셔요 오래 오래 서로 섬기셔요]
며칠 후 들린 소식 너무도 가슴 아파

꺼이꺼이 통곡하며 온 밤을 지냈지요
사랑하는 오십년 이웃이 떠났더이다

인생은 이 땅에 잠시 나그네로 온 거라고
천국을 만드시고 주님이 말씀하시더이다

복 주시는 하나님

삼일절 아침에

선열들의 피울음 소리 들리는 듯 한 삼월 하늘 바라보며
조국의 독립을 목숨과 바꾸며 살다 가신님들 앞에

찬란한 태양을 마음껏 바라보며 대한 독립 만세
하나님이 보우하사 우리나라 만세 만세 만만세

백 삼년 전 흘리신 고귀한 선열들의 피밭에서
우리는 너무나도 풍요롭고 넘치도록 살아가는데

들리는 소식들은 부끄러운 일들이 너무 많아
사람이 못할 짓을 하는 소수의 사람들로 인해

조국을 보시는 선열들 앞에 무어라 하리이까
이런 모습 보려고 귀한 목숨 바치신 것입니까

사랑하고 나누고 베풀며 사랑으로 하나 되기를
아름다운 조국 강산에서 충 효 예 지기며 살기를

[이천만 동포여 가슴에 칼을 품고 조국을 지키소서]
그날에 선열의 피울음 소리 하늘가에 들리는 듯 하는데

해종일 일본의 만행을 티브이로 보며 가슴속 불덩이 하나
부디 좋은 대통령 세워 아름다운 이 나라 반석위에 세워 주소서

삼월을 보내며

분홍 매화꽃 황홀한 웃음 웃게 하고
샛노란 산수유 꽃 잔치 열어 주고

돌아온 수선화 행복한 웃음 웃게 하고
핏빛 동백꽃 송이 활짝 웃게 하고

복숭아꽃 봉오리 잠깨어 웃게 하고
새하얀 자두꽃 학사하게 웃게 하고

잠자든 모과나무 깨워 연두빛 잎새 웃고
붉은 단풍잎 깨워서 놀란 눈뜨게 하고

새하얀 목련화 바람 친구하며 웃게 하고
봄까치꽃 주저리 모여 소곤거리며 웃고

꽃자주빛 철쭉꽃 사랑받으며 웃어주고
황홀한 아침 햇살 사랑빛 비추이는 곳

만물을 소생시킨 하나님 사랑 마음
그 사랑 마음에 담아 힘든 세상 견디소서

복 주시는 하나님

삼월이 준 선물

아름다운 봄꽃들이 웃고 있는 삼월 스무닷샛날
오른 쪽 귀가 안 들려 병원 가는 길
소풍가는 아이마냥 차창을 바라보며
연둣빛 수양버들 경이롭더이다

까치둥지 두 개가 어찌 그리 예쁘든지
분홍 진달래 샛노란 개나리 고운 모습
봄날에 내가 받은 귀한 선물이더이다
살아 있어 볼 수 있고 만나는 풍경들

수첩에 옮기며 감동하는 나에게
길동무 목사님 바라보시며 하신 말
길만 나서면 그리도 좋으냐고
그렇게 긁적이는 것이 많으냐고 하시더이다

모진 아픔을 겪은 겨울 나그네이기에
매일 매일 새로운 선물이 감사하더이다
하루를 천년같이 천년이 하루 같다는 것
하나님 아버지 베드로에게 알게 하셨더이다

아름다운 봄날은 칼바람 겨울을 이긴 선물
우리에게 주시는 희망의 봄노래 부르게 하지요
새 순이 났어요 꽃들이 예쁘게 웃어요
볼 수 있다는 행복에 기쁨이 넘치더이다

사월을 보내며

삼월이 주고 간 꽃잔치 속에
사월이 회색 빛 하늘 안고 왔더이다
꽃들의 웃음 속에 하루하루 보내며
흐린 하늘 웃기를 기다렸지요
황금빛 햇살이 핏빛이라는 것을
눈을 감고 두 팔 벌려 두 손에
햇살을 받으며 알게 되었지요
사월의 나날 속에 들어 있는
가슴 아픈 자국들이 너무 많아서
사월은 봄꽃 웃음도 웃지 못하고 가네요
꽃보다 더 고운 찬란한 보석들이
산산이 부서진 이름이 되어 버렸네요
살아 있는 사람들의 가슴 가슴마다
잊지 못할 이름의 별이 되었네요
잔인한 사월이라고 누가 말했듯이
사월은 산 자의 가슴에 못을 박았네요
가신님들은 천개의 바람이 되었다지만
보낸 이들은 그 이름 그 모습 잊을 수 없어
그리움과 서러움이 가슴에 둥지 틀어
불덩이 안은 가슴으로 봄날이 가네요
마음 상체기는 언제쯤 나을는지 몰라
흘러가는 구름처럼 보내겠지요
사월아 가슴 아픈 사일아 잘 가거라
사랑하는 임들이여 편히 쉬소서
하늘나라 아버지 품속에서 사랑받으소서

복 주시는 하나님

오월에 만난 행복

아름다운 오월이 찾아오던 날 마음 설레었네
사랑하는 보배들 고운 모습들 만나서
엄마라는 거룩한 이름을 불러 주었네
할머니란 자애로운 이름 불러 주었네
가슴 가득 행복을 안겨다 주었네

오십육 년 전 오월 열엿샛날 새 색시 되던 날
사랑을 모르는 내게 사랑한다 했었네
얼굴도 모르던 사람이 마음을 받아 달라 했었네
보이지 않는 마음을 어찌 알 수 있으랴
목숨을 버릴 듯한 그의 열정에 마음을 주었네

세월의 강을 건너며 사랑스런 사 남매 안고
어느 사이 네 가정에 일곱 손자 손녀 안았네
만나면 안고 싶고 맛있는 것 먹이고 싶네
열다섯 보배들 바라보는 기쁨 축복이어라
오 년 전 천국가산 당신 빈자리 보배들이 채우네

찬란한 오월을 만나며

아름다운 흑장미 황홀한 웃음 웃는 날
오월 초하루 비단 천 짜는 내게 찾아 왔네
좋은 오월이 되기를 사랑하는 임들에게
사랑의 꿀 송이로 전화기를 돌렸네
초하루가 되면 전하는 아름다운 시간들
선한 말은 꿀 송이 같아 마음에 달고 뼈에 양약이라
기쁨의 소식 전하며 행복했었네
초하루 전하는 덕담하는데 막내 목사하는 말
[엄마 오늘 우리 가족 엄마 뵈려 갈께요]
기쁘고 놀란 마음 가눌 길 없어라
일월에 신년이라 다녀가며 식사도 못했었는데
이번에는 사랑의 밥 한 끼 먹여 보내리라
엄마가 이번에는 점심 먹여 보내고 싶다 했더니
갈비탕 사와서 먹을 거니 많이 준비 말라 하네
기쁜 마음으로 마트에 달려가니 문이 닫혔네
보배들 좋아한 닭강정 만들려 했는데
통닭을 시키고 냉장고 뒤져 조기 두 마리 굽고
집에 있는 반찬으로 준비를 했었네
쑥국을 끓이며 행복 했었네
엄마가 된 이 기쁨 할머니가 된 이 행복
음식을 만들 때면 이렇게 행복한 것을
사랑하는 보배들이 할머니 찾아오는 삼남매
반가운 인사 후 식사자리에 첫째 한결이 사촌가라네
둘째 라엘이 막내 은결이 사랑의 편지 전하네
사랑해요 할머니 아빠 낳아주셔서 고마워요
막내 은결이 할머니 위해기도 할게요
보배들 사랑편지 아카시아 꽃송이 담아 행복했었네

복 주시는 하나님

아름다운 오월을 만나며

사월이 지나가며 심술을 부리더이다
뼈를 찌르는 고통을 만나며 한 말은

주여 내 죄가 무엇인지 모르지만
용서하시고 이 고통에서 건져주소서

이 말을 하며 지나는 나흘간이 지나고
병원에 갔더니 코로나에 걸렸다 네요

아 이제는 아름다운 이 땅에도 마지막인가
비오는 길을 걸어오면서 하 하 웃었지요

왜 그리 웃음이 나왔는지 나뭇잎들도 웃고
길섶에 나팔꽃도 같이 웃어 주더이다

그래 그래 싸워보자 억지로 약먹고 밥 먹고
두 끼만 먹던 삭사 세끼 먹으며 싸웠지요

그런데 아무데도 아프지 않고 지나가데요
나 코로나 걸렸데 마음은 자꾸만 웃음이 나고

오월이일에 다 나왔다고 수고했다고 하네요
사월이 아픔을 주고 오월이 기쁨을 주네요

하나님 은혜 안에 모든 분들이 행복하시기를 빕니다

송정에서 만난 아침 해

아름다운 장미꽃 웃음 웃는 오월 초하루
사랑하는 비취부부가 부산으로 가자네요
코로나로 견디신 시엄니 병문안 가자네요
혼자 있는 엄마에게 효도하려 하는 마음

아무데도 안 가려는 엄마를 불러내더이다
오후 세시 반에 온다고 준비하라 하네요
마음 변하지 말라고 다짐하며 하는 말
엄마가 말잘 들어서 감사하다 하네요

광주에서 부곡까지 부산으로 가는 동안
하나님 아버지 은혜 감사하며 갔더이다
비취부부 바쁜데 쉬는 날이라 하네요
부곡동에서 사돈 태우고 송정으로 가더이다

코로나 이긴 홀로 사시는 사돈 눈물이 나더이다
송정에서 맛있는 '해물 소고기 샤브샤브 먹고
멋진 펜션에서 사돈과 함께 쉬고 아침 해 바라보며
또다시 가자고 하면 어디든지 가자고 하셨지요
해운대 달맞이 길을 열차로 달리며 행복했지요
아름다운 꽃길 민들이 사랑하는 사람들 부르는
해운대를 바라보며 행복한 마음 가득하더이다

복 주시는 하나님

두 엄니 모시고 다니는 비취부부 바라보며
고맙고 미안하고 꿈꾸는 것 같더이다

관광 열차 지나는 길에 맛있는 음식집 이름
우리 보배이름 하진이 집도 있더이다
가는 곳 마다 고운 꽃웃음 맞이하는 곳
다시 보고 싶은 송정 앞바다 뜨는 아침 해

[해야 나 이 성희야 부곡에서 여기 왔어]
아침 해랑 호연지기 된지 몇 십 년 세월이라
희망을 꿈꾸며 살아온 세월 속에 만남 친구
아침 해도 놀라 반기며 얼굴 바라보더이다

송정을 지나 해운대 금수 복국 집에서
영도에서 먹어본 복국을 먹었지요
길동무 목사님 좋아 하시는 복국이라
마음이 저려도 숨기고 열심히 먹었지요

비취부부 행복은 두 어머니 맛있게 먹는 것이라
배가 불러도 먹고 먹고 또 먹으며 감사했지요
[어머니 잘 드셔서 고맙습니다]
이 치료 하시는 사돈 몫까지 다 먹었지요

남은 날이 작아진 하루하루가 귀하더이다
하루를 천년 같다는 그 말씀이 생각나더이다

가기 싫은 팔월을 보내며

일편단심 나라꽃 무궁화 피는 팔월이
가기가 싫어서 눈물 비를 뿌리며 가네요

칠월 보름 둥근달이 엄마 얼굴 같은 밤
잠간 보이던 보름달을 구름이 덮더니

이틀을 비가 내려서 볼 수가 없었지요
태풍을 안고 와서 밤새우게 하던 날에도

오직 두려운 태풍을 잠재우실 분은 하나님 아버지
밤새워 기도 하며 애원한 말은 우리 집은 조립식

바람을 잠재워 주소서 간절한 기도 들으시고
나뭇가지 하나 꺾이지 않고 지나간 태풍이라

보배들 걱정되어 바리바리 들고 달려온 날들
팔월은 그렇게 심통도 부리고 행복도 주더이다

가기 싫겠지요 좋은 사람들과 함께했던 순간들
아름다운 사람들과 사랑을 나누었던 시간들

그렇게 가기 싫어 팔월은 눈물 비를 뿌리며
구월에게 서른 개 진주를 주고 가더이다

가을을 안고 온 구일에는 모든 이웃 행복하소서

복 주시는 하나님

구월을 보내며

아름다운 산과 들판 풍요롭게 해 놓고
구월이 제 할 일 다 해 놓았다고 가네요

정겨운 추석 명절이 그 품에 안고 있어도
못된 전염병으로 두려움 속에 지나 갔지요

무서운 태풍을 두 번이나 만나 가슴 아픈 소식들
눈물로 함께 아파하며 마음 저린 날 이였지요

이별이란 언제 어디서 숨어서 찾아오는지 몰라
남겨진 가족들의 고통을 그 무엇에 비길 수 없어라

구월이 가져온 사랑과 아픔들을 이렇게 많을 줄
아무도 모르고 날마다 한걸음 또 한 걸음 하루

너무도 아픈 날이 많아서 행복한 순간을 덮더이다
듣고 보는 소식들이 너무 마음이 아프고 저리더니

한쪽 귀도 들리지 않고 한 쪽 눈도 잘 보이지 않네요
한쪽 눈으로 보더라도 좋은 모습 보고 싶어지는 하루

부디 이 땅에 좋은 사람들이 좋은 생각하며 살게 하소서
연꽃이 진흙에서 아름다운 꽃을 피우고 뿌리내리는 것

사람은 사랑하며 서로 의지하며 돕고 살라는 하나님의 마음

시월이 주고 가는 슬픔

오월에 피어난 줄장미 화려하게 피어 놀라게 한날
시월에 고운 모습 피어나서 반가워 인사하던 날
이 어인 일입니까 아름다운 꽃 같은 우리 보배들
삼년동안 입 막고 이웃 못가고 살아 힘들었는데

참고 견딘 젊은 꽃들 한꺼번에 꺾여 졌더이다
윤대통령님 마음 아파 국가 애도일 정하셨더이다
대한민국 지켜 주시기를 주야로 간구 드리는데
하나님 아버지 이 어인 일입니까 외치며 울었지요

보배들을 떠나보낸 부모님들 마음 어디다 비기리요
병상에 보배들 생명을 지키사 속히 일어나게 하소서
청운의 꿈을 가진 너무나 아까운 우리 보배들
온 나라 눈물의 바다 함께 통곡하는 시월이여

시월 이십구일이 십일월 까지 슬픔을 안겨 주고
십일월 오일까지 국가 애도일을 지키라 하네요
온 나라 남녀노소 모두가 한 마음이 되어
울고 또 울게 하는 슬픈 시월이 지나 가더이다

다섯 사람 가야 할 길 수만 명이 가다 넘어 졌다네요
살아남은 우리가 할 일은 슬픔을 나누며 사는 것
마음의 상처가 온 나라에 강물 되어 흘러가더이다
하나님 아버지 우리나라 대한민국을 살려 주소서

이천이십이 년 시일이십구일 이태원 축제가 슬픔 준 날

복 주시는 하나님

12월이 준 선물

매서운 칼바람을 안고 찾아 왔네요
보드라운 봄바람 시원한 여름 바람
향기로운 가을바람 다 지나가고
차갑고 찌르는 가시바람이 왔네요

어느 사이 화장실 수도가 터졌네요
그래 또 겨울 너랑 싸움이 시작 되었구나
지난 해 만난 겨울 또다시 생각나게 하네
부엌수도 터지고 화장실 변기통도 터지고

세탁기도 얼었던 지난 해 겨울을 기억하네
한번 만난 겨울 고통을 이기며 견디었네
12월은 내게 가르치네 미리 미리 준비 하라고
화장실에 히터를 넣었더니 제가 알아서 하네

좋은 이웃을 주신 것 감사하는 마음 주었네
부서지며 고쳐주시는 좋은 이웃이 있음을
밝은 웃음 잘 생기신 하 사장님이 너무 고마워
떠나시는 차를 보고 배꼽인사하고 손 흔들었네

아름다운 우리 마을 좋은 이웃주신 주님께
감사하며 노래하며 성탄절을 맞이하며 기뻐했네
행복은 날마다 일상 속에 내 곁에 있음을 알았네
따사로운 햇살 사랑에 나도 너처럼 살아 볼까 했네

황홀한 부활절을 맞으며

잠자던 나뭇가지마다 노란 봄 분홍 봄 붉은 봄
연둣빛 봄옷을 입고 눈뜨는 산마다 들마다 길마다

예수님 부활 하셨어요 나를 바라보셔요 그리고 사랑하셔요
길마다 풀꽃들의 고운 웃음 산마다 분홍 진달래 웃음

의 웃음소리 봄까치꽃이 웃는 길섶 샛노란 민들레
밟아도 그 자리에 다시 피는 민들레 닮으라고 하지요

죽은 가지 잠깨 우는 부활의 봄날을 주신 아버지
너희도 죽어도 다시 살 것이라고 해마다 알게 하지요

죽은 나뭇가지 고운 빛으로 생명 주시는 그 사랑이
우리들에게도 부활의 소망을 날마다 가르치시지요

밤이 지나면 아침이 오듯이 죽음 이후에 다시 살아 날것이라고
죽은 나무 가지에 새순을 보며 알라 하시지요

지구라는 초록별에 살고 있는 우리들을 위하여
홍금 보석 꾸민 새 하늘과 새 땅을 준비 하셨더이다

달마다 열리는 열 두 가지 과일 나무들 준비 하시고
부활의 소망을 믿는 사람만 가는 아름다운 그 나라

천지를 말씀으로 지으신 하나님 아버지 큰 사랑이지요

복 주시는 하나님

성탄절을 맞이하며

옛날 옛적 베들레헴 고난 받던 그 땅에
슬픔을 거두시려 하나님의 아들 보내셨더이다
인류의 죄악과 질병과 가난을 다 짊어지시려
십자가의 죽음을 맞이하려 오셨더이다

아름답고 화려한 왕궁이 아니라도 방에서
순산하실 곳이 없어 마굿간에 나시고
구유 안에 누우시고 짐승들 속에 나셨더이다
이는 사관에 있을 곳이 없더라 하시더이다

나사렛 동네 요셉과 마리아 고향인 베들레헴
먼 길 나귀타고 호적하러 갔다가 순산 하셨지요
아기가 태어나던 밤 양 치던 목자들 천사 만났지요
하늘에서는 영광 땅에서는 기뻐하심을 입은 사람들 평화

별들도 아기 나심 축하하며 동방 박사 세 사람 길인도 했지요
마굿간에 나신 아기 우리 예수님 나시기 전에 지으신 이름
그 이름으로 구하는 우리는 모든 일 응답 받지요
순종한 동정녀 마리아 몸을 빌려 하나님아들 오셨지요
아름다운 밤 천사들의 노래 목자들 동방박사들 경배 하던 밤

거룩하신 하나님 아버지 그 사랑 이루시기위한 아름다운 밤
성탄의 기쁨 슬픔 많은 세상에 기쁜 노래 부르게 하신 날
평화롭게 살게 하소서 싸움을 멈추게 하소서
나누고 베풀고 섬기며 사랑의 하나님 뜻을 이루게 하소서

아침 해와 하현 달

보랏빛 들국화 향나무 아래 웃고 있는 일월 초나흘
칼바람 이기고 견디는 것 하나님 아버지 교훈 이더이다

들꽃도 제 할 일 하느라고 견디며 버티며 웃고 있는데
보배롭고 존귀한 사람들이 하지 못할 일하고 있더이다

찬란한 아침 해 닮으려 밝은 사람 따뜻한 사람으로
살아가기를 무궁화 다섯 꽃잎 하루만 살 듯이

하루만 최선을 다해 살아가보리라 다짐 하는데
청유리 빛 하늘에 하현달이 쪽배로 있더이다

하이얀 반달이 세워진 모습 놀라워 바라보며
아 아 해와 달이 만났구나 반갑고 반가워라

누이동생 오누이 해와 달이 된 전래 동화
만남은 이렇게 반가운 것이라 행복하더이다

어둔 밤 밝히는 하현달이 아침 해 만남 같이
이산가족 눈물을 닦아 주시는 만남이면 좋으련만

아침 해와 하현달처럼 만나도록 하여 주소서
마음을 만지시는 창조주께서 이루어 주소서

핵무기 농기구 되도록 사랑의 마음으로 부어주소서

복 주시는 하나님

보신각 종소리 들으며

삼백 육십 다섯 개의 진주를 받아 설레이든 날
새 해 첫날을 하나님 아버지 감사 예배드리며

이 나라 대한민국을 정치를 경제를 사회 문화를
하나님 아버지 은혜로 지키시고 평강을 주소서

천만 성도들 기도 소리 오천 오백 십오만 국민들
그 염원 대표하는 보신각에 십만의 아름다운 사람들

민들레 씨앗같이 흩어진 그 맑은 종소리 널리 퍼져
온 나라 온 세계 울려 퍼져 나가던 새해 첫날 새벽

이 나라 정치인들 그 종소리 뜻을 알게 하소서
대한민국 이 나라 선열들의 피밭에 사는 것이라고

보신각 종소리 말하는 것 심비에 새기게 하소서
행복하셔요 행복하셔요 행복하셔요 꼭이요 꼭

선열들이 하늘에서 피울음으로 바라는 그 소망
사랑하는 후손들이 아름답게 살다가 오라고

이 땅은 영원히 사는 곳 아니라 소풍 나온거러고
보신각종은 자기 몸을 치면서 호소하더이다

새 소망을 주신 하나님 아버지

여호와는 나의 목자시라 내가 부족함 없다 하시네
그가 나를 푸른 초장에 누이시고
쉴 만한 물가로 인도하신다 하시네
내 영혼을 소생시키시고 자기 이름을 위하여
의의 길로 인도 하신다 하시네
내가 사망의 골짜기를 지날 지라도
해를 두려워 않는다 하시네
주께서 나와 함께 하심이라 하시네
주의 지팡이와 막대기가 나를 안위 하신다 하시네
주께서 내 원수의 목전에서 내게 상을 베푸시고
기름으로 내 머리에 바르시니 내 잔이 넘친다 하시네
나의 평생에 선하심과 인자하심이 나를 따르리라 하시네
내가 여호와의 집에 영원히 거하리라 하시네
우리의 목자 되신 여호와 하나님 아버지
새 소망 주심을 찬양 하나이다
부족함 없이 채우시고 푸른 초장 쉴만한 물가로
여기까지 복주신 그 은혜 그 사랑
말과 글로서는 다 할 수 없나이다
이 생명 사는 날 주님만 사랑합니다
가신 그길 날마다 사모하며 살렵니다
오직 영광과 찬양을 올려 드리나이다

복 주시는 하나님

무서운 꿈을 만난 날

밤 기도드리고 네 시에 잠이든 섣달 스무 하루날
새벽 예배드리며 너무도 어지러워 다시 잠든 날
꿈속에 사람들이 많은 곳에 두 청년이 있었다
총을 들고 몇 사람을 쏘면서 내 앞에 왔다
나는 겁이 나면서 그들 앞에 서서 말했다
[청년들은 무슨 마음으로 이렇게 하는 거지요]
[내 십자가 목걸이를 줄 테이니 걸어 보셔요]
[그러면 마음속에 내가 얼마나 잘못하고 있는지]
[깨달아질 거예요 나는 이제 살만큼 살았으니]
[죽어도 여한이 없지만 청년들은 아직 젊은데]
[청춘이 아깝지도 않아요]
그러면서 십자가 목걸이를 목에서 벗어 주었지요
그 사람의 목에 금목걸이가 주렁주렁 걸고 있어서
[십자가만 가져가서 그 목걸이에 걸어 보셔요]
그 청년에게 십자가를 주는 순간 땅에 떨어지더이다
그러자 그 청년이 [이 할매는 겁도 없이 죽을 줄도 모르나]
하더니 두 청년은 주저앉으며 [원 참 재수 없어서]
그때 우리 큰 며느리가 [어머니 뭐해요] 하길래
[응 잠간 손님하고 이야기 한다] 했더니 그 청년 하나가
[애경이 너 이 동네 시집 왔나]
[응 너는 여기 와 왔노 부산에서] 그러다 꿈을 깨고 말았더이다
만약에 그런 상황이면 꿈속같이 담대할 수 있을까
하나님 아버지께서 나를 단련하시는 것 같더이다
[오 하나님 아버지 이스라엘과 우크라이나 전쟁을 멈추게 하소서
이스라엘을 도와 달라는 호소문을 보고 후원자가 되었나이다

살아 계셔서 감사한 날

보랏빛 들국화 향나무 아래서 웃고 있는 십이월 열 여샛 날
고신교단 주소록을 만나 펼쳐 보았지요
손이 가는 대로 넘기다 만난 귀하신 목사님 전화번호
들리는 음성 반가워 인사드리며 감사 했나이다

살아 계셨구나 아직 살아 계셔서 감사합니다
지금은 어디 계시나 물었더니 다대포에 계신다고
그리고 학교도 하시고 맏사위랑 같이 하신다고
그 맏사위 장남 목사 친구라 더욱 반갑더이다

그리고 지금까지 기도하고 있는 부산 목사님 안부 물으니
6년 전에 천국 가셨고 또 한 분도 천국 가셨다 하더이다
병원 사역하시던 목사님이 우리 부부 멋진 뷔페 대접하시고
제게 보배롭고 존귀하다고 다른 백성 내 생명 대신한다고

그 말씀 주신 목사님은 살아계신다 하더이다
같은 노회서 자주 만나신다 하시기에 안부 드리고
부곡 오시는 길 있으시면 식사 대접하겠다고 하며
목사님들 위하여 기도하고 있다고 전하시라 했나이다

기도로 만나는 귀한 목사님들 사랑하는 성도들 사랑이
오늘까지 저를 이 땅에 두신 하나님 아버지 은혜입니다
기도의 삼겹줄 놓지 않고서 아침저녁 기도 하리이다
사랑의 하나님 아버지 주시는 행복을 누리시옵소서

복 주시는 하나님

밤중에 부른 노래

향나무 아래 핀 보랏빛 들국화 떨고 있는 날
봄까치 꽃길은 얼어서 사각 사각 소리 내는 날
김장한 뒤 오는 피로감이 몰려오더이다
아픈 날이 많았던 젊은 날 생각하며 마음 저린데

밤 기도 나와서 하늘 보좌 올린 소원들이
만병통치약이 되게 하소서 세계를 돌며 빌었었지요
병든 친구 네 사람이 지붕 뜯어 내린 믿음 보신 예수님
네 죄 사함을 받았느니라 네 자리 들고 걸어가라 하셨지요

온 지구상에 병든 자들 그리 하소서 사랑의 예수님
전쟁하는 나라마다 광란의 병을 고쳐 주소서
기도는 지구를 돌수있기에 나라 이름 불러드리지요
다 마친 후 부른 나의 노래는 곡조 있는 기도지요

나의 갈길 다 가도록 예수 인도하시니 삼 절 다 부르고
참 아름다워라 주님의 세계는 삼절 다 불렀지요
나의 입술에 모든 말과 나의 마음에 묵상이 주께
열납 되기를 원하네 생명이 되신 주 찬양 드렸지요

주님 뜻대로 살기로 했네 삼절을 다 부르고
목자의 심정 복음송을 부르며 목이 메였지요
목마른 사슴이 시냇물 찾듯 나의 주님 이 죄인을 찾으셨도다
오절을 다부르고 너는 주님의 사랑둥이
너는 주님의 사랑의 꽃 그 향기 풍기며 살아가네

한번 뿐인 이 세상 주님 주신 기쁨을 나누며 살아가네
주님 계신 저 천국 바라 보며 행복의꽃 향기 날리며 사네
행복의 꽃 향기 날리며 사네 행복의 꽃 향기 날리며 사네
주님 계신 저 천국 바라보며 행복의 꽃 향기 날리며 사네

온 종일 지친몸을 꼼작 않고 있던 내게 주님은 기도와
찬양으로 밤중에 사랑 노래 행복 노래 부르게 하시더이다
시침은 자정을 가르치고 있는데 선달 열 아흐레 밤 열두시
하나님이 하셨습니다 예수님이 성령님이 하셨습니다 아 멘.

복 주시는 하나님

아름다운 우리 한글 사랑

오백 칠십 칠년 전 세종대왕께서 만드신 우리 한글
백성을 사랑하신 자비로우신 그 마음에 담으셨지요
눈병이 나시도록 애쓰시며 만드신 아름다운 한글
감사합니다 고맙습니다 사랑하고 존경합니다

비단 천을 두른 듯 한 금수강산 대한민국
어느 곳 하나 아름답지 않는 곳 있으리요

황홀한 아침 태양 희망 사랑 부어 주는 곳
아름다운 무지개 보랏빛 사랑빛 보내는 아침

황금 빛 햇살 초록 잎새 반짝이는 곳
솜구름 모여 먹구름 되어 구슬비 내려주는 곳
보는 이의 가슴에 아름다운 노래 만드는 곳
송알송알 싸리 잎에 은구슬
대롱대롱 거미줄에 옥구슬
초롱초롱 풀잎마다 총 총
방긋 웃는 꽃잎마다 송 송 송

고이고이 오색실에 꿰어서
달 빛 새는 창문가에 두라고
보슬보슬 구슬 비는 종 일
예쁜 구슬 맺히면서 솔 솔 솔

아름다운 한글 사랑 영혼에 새기며
아침 산책길 노래하며 행복 하더이다

잠자기 전 부르는 노래

아름다운 하루를 선물로 받은 여행 길
잘 마치고 저녁 기도 드리고 잠드는 시간
누워서 찬양을 부르면 자장가로 알고
어느 사이 잠이 들어 꿀잠 자게 하더이다

내 주를 가까이 하게 함은
십자가 점 같은 고생이나
내 일생 소원은 늘 찬송하면서
주께 더 나가기 원합니다

내 고생하는 것 옛 야곱이
돌베개 베고 잠 같습니다
꿈에도 소원이 늘 찬송 하면서
주께 더 나가기 원합니다

천성에 가는 길 험하여도
생명길 되나니 은혜로다
천사 날 부르니 늘 찬송 하면서
주께 더 나가기 원합니다

야곱이 잠 깨여 일어 난 후
돌단을 쌓은 것 본 받아서
숨 질 때 되도록 늘 찬송하면서
주께 더 나가기 원합니다

복 주시는 하나님

김장하면서 부르는 노래

세 박스 절인 해남 배추로 김치를 만들며
노래를 부르며 배추 속에 양념을 발랐지요
며느리는 바라보고 다 차면 겉잎으로 덮고
김치 냉장고에 넣어 주며 감사 했지요

목마른 사슴이 시냇물 찾듯
나의 주님이 죄인 찾으셨도다

험산준령 헤매이는 어린 양 찾아
나의 주님 산 가시에 찔리셨도다

양 아흔 아흔 마리 그보다 더욱
길 잃은 한 마리 양 사랑 했도다

목자는 어린 양의 그 소리 알고
정다운 목자 음성 양이 알도다

어린 목자 내 주 예수 이 몸 붙드사
푸른 초장 물 가으로 인도 하소서

후렴 양을 위해 생명 바친 목자의 수고
그 사랑을 잠시라도 잊지 말지라

가슴으로 노래를 부르며 담근 시간은 오후 1시 30분에서 3시 49분
에 마쳤더이다.
모든 영광을 하나님 아버지께 올려 드린 행복한 날이더이다.

기도드리고 부르는 찬양

하루에 두 번씩 간절히 기도드리지요
새벽 예배드리고 두 시간 기도
오늘도 주님이 지켜 주시기를 기도드리지요
하루 스물 네 시간 팔 만 육천 사백초

하루를 천 년같이 귀한 시간 사는 사랑하는 님들
복주시고 지켜 주시고 은혜주시고 평강 주시도록
하루를 마치는 저녁 시간에는 감사에 기도를 올려 드리지요
오늘 하루도 잘 지켜 주셨다고 두 시간 드리는 기도 마친 후

나의 갈길 다가도록 예수 인도하시네
내 주안에 있는 긍휼 말로 할 수 없도다
믿음으로 사는 자는 하늘 위로 받겠네
무슨 일을 만나든지 만사형통하리라
무슨 일을 만나든지 만사형통 하리라
사 절까지 다 부르며 춤을 추며 부르지요

참 아름다워라 주님의 세계는
저 솔로몬의 옷보다 더 고운 백합화
주 찬송하는 듯 저 맑은 새 소리
내 아버지의 지으신 그 솜씨 깊도다
삼절까지 다 부르며 춤을 추며 부르지요

복 주시는 하나님

나의 입술에 모든 말과

나의 마음에 묵상이

주께 열납 되기를 원하네

생명이 되신 주 반석이 되신 주

나의 입술에 모든 말과

나의 마음에 묵상이

주께 열납 되기를 원하네 원하네 원하네

찬양을 하며 기도 손이 되지요

주님 뜻대로 살기로 했네

주님 뜻대로 살기로 했네

뒤 돌아 서지 않겠네

이 세상사람 날 몰라 줘도

이 세상사람 날 몰라 줘도

뒤 돌아서지 않겠네

세상 등지고 십자가 보네

세상 등지고 십자가 보네

뒤 돌아 서지 않겠네

이 찬양을 부르고

하나님 만세 예수님 만세 성령님만세 두 팔 번쩍 들지요

기도 후 노래하며 춤추니 하나님 아버지 응답하시더이다

보배들이 보낸 사랑

청유리 빛 하늘 황금빛 태양이 보랏빛 보내면
[반갑다 희망아 사랑아 나도 너처럼 살아 볼게]
반가운 만남은 살아있는 사람만이 누리는 행복
새벽을 깨우며 기도 드린 후 산비한 하룻길 가는데

택배기사님 줄줄이 들고 내려놓고 가는 박스들
누구가 보낸 것일 까 궁금하면 서 뜯어보는 마음
[감사합니다 하나님 아버지 제 창고에 채우시는 사랑]
쓰여진 이름 보며 감사 전화 하는 엄마 마음 행복

유정란 보내는 장녀 벽옥 진주 제주도 밀감 보낸 막내딸 비취
제주도 흑돼지 불고기 보낸 막내며느리 청옥 보석
남편은 미국에 학생들 데리고 15일 연수 갔는데
삼 남매 뒷바라지 힘들 기도 하지만 한 번도 내색 않고

행복하다 하는 막내며느리 청옥진주가 흑돼지 보냈더이다
두 딸들이야 내 가슴에 자라서 엄마 행복하라고 하지만
스물여섯 결혼한 며느리 마흔이 되었으니 어찌 아픔 없으랴
한 번도 남편 힘들게 한다고 불평하지 않는 착하고 예쁜 보배

막내인 남편을 외딸인 며느리 속상할일 도 많을 것인데
나는 알고 있지요 우리 막내아들 대쪽 같은 성품을
가정을 돌보며 교회일 학교일 하라고 부탁한 엄마 말에
[순종하며 하는 말 잊지 않겠습니다 명심하겠습니다]
사랑 많은 보배들 하나님 아버지 하늘의복 땅의 복 다 주시옵소서

복 주시는 하나님

성도의 성공 열 가지 요소

샛노란 소국 방실 방실 웃고 있는 섣달 열 하루날
하나님 아버지 말씀으로 찾아 오셨더이다
행복하게 살고 싶어 달려왔던 동화 할머니에게
성공의 비결을 자세히 가르치시더이다

여든 일곱 번째 만나는 말씀 속에서 주신 약속
감사하며 감격하며 흐린 눈으로 적어 봅니다
하나님 뜻에 순종하라 하시더이다
언약의 말씀을 믿으라 하시더이다
말씀을 날마다 묵상하라 하시더이다
말씀을 준수하라 하시더이다
하나님 임재에 확신을 가지라 하시더이다
강하고 담대하라 하시더이다
좌우로 치우치지 말라 하시더이다
교만하지 말라 하시더이다
범사에 주님을 인정하라 하시더이다
믿음에 의한 전진을 하라 하시더이다

하나님 아버지 은혜에 감사하며 밤을 새우는 내게
열 가지 행하면 성공 할 수 있다고 하시더이다
시계가 넉점이 되도록 잠 못 이루고 나온 새벽예배 시간
열 가지 말씀으로 찾아오신 그 사랑 그 은혜
저는 연약한 어린아이 같아 할 수 없사오나
성령님이 저를 붙드사 가르치면 할 수 있나이다
날마다 분초마다 마음 밭을 지켜 주시옵소서

아침 산책길에서

황화코스모스 화사하게 웃는 시월 스무이레날
사랑빛 비추이는 아침 태양을 먼저 만났지요
두 팔 높이 들고 반가운 인사로 하는 말
[희망아 반갑다 나도 너처럼 밝고 따뜻한 사람으로 살아 볼게]

아침 햇살은 무지갯빛 보랏빛 내게 보내지요
두 팔 흔들며 신나는 발걸음으로 나 만의 오솔길에
예쁜 금잔화 고운 웃음 웃으며 반기지요
길 위에 미련한 지렁이가 개미 밥되려 나왔더이다

풀 가지로 건져 숲으로 던지며 나무라지요
[네가 있을 곳이 길 위가 아니라 흙속이야]
분수를 모르는 지렁이 보면서 인생길 배우지요
자기 분수에 맞게 살면 행복하게 사는 것

부드러운 흙길을 걸으며 만난 느티나무 모습
나무들도 제 가지를 사랑하며 안고 있더이다
세멘으로 만든 길 위에 작은 달팽이 다섯 마리 살렸지요
하와이 한국관 길에 비둘기들 없고 길고양이 다니더이다

스물 한그루 벚나무 손으로 만져주며 걸어가는 아침 산책
텅 빈 하와이 한국관 앞에서 기도를 드렸지요
[하나님 아버지 대한민국을 지켜 주소서]
[아름다운 부곡 온천을 다시 한 번 일으켜 주소서]
촌부의 간절한 기도 하나님 아버지 들어 주시옵소서

복 주시는 하나님

당신에게 달린 일

한 곡의 노래가 순간의 활기를 불어넣을 수 있다

한 송이 꽃이 꿈을 일깨울 수 있다

한 그루의 나무가 숲의 시작일 수 있고

한 마리의 새가 봄을 알릴 수 있다

한 번의 악수가 영혼에 기운을 줄 수 있다

한 개의 별이 바다의 배를 인도 할 수 있다

한 줄기 햇살이 방을 비출 수 있다

한 자루의 촛불이 어둠을 몰아낼 수 있고

한 번의 웃음이 우울함을 날려 보낼 수 있다

한 걸음이 모든 여행의 시작이다

한 단어가 기도의 시작이다

한 가지 희망이 당신의 정신을 새롭게 하고

한 번의 손길이 당신의 마음을 보여 줄 수 있다

한 사람의 가슴이 무엇이 진실인가를 알 수 있다

한 사람의 인생이 세상에 변화를 가져다 줄 수 있다

이 모든 것이 당신에게 달린 일이다

작자 미상

2017년 1월 28일 설날 만난 귀한 분의 시 한 편이 희망의 노래로 내게로 왔다. 감사하고 감사합니다. 눈과 비가 온다든 하늘은 나의 기도를 들으신 아버지 사랑입니다. 하나님 아버지 감사해요. 예수 그리스도 사랑 감사해요. 성령님 감사해요.

첫 얼음이 얼은 날

아름다운 태양이 친구하며 활짝 웃는 십일월 열하루날
싸늘한 바람이 옷깃을 여미게 하더이다

홍화 코스모스 첫서리에 말라 버려 마음 아픈데
길고양이 물그릇에 살얼음이 얼었더이다

다섯 마리 새끼를 거느린 길고양이 가족들이
차가운 날씨가 되니 걱정 되더이다

아름다운 황화 코스모스 씨앗을 받아 두었지요
분홍 토종 코스모스 꽃잎도 고개 숙이더이다

찬 서리 첫 얼음도 견디는 샛노란 소국 세포기는
팔십 송이 오십 일곱 송이 오십 두 송이 곱게 피어

마음에 기쁨 주며 반가운 웃음 웃게 하더이다
[아어 예뻐라 국화야 반가워 고마워 그리고 사랑해]

작은 꽃송이 아침 마다 만나며 인생길 배우지요
어떤 고난도 견디며 있는 그곳에서 행복하라고

창조주 하나님 아버지 마음을 알 것 같더이다

김장하며 만난 행복

차가운 바람이 옷깃을 여미는 십일월 삼십일
해남 배추 세 박스로 김치를 담았지요
십이월 이십이일이 김치의 날인줄 처음 알았지요
명태 머리 무우랑 다시마 푹 삶았지요

찹쌀풀 끓여 놓고 멸치 액젓 까나리 액젓 새우젓
마늘 생강 고추 가루 함께 만나게 했지요
하루 전에 만들어 어울려 지게 했지요
절인 배추 물기 빼고 건져 놓았지요

이튿날에 무 쪽파 갓을 함께 넣었지요
한 잎 한 잎 바르며 인생길 배우지요
어우러져 혼자서는 사는 것이 사람인 것을
혼자서는 맛있는 삶을 살수 없음을

맛있는 김장 김치 이웃에 나누며
고맙다고 문자 사진 보내신 손 목사님 사랑
맛있다고 전화주신 송 권사님 고맙다는 말
여든 네 살 부산 언니 김치 한 통 택배 보냈지요

하나님 아버지 은혜 속에 행복한 김장을 마쳤답니다

2023년 다니엘 기도회를 마치고

아름다운 소국들이 샛노란 꽃잎으로 웃음 웃는 날
2023년 십일월 초하루 다니엘 세이레 기도회 시작되었지요
저녁 여덟시부터 열시까지 기도와 찬양과 말씀의 시간
지구촌 이웃들이 함께한 만 육천 교회에서 함께한 시간

하늘의 하나님 기뻐하시고 지구촌 이웃들 함께 했었지요
춤추며 찬양하며 말씀으로 기도로 세계가 하나 되었지요
참혹한 전쟁 속에 고통당하는 나라들을 보고 울었지요
질병으로 고난당하는 이웃을 바라보며 함께 기도 드렸지요

큰 산아 ○○○ 앞에서 평지가 될지어다
자신의 이름 부르며 하늘의 아버지께 간구 드렸지요
우리 앞에 놓여 있는 큰 산이 무엇이든지 평지가 되었지요
천지를 말씀으로 만드신 하나님 아버지 응답 하시지요

무속인이 하나님 자녀로 돌아오고 물질도 채워주시고
태의 문을 열어 달라고 건강한 정자 난자가 만나게 하사
대한민국에 건강한 아가 소리가 들리게 해달라고
김은호 목사님 간구에 부끄러운 줄도 모르고 아멘 했지요

대장정 2023년 다니엘기도회로 인해 세계가 평화를 주소서
아름다운 초록별 지구를 사랑의 가슴으로 안아 주소서
한 사람을 찾으시는 하나님 아버지 마음을 알게 하소서
너와 나 우리 모두 간증의 주인공이 되게 하시더이다

복 주시는 하나님

가을 음악회를 다녀와서

아름다운 줄장미 스물다섯 송이 웃음 웃는 날밤
부곡 면사무소 광장에서 가을 음악회가 열렸더이다
사랑으로 견디며 버티어낸 여름날들 위로하려고
감미로운 음악으로 기쁨의 춤을 추게 하더이다

창녕을 빛내시려 애쓰시는 군수님 인사를 나누며
뜨거운 박수치며 두 손을 흔들며 반기더이다
코로나19 못된 질병은 가정을 힘들게 해도
견디며 이긴 승리의 함성으로 모두 모였더이다

감미로운 색소폰 음률은 사랑을 일깨우고
부채춤 추는 아름다운 자태로 행복을 주고
가을밤 배고플까봐 맛있는 음식 준비한 손길들
수고하는 모든 보석들 하늘의복 받으소서

마음은 젊은 삼십대라 날마다 외우는데
몸은 가을걷이 다한 빈 논바닥 볏단 같았네
반가운 얼굴들 만나 안부 물으며 놀란 일
옛 농협 하 전무님 별세하신 소식 들었네

많은 은혜 입으며 부자 되게 하신 부곡 농협
지금도 아름다운 이 땅을 농협이 사 주었네
가을음악회 다녀오는 그 이튿날 아침 일어나
오른쪽 오금이 당겨서 걷지 못해 하하 웃었네
하나님 아버지 고쳐주실 줄 믿고 하하하 웃었네

가을이 준 사랑

초록 잎새들 예쁜 옷 입혀서 웃게 하고
청 유리빛 하늘 태양 환하게 웃게 하고

코스모스 사랑 웃음 발걸음 멈추게 하고
철모른 철쭉꽃 고운 웃음 흔들며 반기고

샛노란 소국화 어릴 적 노랑저고리 같아
어머니 그리워 고향집 생각하게 하고

잘 익은 벼들이 곳간으로 보낸 볏짚들
인생길 가르치며 누워서 쉬는 모습 보며

주황나비 은혜 잊지 않고 찾아오는 사랑
가을이 주는 그 사랑에 젖어 살아가는데

아름다운 만남 베풀어 주고 가는 가을이
마지막 가는 날에 눈물비 뿌리고 가더이다

나라에 질병만 없다면 얼마나 아름다운 날인가
창조주 하나님 아버지 마음을 알게 하더이다

구천리 도래지 관광지 축하하며

열일곱 새댁이 신접 살림나며 울었던 곳
육남매 막내인 스물넷 새 신랑은 엄마 보러 가고
홀로 있는 새댁은 밤새 눈물로 지새운 곳
산 짐승 울음소리 무서워 떨며 울고

상남면 배죽 부잣집 육남매 맏이라
가족들 그리워 목이 메이게 울었던 도래지
울 엄마 눈물이 별이 되어 하늘로 올랐는지
북청 하늘에 별들이 그리 많다 하더이다

단장면 구천리 시집살이해도 좋은데
신접살림 내어준 도래지 산골 초가집
철없는 남편 바라보며 한이 맺힌 우리 엄마
학교 선생님이라고 폭삭 속인 중매쟁이

밤이나 낮이나 눈물로 살아온 우리 엄마
도래지 골짝은 내 눈물 골짜기라고
어릴 적 들어온 엄마의 신혼시절 이야기
도래지 골짜기가 관광지가 되었다니
두 손을 높이 들어 큰 박수로 올립니다

기미 년생 우리엄마 천국에서 보시겠지요
창조주 하나님 아버지의 큰 선물이더이다

국민 투표 가는 날

아름다운 흑장미 활짝 웃는 오월 스무 이레날
예쁜 자줏빛 계량 한복입고 길동무 사준 구두신고

부곡 복지관으로 사전 투표하러 갔었네
봉사자 모두 부곡에 살아가는 귀한 이웃이라

반가워 인사하며 코로나 이긴 것 축하 했네
사랑은 모든 것 참고 견디며 살게 하는 것

주민증을 내고는 얼굴도 보자고 하네
주민증 사진은 어려운 시절 견딘 모습이라

지금보다 더 힘든 모습이 연연 하네
행복한 내 모습 보여 주며 활짝 웃었네

고통은 오래 가지 않는 것 다 지나가는 것
여섯 장 투표지 받아 내 마음 가는대로 찍고

간절한 마음으로 대한민국 존경 받는 나라에서
세워진 그 곳에서 민들레꽃 피워서 씨앗 뿌리듯

이 민족 일군들이 세계 속에 심어 지게 하소서
한 표의 정성이 대한민국 국민의 마음이기에

하나님 도우사 정직하고 선한 일군 세워주소서

복 주시는 하나님

등불

아름다운 사람들이 모여 사는 축복의 땅에
향기로운 꽃들이 웃음 웃는 행복한 곳에
한 마음 한 뜻으로 만난 이웃들이
작은 등불 하나씩 들고 기다립니다.

사랑받고 사랑 나누는 마음들이 모인 곳
상처받은 사람들은 치유 받으러 오세요
빈 손들고 왔다가 빈 손들고 가는 나그네
등불이 꺼지기 전에 만나러 오세요

흙 집속에 가려진 작은 등불 들고
세상살이 고달프고 힘들 지라도
사랑하는 이웃 한 사람 한 사람이
행복한 웃음으로 마주보세요

사랑의 등불을 서로 나누세요
믿음으로 이웃을 만나게 되더이다
화평의 등불을 서로 나누세요
평강이 강물같이 넘치더이다

아름다운 이 땅 우리가 사는곳
언젠가는 떠나야 하는 나그네
자자손손 대대로 이어질 이곳
아름다운 우리나라 대한민국이라오

아침 태양을 바라보며 부르는 노래

태양을 사랑하는 아이야
별을 사랑하는 아이야 너의 소원이 무엇이더냐
하늘나라 가는 것이 소원이란다

바닷가에 사는 사람 물고기 먹고
산에 사는 사람 감자 캐 먹고
뒤뜰에 풀잎들은 이슬 먹는데
하늘나라 사람들은 무얼 먹나요
과일 먹지요 과일 먹지요

예수 사랑하심은 거룩하신 말일세
우리들은 약하나 예수권세 많도다

나를 사랑하시고 나의 죄를 다 씻어
하늘 문을 여시고 들어가게 하시네

내가 연약 할수록 더욱 귀히 여기사
높은 보좌 위에서 낮은 나를 보시네

세상사는 동안에 나와 함께 하시고
세상 떠나가는 날 천국 가게 하소서

날 사랑하심 날 사랑하심 날 사랑하심 성경에 쓰있네
이 노래 부르면 태양은 쟁반 같은 얼굴에서 사랑빛 보내지요

복 주시는 하나님

사진첩

하루하루 살아온 날들
잊어버린 옛길 찾아주는 벗
숫자만 남기고 가는 세월
그리움 담아 웃고 있는 모습

방안 가득 담겨진 그리운 모습들
저런 날도 있었구나
참으로 행복 했었구나

사진첩 바라보며 행복한 마음
봄 같은 유년시절
여름 같은 청년시절
가을 같은 장년시절 어느 사이 겨울이네

겨울의 강가에서 사진첩 보며
행복했던 지난날을 그리워하네
한번뿐인 여행길 살아가면서
인생길 나그네 행복 했었네

황금길 행복 길

예수님의 부활을 찬양 드리던 날
감사와 기쁨으로 예배 드렸네
하나님 아버지께 감사드리며
아버지 품안에 안기고 싶었네

내 영혼 한가운데 부드러운 주 음성
사랑하는 내 딸아 수고했노라
몇 번이나 반복하신 사랑의 주 음성
눈물로 감사하며 기도 드렸네

주님이 아시면 만족합니다
저 혼자 못가는 길 주님 손잡고 가는 길
모두가 주님의 은혜입니다
목이메인 기도로 하늘보좌 올려 드립니다

천국 가는 나그네 오직 한길
예수님 부활을 전하며 가는 길
잠시 후에 들어갈 아름다운 황금 길
찬양하며 바라며 걸어가는 행복 길

복 주시는 하나님

중추절 예배를 드리며

하나님 사랑으로 이루어진 우리 가정
51년 걸어온 광야 길을 걸어왔네
아름다운 봄날 같은 행복의 시간 속에
사랑스런 보석들을 선물로 주셨네
벽옥진주 남보석 비취보석 자수정 보석
네 개의 보석을 맡기신 하나님 우리 아버지
이동근 목사님 이성희 부부란 이름 주셨네
아버지가 되고 엄마가 되어 함께 한 시간
아름다운 여름 빛 고운 가을이 왔었네
인생의 겨울을 만난 아버지는 고향집가시고
이성희 엄마 홀로 남아서 주님사랑 안에 사네
네 개의 보석들 모두 돕는 배필 만나서
주저리주저리 예쁜 사랑 보석들 받았네
황옥 맏사위 믿음직한 그 사랑 감사하네
홍옥 둘째사위 정겨운 그 마음 감사하네
청옥 막내며느리 그 사랑 그 수고 감사하네
녹옥 맏며느리 그 정성 그 수고 감사하네
예진 예찬 하진 현민 한결 라엘 은결
아름답고 귀하고 사랑스런 우리 보배들
네 개의 보석으로 하나님 만드신 존귀한 보배들
말로는 다 할 수 없는 하나님 아버지 사랑
예수 그리스도 나의 구주 나의생명 나의 기쁨
이 땅에 사는 동안 천국 단편 이루라고
날마다 분초마다 말씀 등불 주신 은혜
그 은혜 감사하며 찬양하며 살리이다
날마다 행복노래 부르며 살리이다

2016 년 9월 15일

행복한 추석을 맞이하며

일편단심 나라꽃 무궁화 소담스레 피는 날
사랑하는 보배들 만나는 추석이 왔더이다
오십팔 년 쪽배 타고 떠난 우리 부부에게
하나님 아버지 크신 사랑 크신 은혜 주셨더이다

열다섯 보석들을 품어 안게 하셨지요
사랑하는 아빠는 천국에서 칠년 동안보시며
나 없어도 잘 살아서 참 다행이네 하시겠지요
꿈속에 찾아와서 생시처럼 등 뒤에 있더이다

칠년이란 세월을 하나님은혜와 보배들 섬김 속에
행복한 추석을 일곱 번째 맞이하며 감사 찬양 드립니다
사랑하는 장녀 벽옥 진주 황옥이 목사 예진 예찬 보석들
사랑하는 장남 남보석 담황옥 보석들

사랑하는 차녀 비취진주 홍옥김 목사 하진 현민 보석들
사랑하는 차남 자수정 청옥 한결 라엘 은결 보석들
엄마라는 이름 할머니라는 이름으로 사랑받고 행복한 것
하나님 아버지 주신 은혜 와 사랑 크신 은총 이더이다

존귀하고 보배로운 우리 보배들 하늘의 신령한 복과
땅에 기름진 복으로 하나님 나라 일군들로 채워 주소서
음악으로 상담으로 가르치는 귀한 달란트 주신 축복
하나님 사랑 이웃 사랑 아름다운 행복 동산 되게 하소서
세계를 내 집같이 다니게 하시는 그 은혜 감사드리나이다

2023년 추석날

복 주시는 하나님

추석을 주신 하나님 은혜

새로운 한해를 선물로 주신 하나님 아버지
새 출발 새로운 마음 다짐하며 시작했지요
험한 세상 쪽배 속에 품어주신 그 은혜
겨울의 강을 건너 따사로운 봄날의 행복
잔인한 사일이라 이름 속에 숨어있는 가시채
그 은혜 아니면 어찌 견디며 지내왔으리요
아름다운 오월을 축복 속에 맞은 가정의 달에
사랑하는 보배를 만나며 다시 일어서는 두 다리
아픈 기억 속에 맞은 유월이 고통의 실타래 풀고
부용화 환한 웃음 속에 칠월이 찾아 왔었지요
불볕 폭염 속에 견디며 버틴 인내의 자락에
녹두랑 고추랑 참깨들은 제 할 일을 하더이다
팔월이 해방의 기쁨을 대한민국 만세 부르게 하고
가기 싫어 눈물비 초록비 뿌리며 가더이다
청유리빛 하늘 감사한 마음도 잠간 지나고
힌남노 모진 태풍 대한민국 흔들며 가는데
바람 부는 아침 달려 나와 두 팔 벌리고
외친 그 절규 [하나님 아버지 도와주셔요 너무 무서워요]
태풍이 지나가는 곳곳마다 아픔과 고통의 소식들
이웃들 아픔을 함께 하며 간구 드립니다
저들의 마음을 만져 주소서 사랑의 날개로 품어 주소서
태풍지난 밝은 햇살 주님 은혜 주님 사랑
추석 명절 맞으며 감사 찬양 영광 받으소서
하나님 은혜 아니면 어찌 여기 까지 왔으리요
주의 날개로 보배들 지켜주신 크신 은혜 감사 하나이다

첫 얼음이 얼은 날

아름다운 태양이 친구하며 활짝 웃는 십일월 열하루날
싸늘한 바람이 옷깃을 여미게 하더이다

홍화 코스모스 첫서리에 말라 버려 마음 아픈데
길고양이 물그릇에 살얼음이 얼었더이다

다섯 마리 새끼를 거느린 길고양이 가족들이
차가운 날씨가 되니 걱정되더이다

아름다운 황화 코스모스 씨앗을 받아 두었지요
분홍 토종 코스모스 꽃잎도 고개 숙이더이다

찬 서리 첫 얼음도 견디는 샛노란 소국 세포기는
팔십 송이 오십 일곱 송이 오십 두 송이 곱게 피어

마음에 기쁨 주며 반가운 웃음 웃게 하더이다
[아이 예뻐라 국화야 반가워 그리고 사랑해]

작은 꽃송이 아침 마다 만나며 인생길 배우지요
어떤 고난도 견디며 있는 그곳에서 행복하라고

창조주 하나님 아버지 마음을 알 것 같더이다\

제63주년 4·19혁명 기념식을 보면서

겨울이긴 봄꽃 띠는 대한민국 금수강산에
아름다운 꽃들이 피지도 못하고 졌더이다
독재의 굴레 속에 사는 어진 백성들 살리려
불같은 사랑으로 목숨을 바쳤더이다

세월의 강줄기 따라 시간을 흘러가도
우리는 님들의 희생을 어이 잊으리까
자유가 아니면 죽음을 달라는 그 외침을
무자비한 폭력으로 삶을 훔쳐 갔더이다

골육을 잃은 가족들의 그 큰 고통은
숨을 거두는 그 날에야 내려놓을 것
자유롭고 평등을 국민이 행복한 나라
오직 한마음 민주화 꽃동산 대한민국

함께 웃고 나누고 베푸는 대한민국
부디 그런 나라 되도록 목숨 바친 희생을
이 땅에 살아 있는 우리 모든 사람들이
마음의 빚진 자로 감사하며 살아가소서

하늘의 별이 된 님들의 그 소원을
산 자들이 해야 할 갚아야 할 빚인 것을
아침 해 힘차게 생명을 깨우는 그 빛 받아서
하나님 아버지 주신 이 나라 행복을 만드소서

지진 속에 핀 큰 사랑

초록별 나라에 들리는 재난의 소식들 들으며
며칠이고 가슴 아파 슬픔에 잠 못 이룬 날들
독한 감기는 약한 마음 흔들며 괴롭혔지요
감기로 온몸이 아프면 병원가면 되지만
지진으로 무너진 우리의 형제나라 고통

무엇으로 위로 할 수 있으랴 주여 저 이품을
저 눈물을 주님만이 만져 주실 수 있나이다
사랑하는 가족을 잃어버린 저 고통을 보며
할 수 있는 것은 하늘의 아버지께 간구뿐이라

작은 물질이라도 모아서 보내자는 귀하신 님들
그 사랑에 함께하며 젖은 눈으로 감사 하나이다
작은 사랑이 모여 작은 위로가 되어 가는 모습
아름다운 우리 선조들이 살아오신 그 교훈 이지요

목숨 바쳐 세운 이 대한민국 아름다운 이 나라
고운님들의 마음이 모여 아픔을 함께 하더이다
하나님 아버지 주신 이 축복을 나누며 사는 모습
118명의 구조대원들의 그 사랑을 감사하나이다

주여 지진을 멈추어 주시옵소서 멈추어 주소서
한 생명이라도 폐허 속에 건져 살려 주소서
우리의 참 형제나라를 끝까지 도우게 하소서
 대한민국을 쓰시 옵소서 세계 속에 쓰시 옵소서

복 주시는 하나님

우주로 간 누리호

십이 년 삼개월 동안 만들어진 누리호
대한민국 태극기 몸에 붙인 누리호

삼백여 기업들이 함께 한 그 정성으로
조선대학 연세대학 서울대학 카이스트대학

보석 같은 귀한 인재들 함께하신 연구진 손길
아 아 귀하셔라 그 손길 그 마음 그 사랑이여

오천백 십팔만 우리 국민들 행복한 날이여
하늘을 박차 오르는 그 웅장한 모습이여

그 누가 기뻐 않으리오 눈물 나던 그 순간
대한민국 만세 대한민국 만만세 번쩍 번쩍

사랑하는 누리호 부디 많은 사랑 순간들
이 땅에 보내 주어서 수고한 그 손길 그 마음

보답하기를 날마다 하나님 아버지께 간구 하리이다
성공 황홀한 그 순간을 온 세계가 알게 되었네

누리호여 대한민국 태극기 온 세계에 날려서
이 민족이 온 세계에 햇살같이 빛나게 하소서

이 땅에 횃불이 되어 세계 평화 전 하소서

2022년 6월 21일 누리호

아침을 노래하며

찬란한 아침 해가
내게로 찾아온 날

들국화 앞에서
노래를 불렀지요

찬 서리 내린 아침인데
보랏빛 들국화 웃음

너무 너무 사랑스러워
고마워라 들국화야

시들지 않아서 고마워
노래하는 내 앞에서

보랏빛 들국화 꽃잎들
흔들며 화답하네요

저절로 심어진 들국화
친구하는 가을 아침

행복한 하루 주신 은혜
하나님 아버지 사랑이더이다

복 주시는 하나님

국민일보를 애독하며

국민일보는 나의 유일한 친구입니다
아름다운 사람들의 이야기를 듣게 하지요

마음 아픈 사람들 위로하는 사람들 알게 하지요
그들을 마음에 안고 베풀고 나누는 그 큰 사랑

그들 속에 함께 하도록 인도하는 내 친구
찬란한 아침 해 만나며 약속하는 첫마디

반갑다 아침 해야 나도 너처럼 살아 볼게
밝고 따뜻한 아름다운 할머니로 살아볼게

새벽을 깨우며 창조주 아버지께 감사드리고
나의 허물과 죄를 위해 고난의 십자가 지신

금요일만 되면 마음 아파오는 촌부의 영혼
아버지 하나님 이 땅에 평화를 주시옵소서

밤에 나와 홀로 앉아 드리는 눈물기도
하나님 아버지 대한민국을 지켜주소서

하나님이 세우신 피투성이 내 조국을
산야마다 흘린 선열들의 핏자국들을

행복을 누리며 사는 저희가 알게 하소서

God who Blesses

PART 2

아름다운 사람들,

가족, 이웃, 그리움

노년에 부르는 노래

내 어린 시절 한 어머니의 딸이였소
사랑하는 어머니 젖 가슴 안은
사랑받던 딸 이였소

내 젊은 시절 아름다운 청춘 이였고
사랑하는 한 남자의 아내로 시작된 고갯길
포근한 가슴 언덕으로 기대던 등어리

날마다 그를 기다리는 삶의 문지기였소
맑은 마음 밝은 마음 바람과 비 함께 맞으며
세월이라는 것을

세월

시간 줄은 한 언덕을 넘어
노년이라는 산위에 세워 놓았소
무엇 하다 여기 까지 올라 왔는지

사랑하는 님들의 응원 속에서
한걸음 씩 올라온 나만의 길이였소

저 높은 하늘 닿은 사닥다리 끝에서
고향집 바라보는 마음 이였소

두 손은 세상이라는 땅에 서서
천국을 향하는 동아줄 잡고

오래오래 길게길게 넓게넓게 퍼지게
노년이라는 산위에 서서
하나님은혜를 행복의 노래로 부르럽니다

부부란 이름

부부란 서로 다른 사람
글자만 닮은 너무도 다른 사람

사랑이란 이름으로 만나 살지만
세월이 지나면 불꽃 사랑은 식는 것

마음 밭에 따스한 정이란 꽃 한그루
늘 주는 정성으로 가꾸는 것

부족한 점 서로 다독이며 돌보며
서로서로 섬기며 베푸는 것

변하지 않은 마음이 청솔 부부
비바람도 뜨거운 폭염도

인내의 마음으로 겸손의 마음으로
세월을 수놓는 날 동안 받은 축복

남겨진 아름다운 열매 계수할 때
서로 닮아가는 모습 너무 닮은 모습

굽은 등어리 쓸어주며 위로하는 말
잘 살아 주셨다고 잘 견디었다고

이 땅에 보내신 창조주의 뜻이더이다

남편에게 속은 착한 아내

남편을 그리워하는 아내가 었었지요
아들 하나 낳은 후 행복하게 사는데
이발관을 운영하며 잘 지냈답니다
어느 날 이발관에 면도하는 아가씨 오자

남편이 하는 말 당신은 호적상 내 아내니까
이 아가씨는 고아니까 아무도 없으니까
내가 머리 올려 주자 당신은 착하니까]
착한 아내라는 말에 그러라고 했다네요

남편은 새 사람 만나서 그 곳에 살고
아내는 아들과 시골로 접을 사서 옮겼답니다
착한 아내는 남편이 자주 오겠지 하며 기다리고
아들과 둘이 살며 남편 그리워 울며 살았지요

우리 이웃에 오신 후에 그 사연 알고부터
거짓 쟁이 남편이 미워 함께 울었지요
글 모르는 엄마 내게 편지 부탁하여 쓴 편지는
한 번도 답장이 오지 않아도 또 보내며 울었지요

나는 자라서 결혼하여 나와서 들은 소식은
이웃에 나와서 남편 잊고 자식보고 살아라 해도
사랑 했던 남편이 그럴 줄 몰랐다고 하더니
남편이 사는 그 집 안방 가서 세상 떠났답니다

복 주시는 하나님

우리 부부

너무도 다른 우리 부부 모습
오십일 년 전 오월 열엿샛날

이십 팔 일만에 올린 눈물의 결혼식
사랑이 무엇인지 모른 채 만난 분

뜨거운 것 매운 것 좋아하고 국수 싫은 식성
남편의 식성 모르는 아내 물 같은 아내

책만 좋아하는 아내 운동 좋아하는 남편
부잣집 외아들 남편 징용가신 부모 딸인 아내

너무도 다른 환경 남편 한평생 사노라니
닮아 있는 우리 부부 책 읽는 남편으로

운동하는 아내로 불같은 성격도 변하여
부드러운 봄날 같은 남편이 되어 있었네

동네 한 바퀴 운동하노라면 부러운 눈빛
덕담하시는 말 저런 부부는 이 동네는 없다 하네

신은 사랑하는 두 사람 모습 제일 좋아 하신 답니다

사랑하는 장녀 벽옥진주 부부

어릴 적 누가 좋으냐 물으면 아빠가 좋다한 우리 보배
아들이 되라고 온갖 좋은 것 다 먹고 태어난 우리 보배
사랑이 많아서 손님 오면 좋아서 음식 사주는 우리보배
남자같이 씩씩하고 자전거 세대나 타고 자란 우리보배

청운의 꿈은 성악을 하고 싶은 것을 세 명 동생 있어
유치원 원감 피아노 학원 원장으로 수고했지요
수고비 하나 없는 그 고생을 참아 내며 견디더니
육군 중위 신랑 만나 아빠 품을 떠나가더이다

황옥 같은 든든한 신랑 주님 가신길 가는 동안
사랑 많은 울주 평리교회 생명의 말씀전하시더이다
예진 예찬 남매를 음악의 길로 서울로 보내더이다
수고하는 우리 보배 큰마음을 보며 감동되더이다

세계로 다니며 찬양 사역 하던 우리 귀한 예진이
대구 동일교회 보내신 하나님 아버지 은혜더이다
예찬이 부산에서 할머니에게 사랑의 물질 보내고
벽옥진주 고신대학원 음악치료 박사 귀한사역

1월에 프랑스로 음악치료박사 모임 하러 간다더이다
반곡 초등학교 음악치료 센터장이 되었다네요
아빠의 빈자리 엄마효도 채우는 우리 보배부부
일 년 양식 준비해주고 고기며 옷이며 다 해주더이다
하나님 아버지 하늘의 신령한복 땅의 기름진 복 채워주소서

복 주시는 하나님

장녀 벽옥진주 부부의 효심

아름다운 흑장미 화려한 향기 풍기는 날
장녀 벽옥진주 부부가 엄마 보러 오셨네

코로나로 오지 말라 했더니 고기만 부치고
못 오더니 엄마 코로나 이기고 지낸다고

바리바리 사서 들고 엄마 찾아 왔네
사랑하는 아빠 천국가시고 힘들 때

부족한 엄마 위로하며 힘내라 하더니
저도 견디려 음악치료 석사 박사 공부 했었네

성악 공부하려던 보배 동생들 많아 못하고
유아 교육 보내며 엄마의 미안함 마음 이었네

동성유치원 육년 동안 원감 선생님으로 수고하고
결혼 후 문 닫은 동성 유치원 원아들 자라서

잘 박힌 못같이 좋은 가정 좋은 직장 생활 모습
잘 사는 보석들 농협에서 만나고 마트에서 만나고

우리보배 벽옥 진주 예쁜 마음 심어 준 원생들
좋은 신랑 만나서 잘 살아 주는 것 너무 고마워

맛있는 음식 예쁜 옷 사온 보배 부부 주님 복주시리라

장녀 벽옥진주 부부의 효도

철지난 줄장미꽃 스물아홉송이 웃고 있는 날
장녀 벽옥 진주부부가 엄마 찾아 왔더이다
생일에 못 오고 용돈만 보내서 미안하다고
맛있는 식사 사주러 온다고 전화가 왔더이다

엄마인 나는 무엇을 보배들에게 줄까
좋아하는 꽃게 찜 녹두 찹쌀 닭백숙
미리 준비하며 행복한 마음 날개를 달고
동백 효소 개망초 효소 엄마의 사랑마음

가시오가피 동백꽃 장아찌 엄마표 음식
가지고 가서 먹으며 엄마 마음 알아주리라
착한 우리 보배 너무나 고맙고 고마워라
바리바리 가져온 선물들 수도 없더이다

창녕에서 맛있는 샤브샤브 점심식사
장남부부 함께 다섯 가족 맛있게 먹었지요
엄마를 위하는 보배부부 지극정성을
감사하는 마음 행복한 마음이더이다

엄마란 이름으로 받은 그 사랑을
사는 날까지 행복하게 살렵니다
일 년 양식 주고 가는 우리 보배부부 효심
하나님 아버지 기뻐하시고 복주시리이다

막내 자수정 목사 가족 효심

부용화 화려한 웃음 웃는 팔일 초삼일
막내 자수정 목사 가족 다섯 보배들이
과일이랑 고기랑 바리바리 사왔더이다
소식도 없이 엄마 보러 왔다 하더이다

반가운 보배들을 안아보는 기쁨은
엄마라는 거룩한 이름만이 얻는 행복
할머니라는 자애로운 이름으로 받은 사랑
무엇으로 이 기쁨을 이 행복을 표현하리요

미리 사논 닭다리 강정 만들려 부엌으로 가서
닭다리 강정 좋아하는 우리 보배들이기에
맛있게 졸여서 만들며 땀을 흘리는데
막내 자수정 목사 엄마 이러지 말라 하네요

맛있게 먹는 우리 보배 한결 라엘 은결이
대구에서 먹는 것 보다 할머니 만든 것이
더 맛있다고 하는데 얼마나 기쁘든지
할머니라는 귀한 이름값을 하나 봅니다

엄마 필요한 묻기에 [화장지 간장] 했더니
다른 것 더 많이 사온 자수정 청옥 부부
엄마라는 가슴 저리는 이름으로 받은 사랑
보배들 효심에 하나님 아버지 복주시리이다
부모에게 효도하면 땅에서 잘되고 장수하리라 하셨지요

사랑하는 현민이를 만난 행복

향나무 아래 보랏빛 들국화 일곱 송이 웃는 일월 초사흘
사랑하는 현민이 대구 여행 마치고 온다 더이다

명절에 보자 하더니 아침에 전화가 왔더이다
반가운 우리 보배 식사 준비 했더이다

좋아 하는 닭강정 만들어 주고 싶더이다
보슬비 맞으며 마트 가는데 기쁨이 날개 달고

장보고 왔더니 [할머니] 하며 안기더이다
멋진 청년이 된 우리 보배 올려다보게 되더이다

하나님 아버지께 감사기도 드리고 행복하더이다
닭찹쌀죽 차려주고 닭 강정을 만들었지요

산야초 효소 넣고 물엿 넣고 간장 넣고 마늘 넣고
삶아진 닭을 졸여지면 맛있는 닭 강정이 되지요

아흔 아홉 천국 가신 시어머니 솜씨 배웠지요
통닭보다 맛있다고 좋아하는 일곱 보배들 이지요

현민이 맛있게 먹는 모습 행복하더이다
점심은 삼겹살 버섯구이 현민이 사온 안심구이 먹으며
행복한 하루를 주신 하나님 아버지 참 감사합니다

하진이를 기다리며

아름다운 무궁화 활짝 웃는 팔월에
비취 보배 전화 받고 설레이는 이 마음
[엄마 하진이 팔월 팔일에 옵니다]
현민이는 대학 공부하느라 못 온답니다]
오개월 난 어린 것을 안고 키우던 보배가
인도에서 공부하고 삼성에 취직하였다네요

부산 공기 나빠서 렁거 달고 하던 하진이
공기 맑은 부곡에서 감기도 안 걸렸지요
외손녀 방아고라고 시어머니 싫어해도
제 고집 아기 업고 이집 나갈 거라 했지요

그렇게도 반대해도 제 선택이 옳았지요
[손자는 노인의 면류관]이 라는 성경말씀
제 가슴에 새기며 기도하며 살았지요
우리 하진이 준 그 사랑 그 행복한 순간은
아이엠에프 폭탄도 견디고 이겼지요

사랑은 이렇게도 행복하게 하는 것을
할머니에 업혀 잔치집도 초상집도 가면
예쁘다고 칭찬받고 사랑받은 하진이
열 살까지 할머니랑 부모랑 함께했던 추억들

인도에서 아름다운 숙녀로 하나님 만드셨지요
하나님 아버지 크신 은혜 감사해요 사랑합니다

사랑하는 또복이 출생을 축하 하며

황화 코스모스 향기 발하는 시월 스무 하루날
박 권사님 둘째 손녀 보배 또복이 출생 축하하는 날

며칠 전 밝은 날 한시 십여 분 서울에서 태어났는데
손자를 얻고 두 번째 손녀를 얻은 기쁨 함께 축하 했지요

감사의 그 마음 담아 맛있는 갈비탕을 대접한 날
손녀 났다고 갈비탕 대접받기 난생 처음 이더이다

부곡교회 손 목사님 부부 차 운전하셔서 수고 하셨지요
여섯이나 되는 축하 손님 모시고 맛있는 점심 식사

맛있는 계성갈비탕 목사님 축복기도로 감사 드렸지요
연약한 치근이라 잘게 잘라 축하하며 먹었지요

손 목사님 사랑의 배려로 가을 여행시켜 주시더이다
방콕 만 살던 다섯 익은 소녀들을 노담리 구경시키시고

안고 있는 부부 소나무 사진으로 담으며 감동하였지요
소나무 구부려서 아치로 만든 소나무 펜션 선전 보며

사진 속에 담아오며 즐거운 가을 여행 축복이더이다
손 목사님 사랑 섬김 좋은 곳 인도하신 은혜 감사합니다

예쁜 또복아 밝고 건강하게 잘 자라거라 하나님 복 주시옵소서

복 주시는 하나님

어머니라는 이름

부르기만 하여도 눈물 나는 어머니
밤하늘 보름달 같은 어머니 모습
새벽에 피어나는 새하얀 박꽃처럼
순백의 그 마음은 오직 자식 사랑

열 달을 품으며 행복한 그 마음 그 소망
사랑스런 아가 모습 그리며 행복하지요
생명을 품은 것은 우주보다 큰 기쁨
좋은 생각 좋은 말 좋은 음식 사랑이라

자식은 여호와의 주신 기업이라 하셨으니
이 마음 하나로 올바르게 굳세게 자라기를
눈물로 간구한 애절한 그 마음 아시겠지요
회초리 치고 눈물지우는 어머니 아픈 사랑

그 사랑 그 훈계 아니면 어찌 바로 자라리요
예쁜 눈빛 마주하며 행복한 웃음 웃게 하는
생명 속에 함께한 거룩한 어머니란 이름
하나님은 여자에게만 아름다운 이름
눈물 나는 거룩한 훈장을 주셨답니다

어머니 나의 어머니

부잣집 딸 다섯 아들하나 장녀이신 어머니
한단의 숟가락 손님 접대하신 가문
박경수 어머니 이름 없이 사신 분
딸이라고 천대하여 호적도 없이
죽은 동생 이름으로 한 세상 사신 분

가여운 내 어머니 그 한 씻으려
중앙일보 월간중앙에
고향을 지키시며 살아오신 날 써서
논픽션 천만 원 고료 당선 되던 날
어머님 기쁨이 하늘에 날고
이제 죽어도 여한이 없다고
네가 아들노릇 딸 노릇 다 했다고
함박꽃 같은 웃음 웃으시며
칭찬하신 내 어머니!

일흔 여섯 새벽길에 천국가신 내 어머니
딸의 간증집 읽으시다가 팔월 마지막
불볕더위 데리고 자는 잠에 가신모습
수국을 사랑하신 내 어머님
고운 수국같이 웃으시며 가신 모습
몇날 며칠을 자식 키운 이야기
딸 셋을 사위들에게 빼앗긴 이야기
아들 둘 며느리에게 맡긴 이야기
오늘밤에 가도 여한 없다 하시더니
새벽에 천국 길 가셨답니다

복 주시는 하나님

사랑하는 제부 목사님 감사

황화 코스모스 화려한 웃음 웃는 시일 스무날
사랑 많은 제부 목사님 바리바리 가지고
날마다 익어가는 모습 보며 웃고 사는 제게
가을 하늘처럼 맑은 미소 지으며 오셨더이다

칠년을 견디고 버티며 보배들 사랑 속에 사는데
막내 동생 부부 사랑을 가득 담아 왔더이다
무더운 여름 이기며 심어 놓은 고구마 두 박스
삶아서 얼려둔 갖가지 나물 가지고 왔더이다

동생이야 사랑으로 언니 생각하고 보내지만
제부 목사님을 바라보면 미안하고 고맙더이다
귀한 관음주 두 화분을 부산에서 가지고 오시고
오리양념 볼 고기 맛있게 먹으라 하시더이다

우리는 무엇을 드릴까 냉장고를 보다가
사 놓은 것들 이것저것 담아 드렸지요
어설픈 시인 농부 팥 농사 지은 것 드리니
장남 목사 손 회중시계 선물로 드리더이다

부용화같이 웃으시며 고맙다 하시더이다
하늘에 하나님 아버지 기뻐하실 것 같더이다
시인은 시 한편이 선물이라 드렸나이다
받아서 행복한 날 드려서 더 행복한 날이더이다

시인이 된 막내 남동생

하얀 치자꽃 달콤한 향기 풍기는 날
좋은 생각에 실린 막내 남동생 시 한편
내가 원하는 집 제목을 달고 실린 글
이성진 님 이란 그 이름 석 자 반가워라

황토로 바른 예쁜 방을 만들어 놓고
사랑하는 님들을 초대하여 나누고 싶은 집
작은 마당에는 고운 꽃 심어 놓고
구름도 바람도 놀러 오는 정겨운 집

사랑하는 사람과 천년을 살아도
매일 먹는 밥처럼 고마운 집
가슴에 전류가 흐르는 시 한편
동생에게 축하전화 보내며 행복했네

가정을 짊어진 아버지가 된 막내 동생아
고난과 고통이 시가 되어 걸어간 길 위에서
기쁨과 소망의 마음 길러내어 어머니 그리워
어메의 가을로 등단된 기쁜 소식 장하여라
축하한다 시상식 의자에서 손뼉 치는 누나이고 싶다

사랑한다 아주 많이 시인이란 영혼에 맑은 샘 하나
두레박으로 길러 내어 시원한 생수 나누는 사람
살아있는 날까지 길러낸 물 나누어 보자
천국에서 어머님도 시인된 남동생 칭찬하시리라

6월 17일 토요일

복 주시는 하나님

사랑하는 백합 같은 예쁜 동생부부

새해 새 소망 일일이 가고 이월이 왔더이다
아름다운 태양은 어제나 오늘이나 같은데
이일이라는 이름으로 빛을 발하더이다
행복한 이월이 되라고 전학을 하는 중에

너무도 보고 싶은 사랑하는 백합동생 모습
부산에 언니가 언제까지 우리 곁에 계실지
우리형제 사랑은 주님이 주신 사랑이지요
명절이라 참기름 해마다 바리바리 주시는

고마우신 제부 목사님 은혜 무엇으로 갚으리요
동생이라 한 콩깍지에서 태어났지만 제부 목사님
그 크신 사랑은 주님이 주신 내 몸 같은 형제사랑
무엇인가 드리고 싶어 챙겨 보는 마음이 설레이니

기다리는 마음보고 싶은 마음 남지 돌솥밥 대접하고픈 데
몹쓸 감기로 그리도 못하는 마음 안타깝기만 하더이다
사랑하는 형제가 있음이 이리 행복인 것을 감사하더이다
행복한 나날이 되기를 하나님 아버지께 간구 드리나이다

벽옥진주 부부의 사랑

아름다운 황화 코스모스 곱게 피던 십일월 열 나흗날
장녀 부부가 엄마 보러 왔더이다

생일을 미리 해주다고 예쁜 겨울 외투 사고 속티 사고
예쁜 양말 사고 영양제 가득 들고 왔더이다

맏이라는 무거운 짐 엄마는 미안하더이다
바리바리 음식냉장고 재우고 맛있는 해물 소고기

샤브향 식당으로 눈도 즐겁고 배도 부르게 하려
가을 여행하려고 먼 길을 일부러 찾아가서 먹게 하더이다

감사하는 마음 말로서도 안 되고 글로서도 안 되는 것
행복한 웃음 웃으며 잘 먹고 가자는 곳 잘 다니는 것

엄마라는 이름 하나가 이렇게 대접 받고 사는 것
사 남매 맏이라서 힘든 사랑하는 우리 보배 부부

일 년 양식 주고 가는 모습 하나님 아버지 복주시리이다
해 줄 수 있는 것은 행복하게 살아 주는 것이라고

부탁하며 건네는 용돈 받으며 매달 보내는데 또 주더이다
지는 해 바라보며 가는 보배 부부 하나님 아버지 지켜 주소서

복 주시는 하나님

가정이라는 이름

팔월이 여름을 데리고 가네요
눈물 비를 뿌리며 가고 있네요

불볕더위 언제 있었느냐는 듯
팔월이 초록 비를 뿌리며 가네요

가정이란 쪽배하나 두 사람이 만나
일곱 명 여덟 명 태우고 떠나는 것

풍랑도 만나고 순풍도 만나며 가는 것
그 어떤 고난도 함께하며 가는 고해 길

그곳에 기쁨이 슬픔이 만남이 이별이
아름다운 한 필의 베를 짜듯이 가는 길

사랑이라는 이름으로 보석들을 안고 가는 길
보석들이 제 짝을 만나 또 한척 배 만들고

풍랑 이는 세상으로 보내는 부모라는 이름
눈감는 그 순간까지 오직 자식 사랑하는 마음

부모의 눈물기도 하나님 마음 감동하시도록
빈 배에 홀로 앉아도 행복한 마음으로 사는 것

사랑하는 효정이 시집가는 날

아름다운 나라꽃 무궁화 곱게 피는 구월 구일에
사랑하는 우리보배 효정이 시집가는 날
예쁜 모습 고운 마음 사랑 받고 살았지요
부곡 온천 따스한 사랑 덕암산 푸른 사랑 받고

향학의 꿈을 위해서 부모님 떠나 살았지요
첫사랑 받음 자라나서 고운 꿈을 꾸는데
불같은 사랑이 제 갈비뼈를 찾아 왔지요
잘생긴 멋진 신랑 착한 신랑 불꽃사랑

이제는 좋은 신랑을 만나서 시집 간 다네요
꽃보다 더 고운 효정모습 사랑스런 모습
하나님 보내신 천생 배필 만나게 하셨더이다
험한 세상 쪽배 타고 떠나는 보배 부부

날마다 하늘의 신령한 복을 내려 주소서
하루하루 땅의 기름진 복을 내려 주소서
세상은 가시밭길 험한 길이 많은 곳
한 평생 하나님 아버지 사랑 부어 주소서

복 주시는 하나님

사랑하는 원이 시집가는 날

아름다운 해바라기 행복한 웃음 웃는 날
코스모스 고운 모습인 시일 스무 아흐렛날
사랑받은 우리 보배 원이 시집가는 날
어린 날 필리핀 유학 생활 잘 견뎠더이다

서울의 하늘아래 당당히 입성 한 보배가
막내둥이 사랑 둥이 부모기도 할머니기도
언니들 사랑기도 받으며 잘 자라났더이다
이제는 좋은 신랑 만나서 시집간다 네요

꽃보다 더 예쁜 원이 모습 사랑스런 모습
하나님 보내신 천생 배필 만나게 하셨더이다
험한 세상 쪽배타고 떠나는 우리 보배 부부
착하고 준수한 신랑과 함께 간다고 하네요

날마다 하늘의 신령한 복을 내려 주소서
하루하루 땅의 기름진 복을 부어 주소서
세상에는 가시밭길 험한 길이 많은 곳
한평생 하나님 아버지 사랑 부어 주소서

복을 나누는 아름다운 청년

푸르고 젊은 아름다운 청년들이 오십 사만 명
방안에서 세상이 두려워 나오지 않는다는데
마음아파 울며 기도드린 날들이 지나고나니

아름다운 소식이 내 눈앞에 신문에 나더이다
행복을 만들어 드립니다 광고를 하고 난후
그들이 방안에서 황홀한 아침빛 사랑빛 희망빛 받아

세상에 나와서 혼자가 아니라서 행복하다 하더이다
아름다운 청년들 도우려 백억을 기부하신 귀한 손길
머리 숙여 감사 축복의 기도 올려 드립니다

부자들이 재산을 쌓아 놓지 말고 이 청년같이
나누고 베풀고 섬기게 하소서 간구 드리는데
하늘의 하나님 들으시고 내어 놓게 사랑마음 주시고

받은 복을 나누는 이 나라 청년 그 이름도
아름다운 귀한 이름 하나님 아버지 주시는 복
가지지 못한 사람에게 행복을 심어 주더이다

그 이름 그 기업들 축복합니다 사랑합니다
나누고 베풀고 섬기라는 하나님 아버지 마음입니다
우리는 모두 노아 할아버지 세 아들의 후손입니다

참 아름다운 사람들

아름다운 사람들은
고난의 질병과 파산의 고통과
인격 이하의 무시당함과
처절한 수모를 담담히 겪어낸
참 아름다운 사람들입니다

이 중에 한 가지라도
겪어보지 않은 사람은
참으로 복이 많은 사람입니다

고통의 질병으로 외로움 속에
하나님께 부르짖어 보셨습니까?
한 푼의 돈이 없이 파산의
고통을 겪어 보셨습니까?

사람 앞에 자산이 벌레같이
밟혀 보신 적 있으십니까?
나의 인격이 땅바닥에 떨어지듯
처절한 수모를 당해 보셨습니까?

자식의 고통을 차마 볼 수 없어
목숨 걸고 기도하며 통곡하신
날들이 있으십니까?
이러한 과정을 겪어보지 않은 분들은
참으로 참으로 복이 많은 분들입니다

그러나 이러한 과정을
이겨내신 분들은 장미의 가시 옷을
입히신 하나님의 손길같이
황홀한 흑장미 꽃이 향기를 품어

모든 사람들에게 기쁨을 나누듯
이웃을 사랑하며 나누고 베풀며
동화처럼 살다가 아름다운 고향으로
돌아갈 곳을 아는 행복을 만들어 내는
참 아름다운 사람들입니다

성공한 사람들의 길에는
이러한 고통과 눈물이 있었고
견디고 버티고 초심을 잃지 않고
살아내야 하는 날들을 잊지 않았더이다

참 아름다운 사람들이
이 땅을 살리고 있더이다
잘 박힌 못같이 소리 없이 묵묵히
아픔을 견디고 이웃을 위하여
자신의 것을 내어주고 있더이다

아침에 태양이 찬란하듯이
어두운 밤에 달과 별빛이 빛나듯이
참 아름다운 사람들은
어디서든 빛나는 삶을 살고 있더이다
우리는 세상에 빛이요 소금이라 하더이다

복 주시는 하나님

영도 복국 집에서

유엔 묘지 감천 마을 알뜰살뜰 구경시키고
영도 복국 집에서 맛있는 식사를 하는 기쁨
육년 동안 살았던 정이든 곳이라 반가웠지요
남편과 같이 왔던 복국 집이라 그리움 솟고

말 못하는 마음을 혼자 삭이며 먹었지요
맛있는 복국 따라 나오는 가지가지 반찬들
먹기 전 하나님께 감사기도 드리며 먹었지요
너무도 많은 요리들이 행복하게 하더이다

[어머니엄마 이모 잘 드시니 너무 좋습니다]
보배들 덕담에 더욱 열심히 먹었지요
언니 넘어질까 봐 손잡고 다닌 여동생 사모
고마워 고마워 많이 먹어라 권하며 먹었지요

아름다운 칠월 하진이 인도에서 휴가 온 좋은 날
세 사람 할머니들 호강 시켜 주며 수고 한 날
얼마나 감사한지 말도 다 못할 그 사랑이더이다
하나님 아버지 참 좋아 하시고 복주시리이다

유엔 묘지를 찾아서

칠월의 하늘이 보슬비를 내리며 울고 있는 날
인도에서 하진이 왔다고 비취부부 초대하더이다
해운대 마리안느호텔 1704호 2박 3일 쉬면서
사돈이랑 막내 여동생 함께 여섯 가족 여행길

둘째 사위 목사님 차 운전하시며 좋은 곳을 안내 하더이다
부산에 살아도 유엔묘지 못가 본 시집살이 생각나더이다
높은 정문 앞에 서 계신 분에게 수고하십니다 인사드리고
보슬비를 맞으며 유엔 묘지를 걸어 다녔지요

영상으로 보여 주신 우리나라 역사를 보면서
다시는 이 나라 전쟁이 없기를 기도 드렸지요
열 여섯 나라 귀하신 젊은이들 우리나라 사랑을
이 생명 다하는 날 까지 잊지 않고 기도하리이다

아름다운 정원을 비속에 걸으며 행복하더이다
대통령님들 심어 놓으신 기념식수 바라보다
이 명박 대통령 기념 소나무 앞에 서서 사진 찍었지요
35억 내 놓으시고 5년 동안 맡으신 힘든 그 자리

우리는 그 소나무처럼 푸르고 성성하게 살자 했지요
나라위해 목숨 바친 세계의 귀하신 분들 이름에
우리의 손으로 만지며 감사해서 목이 매였지요
아름답게 단장한 유엔 묘지 방문 하나님 은혜더이다

　　　　　　　　　　　　　　　복 주시는 하나님

살아 계서서 감사한 날

보랏빛 들국화 향나무 아래서 웃고 있는 십이월 열여섯 날
고신 교단 주소록을 만나 펼쳐 보았지요
손이 가는 대로 넘기다 만난 귀하신 목사님 전화번호
들리는 음성 반가워 인사드리며 감사 했나이다

살아계셨구나 아직 살아 계셔서 감사합니다
지금은 어디 계시냐 물었더니 다대포에 계신다고
그리고 학교도 하시고 맏사위랑 같이 하신다고
그 맏사위 장남 목사친구라 더욱 반갑더이다

그리고 지금까지 기도하고 있는 부산 목사님 안부 물으니
6년 전에 천국 가셨고 또 한분도 천국 가셨다 하더이다
병원 사역하시던 목사님이 우리 부부 멋진 뷔페 대접하시고
제게 보배롭고 존귀하다고 다른 백성 내 생명 대신한다고

그 말씀 주신 목사님은 살아계신다 하더이다
같은 노회서 자주 만나신다 하시기에 안부 드리고
부곡 오시는 길 있으시면 식사 대접하겠다고 하며
목사님들 위하여 기도하고 있다고 전하시라 했나이다

기도로 만나는 귀한 목사님들 사랑하는 성도들 사랑이
오늘까지 저를 이 땅에 두신 하나님 아버지 은혜입니다
기도의 삼겹줄 놓지 않고서 아침저녁 기도 하리이다
사랑의 하나님 아버지 주시는 행복을 누리시옵소서

한권의 책 나의 스승

사랑하는 유기성목사님 쓰신 책이
나에게 회개의 마음 부어주시네
[나는 죽고 예수로 사는 사람]
이 귀한 책 한권이 내 모습 보게 하네
내가 죽지 않고 남 만 바라보던 내 모습을
다 보게 하신 한권의 소중한 책이
내가 죽어야 예수님이 사시는 것을
회개합니다 내가 죽지 못함을
회개합니다 세상을 향한 나의욕심을
사랑이라 말해도 헤아리는 부족함을
진심으로 사랑하지 못한 죄를 회개합니다
모든 이웃들을 사랑하게하소서
예수님의 마음을 닮아가게 하소서
온유하고 겸손하신 예수님의 심성을
예수님의 그 사랑 닮아가게 하소서
나는 죽고 예수님이 내 안에 계시옵소서
오직 예수님 한 분 만이 내 삶을 인도하소서
오직 예수님 한분만이 내 삶의 주인이십니다
나의 면류관이신 주님 나의 화관이신 예수님
참으로 아름다우신 예수님 사랑이
내 영혼에 내 육체에 부으사 삶속에
예수님의 사랑 전파되게 하소서
오직 예수님만이 나의 구주 나의 왕이십니다
사랑합니다 감사합니다 찬양합니다
나는 죽고 예수로 사는 사람 되게 하소서 아 멘.

복 주시는 하나님

끝없는 사랑

하나님 아버지 사랑은 끝없는 사랑
내 모습 변하여 예쁘지 않아도

내 영혼 날마다 사랑하시더이다
일어나라 함께 가자 사랑하노라

복주고 복주시고 번성케 하시네
하나가 둘이 되고 둘이 셋이 되고

열일곱 가족 행복 주시더이다
둥지 떠나도 마음만은 항상 한곳에

고향집 부모님 생각 잊지 못하여
사랑의 마음으로 간구 드리네

열심히 살아보리 고향집 그리며
사랑하는 보배들 이름 부르며

아름다운 꽃동산주신 하나님사랑
희망의 노래 부르며 살아가리라

행복한 노년

오지도 않은 근심을 하지 말아야지
아침 햇살 사랑 행복하게 살아야지

아름다운 하루를 선물로 받았으니
기쁨으로 감사로 노래하며 살아야지

겨울을 주신 의미 깨달았을 때
사랑했던 길동무 천국가시고 없었네

부지런히 달려온 봄 여름 가을
이제는 쉬라고 겨울 주셨네

하나님의 깊은 뜻 가슴에 새기며
행복한 노년을 살아 보렵니다

좋은 인연

분홍빛 코스모스 환히 웃는 십일일 초사흗날
아침 해 친구하며 쑥골 운동장 정자에 앉아

이 나라 대통령과 정치인들 육군 공군 해군
하늘 길 바다 길 육지 길 잘 지키사 평안하기를

대한민국 오천만 가족 부곡면민 이천 삼백 명
날마다 평안하고 행복하기를 기도드렸지요

운동 나오신 분이 [안녕하셔요] 하시기에
[반갑습니다 어디서 오셨어요] 동문 아파트라 하시며

[이동근 선생님 사모님 아니십니까] 하시더이다
[저를 어찌 아시냐]고 물었더니 [전부터 아신다]

하시며 [이동근 선생님이 죽었던 자신을 살렸다] 하더이다
사십 칠년 전 할머니 한분이 깨 한 되 양말 두 켤레 주시며

아들 살려 주신 은혜 감사하다 하신일이 기억나더이다
부곡온천 보일러 가스로 죽은 청년 인공호흡으로 살렸지요

나이는 칠십 이세 김○○씨라며 [은혜 못 갚아 죄송하다고]
허리 굽혀 인사하시는데 인연은 이렇게 반가운 것이더이다

하나님 아버지 바라보시고 좋은 인연이라고 기뻐하시겠지요

행복한 생일날

아름다운 소국 샛노란 웃음 웃는 늦가을 날
엄마라는 이름 할머니라는 이름으로 받은 축복
사랑해요 어머니 생일 축하합니다
사랑해요 할머니 생일 축하합니다

아들 낳으려고 백일 불공드린 친정엄마
딸이라 마음 상하여 버려진 일곱 시간
죽지 않고 살아서 자고 있던 어린 생명
하나님 아버지 사랑으로 살리셨답니다

자라면서 칭찬 받고 사랑 받으며
그때 버렸던 것 미안 해 하신 친정 엄마에게
남자 되지 못한 것 미안해서 착한 딸로 살았지요
명이 없다는 말을 듣고 예수 믿으라 하더이다
무슨 일을 만나도 기도할 수 있어 행복했지요

하나님 아버지 우리 열다섯 보배들 복주시옵소서
꽃분홍 잠바 사온 장녀 부부 일 년 양식주고 용돈 주고
용돈 보낸 막내딸 사돈까지 용돈을 내게 주셨더이다
장남부부 용돈 주며 다음에 더 많이 드린다 하네요
막내 교장목사 케이크사서 축하노래 부르고 용돈주고
바리바리 사다 놓고 예진 예찬 하진 현민 용돈 부쳤더이다
한결이 라엘이 은결이 할머니 감사합니다 인사하고
막내 동생 사모까지 용돈을 보내며 축하하더이다
하나님 아버지 행복한 하루 주신 은혜 참 감사하나이다

복 주시는 하나님

촌부의 고백

일흔 한번 육이오 가슴 아픈 역사 앞에서
기념식을 보면서 가슴 저리더이다
조국의 환난 앞에 던지신 그 희생
님들이 계셨기에 우리가 행복을 누립니다

감사합니다 참 고맙습니다
이 말밖에 드릴 것이 없어 송구합니다
아름다운 우리 조국 지켜주신 님들에게
고맙고 감사하다는 이 말밖에 없나이다

잊지 않겠습니다 내 생명 다하는 날까지
님들의 숭고한 조국 사랑을 후손들에게
전하며 잊지말라고 당부하겠나이다
아버지를 남편을 아들을 조국에 바친 그 희생

자자손손 후대에 남기며 살리이다
하나님이 보우하사 대한민국 만만세
눈물로 감사기도 드리며 살리이다
유족들의 아픈 가슴 신이시여 위로 하여 주소서

2021년 6월 25일 71주년 6·25를 상기 기념식 앞에서.

개미들 마음을 읽은 날

고추밭이랑 사이에 억센 풀을 뽑았네
풀뿌리 밑에 개미들 소동이 일어났네
하얀 알을 물고 가며 사방으로 퍼지네
어찌하나 쳐다보고 있는 내 장갑 속에

작은 개미 한 마리 꽉 깨물었네
따끔하게 아파도 할 말이 없었네
전에 같으면 싹 문질러 죽였을 텐데
미안한 마음에 땅에 내려 주었네

개미들의 평화를 왜 깨뜨리느냐고
죽을 각오로 올라온 개미 한 마리
말이 없어도 소리 없는 개미 희생정신
어쩌면 우리 선열들 핏소리 같았네

작은 개미도 공동체 사랑 위하는데
만물의 영장인 사람으로 태어났으니
이 한 몸 사는 날 이웃을 행복하게 해야지
개미가 물은 자리 보며 빙그레 웃었네

복 주시는 하나님

두꺼비를 만난 날

아름다운 분홍 복사꽃 웃는 사월 초 엿샛날
초석잠 밭에서 연둣빛 새 순을 뜯었네
고맙고 반갑고 미안한 마음이지만
어찌하랴 내가 심고 가꾸었기에
내손으로 귀한 음식을 만들어야 하니까
부침가루에 계란 넣고 카레 넣고 먹으면
맛있는 부침개가 되어 온 몸이 행복하네

마른 초석잠 가지를 뽑아내는 곳에
손바닥만 한 두꺼비가 엉금엉금 기어 나오네
놀란 가슴 설레이며 두꺼비 갈 때까지 기다렸네
모진 겨울 지내느라 얼마나 힘들었을 까
지난겨울만큼 매서운 추위는 없었는데
두꺼비 가는 곳을 하염없이 바라보았네
두려움도 모르는 듯 쉬엄쉬엄 가는 모습이
지는 해 바라보며 살아가는 인생길 같았네
두꺼비는 언제부터 그곳에 터를 잡았을까
농부시인이 되어 사는 나를 찾아 온 것일까
십이 년 째 사는 내게 친구가 되려 왔나보다
두꺼비가 행복한 하루를 만들어 주었네
하늘에 계신 아버지께 감사드리나이다

나에게 위로한 날

길동무 고향집 가신지 어느 사이 다섯 해
새해 새 소망 가슴에 품고 만난 지난 해
온 세계가 온역으로 부대끼며 사는데
불안한 마음 주님께 의지하며 살았네

봄이 가면 나으려나 여름가면 나으려나
가을이 오고 겨울이 오고 또 다시 새해가 왔네
시작이 있으니 끝이 있겠지 소망을 가졌네
겨울의 한가운데 살을 에이는 혹한이 찾아 왔네

화장실이 먼저 얼어 터졌네 어찌하나 하다
간이 화장실 있음이 감사한 마음이네
도로공사 인부들이 간이 화장실 쓰고 가네
주방에 수돗물이 얼어버려 어이하나 하다

마당가에 수돗물이 얼지 않아 감사 했었네
생수병에 물을 채워서 얼지 않은 곳으로 옮겼네
칼바람 얼굴을 스쳐도 나에게 위로 했었네
괜찮아 괜찮아 살아있으니까 괜찮아 괜찮아
겨울 너 두렵지 않아 봄이 오면 너는 갈테니

황금빛 햇살 사랑이 창조주의 마음이더이다

2021년 1월 9일 겨울의 심술 앞에서.

복 주시는 하나님

등불 들고 가는 나그네

어두운 세상길 걸어가는 나그네
조그만 초록 등불 들고서 걸어가네

가시밭길 돌밭길 걸어가는 나그네
따스한 고향집 그리며 걸어가네

사랑하는 아버지 반기는 그곳으로
사랑 노래 부르며 걸어가는 나그네

다칠세라 넘어질세라 등불 들고 가는 길
지친 몸 쉴곳을 생각하며 걸어가네

세상과 싸우다 쉴곳 있음이 행복하네
굽은 등어리 만져주실 포근한 그 손길

잘 견디고 잘 버티었다고 칭찬하실 아버지
착하고 선한일 행한 일 따라서 상급 주실 내 아버지

모두 모두 오세요 내 고향집은 풍성하답니다

보배의 덕담

사랑하는 우리 보배가 덕담을 했네
할머니 손은 생명을 살리는 손이야

팔월도 좋은 달이 되라고 안부 전하는데
서울 하늘 먼 곳 사는 예쁜 우리 보배에게

이렇게 좋은 선물을 받았네
내 손은 생명을 살리는 손이라네

손이 너무 커서 항상 숨기고 싶었는데
발도 너무 커서 숨기고 싶었는데

우리 보배 예진이가 희망을 주네
버려진 무궁화꽃가지 심어 잘 자라서

두 그루 나무가 토종 무궁화꽃 피여
고맙다고 웃으며 행복하게 하고

고추밭 지렁이도 흙을 덮어 살려주고
주황나비도 깨워서 날아가게 하며

동화 속에 살고 있는 내게 덕담 한마디가
아름다운 손을 가진 행복한 사람이 되게 하네

이 모두가 나를 만드신 분의 크신 은혜이더이다

천국가신 큰 별

보랏빛 무궁화 활짝 웃고 있는 날
구일 열나흘 눈부신 햇살 사랑 빛 속에
이 땅에서 천국 잔치 하시던 분이
사랑하는 주님 품으로 안기며 가셨네

놀란 가슴 손으로 안으며 마음 저렸네
이 땅에 믿음 소망 심으시고 행복으로 초대하셨네
여의도 광장에서 만나 뵌 팔십년 팔월 십오일 새벽기도
쏟아지는 비를 향해 기도하라 하셨네

오 분 동안 드린 기도 하늘에 달과 별이 나왔었네
불같이 외치시던 그 말씀 영혼에 담았네
창녕 부곡교회에서 올라간 열 명의 순진한 성도들
아들이 있는 분 하나님께 헌신하게 일어서라 하셨네
그 자리에 세 사람 엄마가 일어서 축복기도 받았네

하나님은 받으시고 송명순 권사 김양원 목사
신연화 권사 김재현 목사 부르신 하나님 아버지
부족한 제게는 두 딸에 두 사위 이호기 목사 김익조 목사
두 아들에 이현석 목사 이헌체 목사 모두 부르셨네

영혼이 잘되고 범사가 잘되고 강건하라 하신 말씀
영원히 잊지 않고 시편 23편 가슴에 새기라 하셨지요
목사님은 천국 잔치 가셨지만 우리는 잊지 않으리다
만나 뵈는 그날까지 사랑하신 예수님 품에 편히 쉬소서

시집간 수선화

봄 까치꽃 피던 하얀 봄이 오면
샛노란 산수유 꽃 잔치 열리는 날

샛노란 수선화 아홉 송이 수줍게 웃고
부드러운 꽃잎들이 모진 추위 견딘 모습

겨울의 강을 건너 온 나그네 기쁨 주던 꽃
[아아 예뻐라 산수유야 수선화야 반갑구나]

아홉 송이 고운 수선화 샛노란 꽃잎인사 하고
얼었던 마음 다 녹여 주던 사랑스런 친구들

샛노란 산수유 꽃 잔치 보러간 봄날 아침
수선화 아홉 송이 하나도 보이지 않았네

너무도 예쁜 샛노란 수선화 꽃잎에 반해
한 포기도 남기지 않고 다 뽑아 가버렸네

얼마나 꽃을 사랑했으면 그리 하였을까?
꽃 도둑은 도둑이 아니라 여기며 마음 다독였네

내 딸들 시집보내던 날 생각하기로 했네
하늘에 아버지 보고 계시고 잘 했다 하시리

사랑 많은 그 분이 고운 수선화랑 행복 하소서

복 주시는 하나님

행복한 어버이 날

아름다운 줄장미 웃음 웃는 초이렛날
오월이 왔다고 춤추는 꽃송이 송이들
따르릉 전화소리 우리 보배들이 온다네
어버이날 엄마 맛있는 것 대접하고 싶다네

그래그래 어서 오라고 하고 마트로 나갔네
받기만 한 엄마가 주고 싶은 마음이어라
장녀 벽옥진주부부 둘째 비취 부부에게
따스한 생일상을 차려 주고 싶었네

닭날개로 강정 만들고 꽃게조림 두부 계란부침
미나리나물 조기구이 미역국 밤찹쌀밥을 했었네
울주에서 광주에서 엄마 찾아오는 우리 보배들
생일 케익 하나 사놓고 기다리며 행복했네

이 기쁨 나만이 누리는 축복이라 감사했네
건강주신 주님께 감사하며 찬양 드렸네
네 명의 보배들이 반가이 만나 하는 말
[엄마는 우리가 맛있는 집 찾아두었는데]

[생일상 차려주고 싶었다 엄마 마음 받아줘]
[고마워요 잘 먹을께요] 지나간 생일 닥쳐올 생일
축하하며 축복하며 보낸 행복한 어버이날
바리바리 사온 선물들 냉장고 가득 채워졌네
엄마라는 귀한 이름주신 주님 감사 찬양 드리나이다

인생이란 이름

아름다운 에덴동산 만드신 분이
사람은 혼자 살지 말라고
두 사람을 만드셨지요
남자는 흙으로 빚어 혼을 넣으셨대요
여자는 남자의 갈비뼈로 만드셨대요
넘어질 때 붙들어 주고 외롭지 말라고
사랑하고 기뻐하며 행복하라 하셨대요

소처럼 뚜벅 뚜벅 한 걸음 한 걸음
하루라는 오늘 지금 이 순간이란 날
스물 네 시간 베틀을 모두에게 주셨지요
아름다운 비단천 한필 만들라고 주셨지요
아름다운 꽃들의 향기 나비 벌들 부르듯이
제 각각 사람 냄새 풍기며 살아가지요

만남과 이별 사랑과 미움 기쁨과 슬픔
평안과 불안 성공과 실패 희망과 절망
고통과 환희 아름다움과 추함 건강과 아픔
이 모든 이름들이 모여 아름다운 비단천 짜며
사람으로 태어난 것 감사하며 살라 하셨지요
인생이란 사랑으로 태어난 아름다운 사람들
사랑하며 나누며 함께 살라는 아버지 마음

복 주시는 하나님

아름다운 새 이름

너무도 놀라운 하나님 사랑 알았네
못나고 부족한 나를 사랑하신다네

내 모습 이대로 사랑하신다네
나를 사랑하신다며 새 이름 주셨네

너는 하나님의 아름다운 면류관이요
너는 하나님의 손에 왕관이라 하시네

놀라우신 하나님 사랑 가슴 설레였네
신랑이 신부를 기뻐함과 같다하시네

그 사랑 그 은혜 무엇으로 갚을까
하늘보좌 바라보며 눈물기도 드립니다

아름다운 그 이름 영혼에 새기며
기뻐하며 춤추며 찬양드립니다

나는 하나님의 아름다운 면류관
나는 하나님의 손의 왕관이랍니다

이사야 62장 1절-12절 말씀을 읽고. 은혜 받은 찬양시.

천국에서 큰 자

그때에 제자들이 예수님께 물었네
천국에서는 누가 큰자 입니까

예수님이 어린아이 불러서
저희 가운데 세우셨네

진실로 너희에게 이르노니
너희가 돌이켜 어린아이들과

같이 되지 아니하면 결단코
천국에 들어가지 못하리라

누구든지 어린아이같이 자기를
낮추는 자 천국에 큰 자니라

예수님 수난의 날 가까워 오는데
제자들 천국의 큰자를 물어보네

어린아이같이 예수님 사랑하라
어린아이같이 겸손하라 하시네

어린아이같이 되지못함을
어린아이같이 낮추지 못함을

진심으로 진심으로 회개합니다

마태복음 18장1-10절 말씀.

복 주시는 하나님

행복한 노년

오지도 않은 근심을 하지 말아야지
아침 햇살 사랑 행복하게 살아야지

아름다운 하루를 선물로 받았으니
기쁨으로 감사로 노래하며 살아야지

겨울을 주신 의미 깨달았을 때
사랑했던 길동무 천국가시고 없었네

부지런히 달려온 봄 여름 가을
이제는 쉬라고 겨울 주셨네

하나님의 깊은 뜻 가슴에 새기며
행복한 노년을 살아 보렵니다

찬양하며 가는 길

가시밭길 속에서 길을 내며 걸었네
생채기 바라보며 주님 함께 걸었네
아픈 손목 잡아주신 사랑의 나의 주님
그 말씀 부여잡고 하루하루 살았네

평생토록 행복하게 해 주마 하던 길동무
그 약속 못 지키고 홀연히 천국가시네
놀란 가슴 두려움에 외로움에 울었네
수렁에 빠진 나를 주님이 건지셨네

인자하신 그 음성 울지 말라 하시네
두려워 말라 놀라지 말라 하시네
나의 주 그리스도 나의 생명이시여
눈물을 씻기시는 다정하신 그 손길

혼자라 생각한 마음 사랑의 약속 주시네
나를 굳세게 하시리 도와주시리라 하시네
능력의 오른 손으로 붙들리라 하시네
위로의 말씀 힘이 되어 찬양하며 갑니다

2016년 11월 10일 이사야 41장10절 말씀 읽고.

복 주시는 하나님

주님 재림

사랑하는 형제들아 자는 자들 바라보라
소망 없는 세상사람 슬퍼하며 애통하나
예수 안에 자는 자들 하나님이 일으키사
주님 재림 하실 때에 주와 함께 오시리라

주님말씀 너희에게 교훈하니 들어보라
주님강림 하실 때에 살아있다 앞서잖고
주의호령 천사장과 하나님의 나팔소리
죽은 자들 깨어나서 주와 동행하리로다

살아남은 주의백성 구름 속에 끌어올려
공중에서 주를 만나 영접하게 하시리라
주의백성 영원토록 주와 동행하리로다
그러므로 여러 말로 서로서로 위로하라

데살로니가전서 4장 13-18절 말씀. 찬양시.

황소현 목사님의 정성

아름다운 철쭉 고운 웃음 웃는 날
아직도 소녀 같은 목사님이 오셨더이다

바리바리 사들고 찾아오신 그 정성
부산의 어두운 곳 빛을 뿌리시며 다니시는데

기도만 하고 사는 동안 좋은 소식 감사하더이다
교도소 선교사로 수고하신다는 기쁜 소식

한 많은 그 시간들 함께 아파한 지난날들
이제는 하나님 아버지 크신 사랑 안에 살더이다

얼싸 안으며 마굿간 교회가 생각나더이다
수 없이 흘린 눈물 이제는 기쁨으로 왔더이다

가지고 오신 사랑 부활절 사랑 꾸러미에 담아
믿지 않는 이웃들에 나누며 행복 했지요

예수님 죽으셨다가 부활 하셨습니다
할머니들 받으며 그래그래 몰랐다 하시더이다

사랑하는 막내며느리 귀한 어머니요
한결이 라엘이 은결이 외할머니 선물입니다

입춘날 천국가신 길동무

오늘이 며칠이냐 물으시길래
2월 4일 입춘이라 말했더니
[그래 참 좋은 날이네]
[목욕하고 자장면 먹으러 가자
속히 나와서 여기 앉아 기다려요]
[알았어요 당신은 언제나 급해요]

서로 다른 욕실로 가는 그 순간이
이생에 마지막이 돈줄을 누가 알리요
그 약속 못 지키고 천국가시면서
그 마음 얼마나 아팠으리요
너무도 깨끗하게 가신 나의 길동무
아깝고 아까운 그 마음 그 건강
오십일 년 길동무 나의 스승이여
은정 호기 헌석 애경 은아 익조 현채 민정
사랑 많은 아버지 좋으신 아버지
예진 예찬 하진 현민 한결 라엘 은결이
사랑 많으신 할아버지 존경합니다
이 세상 수고 다 그치고
아름다운 주님 품에 편히 쉬세요
길동무 가신 곳 아름다운 천국
날마다 바라보며
그날을 기다리며
주님의 은혜로 살아보리다

자수정 보배 부부의 효심

아름다운 청유리빛 하늘인 새해 초이튿날
자수성 보배 다섯 가족이 찾아 왔더이다

갑자기 찾아온 보배들에게 놀라며 물었지요
전화를 하면 닭 강정 만들 것 인데 했더니

엄마가 고생할까봐 소식 없이 왔다고 하네요
막내로 자라며 어리광부리며 나약 할까봐

어디 가서 막내라는 말을 하지 말라고 했더니
청옥 아내 만나서 한결 라엘 은결 아빠더이다

장하여라 우리 보배 동일 프로데이 행복동산
세계 속에 꿈나무 돌보는 교장선생님 이더이다

바리바리 사온 선물 내려 냉장고 채우고
수산 가마솥 추어탕 사와서 엄마 먹어라네요

닭강정 대신 통닭 먹는 삼남매 하는 말
할머니 만든 닭강정이 세일 맛이 있다네요

행복한 할머니로 살게 하신 하나님 감사드리나이다

복 주시는 하나님

인생은 두가지

출발 했던 자리를 잊지 말라
높은데 올라 갈수록 보이는 것은 많지만
아랫사람들의 들리는 소리를 듣지 못 한다
위에 있던 아래 있던 흙을 밟고 있는 것은 매 한가지다
인생은 모두가 힘든 경주자이다
개구리 올챙잇적 잊지 말자
높을수록 외로워지는 것이 인생이다

인생은 두 가지다 뛰는 자의 두 가지
자기 스스로 열심히 살아가는 자 [성실 근면]
남이 성공해 놓은 것 자기 것으로 만든 것 [90년 일기장에서]

나는 어떤 부류의 인생을 살아왔고
또 살아 있고 살아 갈 것인가 생각 해 보자
나를 인하여 누군가를 울게 만들지는 않았는지
누군가에게 행복한 순간을 만들어 주었는지
나는 얼마나 억울한 일을 당하며 살았는지
누군가에게 억울하게 만들었는지
나는 행복을 만들며 사는 사람인지
나는 불행을 만들어 내는 사람인지
나는 거짓 풍설에 잘 휘말리는 사람인지
나는 믿은 사람은 끝까지 도우며 사는 사람인지
나는 선을 행하는 사람인지 악을 행하는 사람인지
나는 좋은 사람인지 나쁜 사람인지
자기 스스로 속이지 말고 정직하게 평가 해보자
하나님은 만홀히 여김을 받지 않으시며 심는 대로 거두게 하신다

원동 마을 고마운 이장님

아름다운 상사화가 황홀하게 피어 웃는 날
원동 마을길 가로수 은행을 주우러 갔지요

며느리랑 둘이서 샛노란 은행 줍고 있는데
원동마을 이장님 차에 내려 인사하시더이다

[안녕하셔요 뭐하셔요] [은행 줍고 있습니다]
그냥 가져도 될 것인데 나무를 흔들어 주시더이다

등을 때리며 떨어지는 은행들을 주우며 대박
이것이 기적을 만나는 하룻길이라 여겼지요

한 나무 다 해주시고 장대를 가지고 와서
다른 한 나무에서 샛노란 은행 수복 하더이다

싸리 빗자루 가져와서 쓸어 모아 주셨지요
너무도 고마워 [이장님 고맙습니다 복 많이 받으셔요]

시장 보는 손수레 가득 가져오며 감사 했지요
여인의 고운 눈망울 같은 은행 곱게 말려서

우리 집 오시는 손님 드리며 행복할 날 기대하지요
원동 이장님 만나게 하신 하나님 아버지 참 감사합니다

복 주시는 하나님

유관순 열사의 소원

아름다운 삼월 하늘 가만히 바라보노라면
유관순 열사의 그 소원이 생각나지요
이 민족 강산마다 울리는 그 소리
대한 독립 만세 하나님 아버지 도우소서
간악한 일본 형사 열여덟 꽃다운 생명
참혹하게 꺾어버린 하나님의 꽃송이
일본은 회개 하시오 그 날의 죄악들을
조국의 독립위해 만개의 목숨도 드리려
나라위해 바친 그 희생을 무엇으로 말 하리요
예수님의 십자가를 생각하며 견디신 님이여
착한 일본 목사님 두 분 엎디어 비는 모습
하늘나라 유관순열사가 바라보고 있겠지요
순교자의 반열에 서신 유관순열사 본받아
대한의 사람들은 잊지 않고 있답니다
목숨 바쳐 지킨 이 나라 도둑들에게 찾은 광복
부디 이 민족을 강인한 반석위에 올려놓으소서
배워야 산다며 교육의 길에서 애국하신 분들
농부는 그 길에서 애국하신 분들
상인은 그 길에서 애국 하신 분들
오백여 기업들이 이 나라 살리는 분들
문화와 예술 체육 기능으로 애국하신 분들
정치는 올바른 생각과 행동으로 하여 애국 하소서
강제징용 가족으로 교육자의 가족으로 한세상 살다보니
오직 하나님 사랑 이웃 사랑 마음 고프지 않게 하소서
초록별 지구가 생존하는 날까지 대한민국 살리소서
하나님 아버지 촌부의 눈물 기도 외면하지 마소서

유엔 참전 용사 감사 기념일에

아름다움 무궁화 주저리주저리 피어 있는 날
유엔 참전 용사 감사기념일 잔치 하더이다

티브이 속에 만나면서 감사하며 또 감사드렸지요
알지도 못하든 나라 듣지도 못하든 대한민국에

북한의 남침으로 초토화된 아름다운 우리나라에
자유와 평화를 사랑하며 위대한 약속의 마음으로

목숨 걸고 평화를 자유를 찾아 주리라 결심하신 분들
22개국 유엔군 거룩한 이름으로 낯선 나라 위하여

싸워주신 고귀하신 님들의 생명을 바꾸어 진 것
자유와 평화란 목숨을 바쳐야만 지킬 수 있더이다

앉으신 자리마다 머리 숙여 감사 하고 감사하나이다
22개국 다 찾아가지 못하여도 영원히 잊지 않으리이다

유엔 참전 용사 아니었으면 이 나라 어찌 되었으리요
하나님이 보우하사 귀하신 분들 보내 사 지키신 나라

베풀며 사는 우리 민족 도우신 유엔참전 용사 거룩한 희생
감사합니다 잊지 않겠습니다 위대한 약속 지키심을

창조주 하나님 기뻐하신 아름다운 칠월 스무 이렛날

복 주시는 하나님

이은자 사돈 서신 드림

이 세상에서 하나님 사랑 안에 사시는 분
은혜로 날마다 감사하며 이웃 사랑 하시는 분
자나 깨나 삼남매 가정 손자 손녀 증손녀들 사랑
사는 날이 언제인지 모른 체 무거운 몸 쉬지 않으신 분
돈이 있어야 하기에 마음 조리며 살아온 세일들
무엇으로 그 수고와 사랑을 표현 할 수 있으리요
병이 나도 자녀들 걱정 할세라 홀로 지센 나날들
장하셔라 우리 사돈 대한민국 가족상 받으실 분
수많은 시간들을 견디고 버티고 이겨내신 분
하나님 아버지 아시고 행복을 부어 주시리이다
소망은 오직 자녀들 삼남매 가정 손자손녀 증손녀 행복
서나 앉으나 날마다 드리는 간구 하나님 아버지 들으시리이다
주님을 사랑하시며 이웃사랑하시는 아름다운 마음
님께서 아시고 복주시고 지키시고 은혜 평강 주시리
안과 밖이 변함없이 부지런하시고 착하신 그 마음
에라 오늘도 하루를 기쁘게 살아보시며 힘을 내세요
행복은 보배들 좋은 소식 듣는 것 그곳에 있더이다
복 있는 사람이신 귀하신 이은자 사돈 건강하소서
하나님 아버지 장하시다고 많은 상급 주시리이다
소망은 이 나라 이 민족 이 교회 이 가정 이웃들 평안
서로 서로 사랑하며 날마다 웃으시며 행복하소서
이은자 사돈위해 기도드리다 서신을 보냅니다
이제는 오직 건강 하게 기쁘게 행복하게 나날을 주님 손잡고 평안
하시길 빕니다
아름다운 흑장미가시 안고 피는 모습 인생길 배우게 하더이다

이태원의 고통을 보면서

서울의 대 참사에 울면서 지낸 며칠 동안
먹기도 싫고 잠도 오지 않던 나날들 지나며
부모들은 어찌 살까 남은 날을 어찌 살아 낼까
가슴이 아프더니 한숨이 습관이 되더이다

멀리 사는 우리가 이리 아픈데 어떻게 견딜까
이태원 거리는 얼마나 밤마다 울고 있을까
젊은이들 아름다운 홍안들이 꿈꾸던 거리가
사망의 음침한 이태원 거리가 되고 말았겠지요

아까운 우리 보배들을 어찌 잊을 수가 있으리요
이 나라 책임지고 살아가야 하는 아름다운 보석들이
이태원 거리에서 함께 떠날 줄을 누가 알았으리요
압사라는 이름조차 섬찟한 그 순간을 누가 알았으리요

누구를 원망한들 꺾어진 꽃송이 다시 피지 못할 것
다시는 이 땅에 이런 슬픔 없도록 하게 하소서
발맞추어 나가자 앞으로 가자 어깨동무 하고 가자
아름다운 이 노래처럼 이제 발을 맞추고 걸어소서

울다가 안타까와하다 심한 몸살을 앓았을 때
입으로 하는 말은 주님 용서하소서 용서하소서
제 몸 안 돌보고 밤 잠 안자고 몸에게 혹사한 죄
하나님 아버지 용서하시고 고쳐 주시더이다

　　　　　　　　　　　　　　　복 주시는 하나님

김은애 권사 서신

황금보다 귀한 믿음 붙잡고 사는 보배 권사님
은혜 안에 살면서 날마다 눈물기도 드리는
애기 같은 예쁜 웃음 웃는 그 모습 보고 싶네요
권사의 사명 받기 사양하던 고운 그 마음
사랑 많으신 하나님 아버지 주신 귀한 직분
무한하신 그 은혜 안에 복 받은 귀한 보배셔라
병든 몸 추스르며 살아온 비단천 나날들
장하셔라 그 믿음 홀로 견딘 무릎 선교사길
수많은 나날들 눈물로 드린 기도와 찬양들
하나님 아버지 받으시고 크신 복 주시리이다
소망은 자녀들 손자들 행복하게 사는 것이라
서로를 바라보며 기쁨의 웃음 웃으리 이다
주님이 아시고 그 간구 이루어 주시리 이다
안으로 삭이는 고통을 다 지나가게 하시리
에라 오늘 하루 즐겁게 하하 웃어봅시다
행복은 내가 마음먹기에 달려 있더이다
복 주시는 분은 오직 하나님 아버지시라
하나님 아버지 뜻을 따라 살아가소서
소망은 오직 하나님사랑 이웃사랑이시라
서운한 마음 버리고 기쁨의 춤을 추소서
사랑하는 김은애 권사 가정을 위하여 날마다 기도하며
기쁨의 소식 행복의 소식이 들리기를 소원합니다
고난도 시련도 이 또한 지나가리라 주님이 보고 계시기에
훈련이 끝나면 욥의 인내처럼 갑절의 복을 주실 것입니다
국장님과 서로 사랑하며 견디고 버티고 승리하소서 사랑합니다

우리나라 좋은 나라

아름다운 줄장미 예쁜 웃음 웃는 날
코로나와 싸워서 이겼다고 위로하네요

어머니는 접종도 안 했네요 잘 이기셨네요
친절한 창녕 보건소 선생님 너무 고마워

저는 폐렴 접종 맞고 부작용으로 못 맞습니다
잘 이기셨습니다 면사무소 가서 신청하셔요

고마운 우리나라 공짜로 병 고쳐 주고 위로금 주고
언제부터 우리나라 이렇게 좋은 나라가 되었는가

물세 안내고 있다고 검은 무쇠 솥을 때어가든 어린 날
내 어머니 밀양 세무서 찾아가서 호통치고 받아온 날

우리 엄마 최고 일본 징용가신 아버지 가난과 질병 안고
한 맺힌 가슴 안에 쌓인 것은 오적 잘 사는 나라 만드는 길

촌부의 간구 들으신 하나님 아버지 우리나라 좋은 나라
정직하고 사랑하며 서로 돕는 우리나라 되게 하셨네

아 대한미국 여덟 분이 상해에서 만든 그 위대한 이름
세계 속에 빛나리라 대한민국 목숨 바친 선열들 잊지 않으리라

하나님이 보우하사 우리나라 좋은 나라 되게 하셨더이다

복 주시는 하나님

예쁜 마음 고운사랑

아름다운 부용화 곱게 피어있는 팔월 초사흘
창녕문학 고려문학 글밭에 글 심으러 가는 날
문우들 얼굴은 볼 수 없으나 글로서 만나는 꽃밭
세월의 강을 건너는 동안 변해진 모습 놀라겠지요

폭염이라 택시를 불러서 타고 갔었지요
인터넷을 할 수 있으면 쉬운 일이지만
우체국으로 가는 길 일 년에 한번이지만
옛날의 여름이면 프라다나스 잎새랑 보며

살랑살랑 걸어도 될 길인데 어이하리
폭염은 팔순 노인들 무너진 소식 들리는데
사천 원이 오천 원으로 택시비 올랐다네요
두 곳으로 우편으로 보내고 돌아오는 길

혼자타고 오기 아까워서 옆에 계신 예쁜 엄마
함께 택시 타고 가시자고 했었지요
모르는 할머니 부탁에 웃으며 하시는 말씀
[제가 태워다 드릴게요] 예쁜 마음 고마워라

베풀려던 내게 베풀어주신 큰 사랑이어라
집 앞까지 태워주신 그 은혜 무엇을 드릴까
가방 속을 찾아 새로 산 분홍 면장갑을 드렸네
예쁜 엄마 만나게 하신 하나님 아버지 감사합니다

연금주 집사님 서신

연분홍 주님사랑 가슴에 안으시고
금 보다 귀한 믿음 눈물 기도드리며
주는 기쁨 베푸는 사랑으로 사시는 집사님
집안일도 많은데 이웃사랑 가슴안고
사명자의 길에서 달리시는 거룩한 희생
님께서 뿌리신 걸음마다 꽃피어 나리이다
무슨 일이나 주님께 간구 드리는 모습
병이 나도 누울 수 없는 지친 몸 이끌고
장하신 그 사랑을 주님이 아시리이다
수많은 밤과 낮은 울음으로 드린 간구
하나님 아버지 눈물 병에 다 채우시고
소망은 오직 하나님 사랑 이웃사랑
서나 앉으나 드리는 눈물 기도 들어 소서
천천히 한걸음 걷는 날 없어라
날마다 뛰고 달린 수많은 순간
만 가지 기도 오직 이웃이 건강
날아서 다니는 걸음걸음 마다
행복을 나누는 행복 전도자여라
복 많이 받으소서 하늘의 복 땅의 복
하나님 그 가정 지켜 주시리이다
소망의 하나님 우리 아버지시니
서로 서로 웃으며 살아가소서
귀하신 집사님을 보배들 통해서 보내는 귀하신 예물을
하나님 받으시고 사랑 나누는 교회 필요를 채우시니
감사합니다 사랑합니다 평생을 감사 간구하겠습니다

여자라는 이름

남자의 갈비뼈로 이 땅에 보내 셨다지요
가슴에 사랑 빛으로 새겨진 이름이지요

부드럽고 아름다운 마음 안에 숨어 있는
어머니라는 그 이름 받게 하신 그 사랑

부모님 모시는 비단결 같은 마음이
자신의 사랑 버리고 부모 모시더이다

막내로 태어난 여자 친구 마음에
연로한 부모 두고 시집 갈 수 없다고

한 평생 홀로 부모님 모시고 살고 있더이다
부모님 사랑마음 자기 인생 접어둔 친구 보고

부모님 떠나 사남매 엄마로 일곱 손자 할머니로
내 모습이 미안하다 했더니 나에게 위로하는 말

여자라는 이름으로 잘 살아냈다고 칭찬하더이다
효녀로 늙어가는 친구 하나님이 상급 주시리이다

엄마의 심정으로

아름다운 철쭉이 고운 웃음 웃는 사월 열사흘 정오
낯선 남자분이 우리 집으로 찾아 왔었네
어떻게 오셨느냐 물으니 의자에 앉아서 말 한다네
보는 순간 돈이 필요한 사람이라는 것 알아보았네

어디 사는지 이름은 누구인지 말하라 했었네
얼마가 필요해서 왔느냐 왜 거지가 됐느냐 물었네
거지는 부모 없고 병들고 돈 없으면 거지가 되는 것
내가 만난 거지들은 모두가 사연이 있더이다

나이는 54세 이름 임0용 몸은 당뇨로 다리가 아프고
이빨도 아파서 죽만 먹고 사는데 대전이 집이라네
누구가 부산에 가보자 해서 왔다가 부곡에 왔는데
59,800원이 있어야 대전 집에 갈수 있다고 하더이다

몇 집에 갔더니 욕만 얻어먹고 십자가보고 왔다네요
부모는 없느냐 했더니 열일곱 살 엄마가 자기를 낳고
아버지 매질에 자기가 이혼 시키고 제주도에 산다 네요
어머니 저 좀 도와달라고 하는데 마음이 아프더이다

나에게 보내신 하나님 아버지 고아와 나그네를
대접하라 하시던 금요일 금식기도 주신 말씀
마음에 떠오르는데 함께 기도하며 하는 부탁은

복 주시는 하나님

다시는 먼 길 나서지 마라 거지가 되지 마라
푸른 지폐 일곱 장주며 엄마 같은 마음 눈물 나더이다

저는 다리 절뚝이며 걸어가며 웃으며 하는 말
꼭 다시 멋진 모습으로 찾아뵙겠다고 하더이다
그래 엄마라니까 아들 하자 오늘부터 기도 할게
대전 가서 한밭교회를 찾아가서 사정을 말하고

예수 믿고 화장실 청소를 하라고 일러 주었지요
그렇게 하겠다고 약속하고 떠나는 젊은 아들
가엾고 불쌍하여 견딜 수 없더이다
거지가 되는 것은 씨가 있는 것이 아니지요

기댈 곳 없고 길 떠나면 나그네가 되는 것
아름다운 대한민국 푸른 하늘 아래 사는
우리의 아들딸들이 얼마나 방황하고 있는지
하나님 아버지 품안에는 모든 것이 풍성한데

하나님 아버지 저 아들을 지켜 주소서
부디 약속을 지키어 좋은 모습으로 살게 하소서
좋은 이웃을 만나고 좋은 교회를 만나서 도움 받게 하소서
기초생활 대상자로 신청되어 살게 하소서
좋은 소식 드리겠다고 약속하고 갔나이다

2023년 4월 13일 부활절 선물로 오신 분.

어머니 마음

분홍빛 봄날에 피는 봄꽃들
엄동설한 맨살로 견딘 축복이어라
초록빛 여름에 고운 잎새들
비바람 따가운 햇살 견딘 복이어라

알알이 영그는 가을 열매들
인고의 세월 견딘 축복이어라
하얀 눈속 벗은 나무들
아낌없이 나눠준 사랑 모습이어라

아 아 어머니 마음 주고도 또 주고
벌거벗은 겨울나무이어라
아름다운 열매 기뻐하며
소망은 오직 하늘나라

소망의 봄 부활 봄
기다리는 겨울나무이어라

복 주시는 하나님

아름다운 옷

오색찬란한 옷을 선물로 받았네
오십곡 찬양을 부르던 그 밤에

긍휼과 자비와 겸손의 색실로 만드셨네
온유와 오래 참음의 고운 실로 만드셨네

오색으로 짠 비단 옷을 내게 주셨네
하나님 아버지 사랑 감사 찬송하는데

비단으로 짠 고운 옷을 내게 입혀 주셨네
감사하며 찬송 부른 내게 주신 크신 은혜

세상에는 없는 아름다운 오색찬란한 옷을
용서와 사랑으로 허리띠를 매어 주셨네

조그만 가시에도 아파서 못 견디며 사는데
세상 걱정 세상 근심 세상아픔 다 안고 사는 내게

눈물로 온 세계 이웃을 끌어안고 우는 내게
아름다운 옷 입고 울지 말라 하시네

나 이제 울지 않으리라 항상 기뻐하리라
그 사랑 그 은혜 속에 춤추며 살리이다

2022년 4월 10일 밤. 11시 30분 받은 은혜.

아름다운 이름 할머니

외롭고 무섭고 힘든 세상
그러나 우리는 무서워하고 외롭다고 힘들다고
탄식하고 있을 지금의 때가 아닙니다
더욱 힘내고 더욱 당당하고
내 몸을 추스르고 저는 다리를 위로하며
다독이고 내게 주어진 얼마인지 모르는
보석 같은 시간들을 행복하게 살아 내야 합니다
많은 사람이 지쳐가고 입으로 올리기 싫은 일들이 일어나도
엄마들은 할머니들은 일어나야 합니다
할머니라는 이름은 이제 무서워 할 것이 아무것도 없습니다
이제는 모든 것을 겪어 왔고 아픔도 슬픔도
만남도 이별도 다 견디었고 기쁨도 행복도 다 겪어왔기에
할머니라는 아름다운 이름을 받았습니다
아무나 할머니가 되는 것이 아닙니다
그 많은 고통과 고난을 이겨냈기에 할머니라는 훈장의 이름을
받아 누리게 되는 것입니다 애미가 버리고 간 손자 손녀를
금지옥엽으로 키워내는 분이 할머니입니다
할머니라는 아름다운 이름이 그렇게
강하고 담대한 삶을 살아내는 것입니다
엄마의 사랑받은 딸이 한 남편의 아내로 사랑하는
보배들의 엄마로 시어머니의 시집살이 살아내고 난후
받은 아름다운 진주들을 안으며 받은 훈장 할머니라는 이름
이렇게 행복하고 멋있고 아름다운 이름인 것을
예전에는 미처 몰랐습니다 아름다운 훈장 할머니 그보다

더 놀랍고 귀한 이름은 증조할머니입니다
이 놀라운 이름의 훈장은 더욱 마음을 설레이게 합니다
아무나 증조할머니가 되는 것이 아닙니다
험한 가시밭길을 헤치며 길을 내며 걸어왔기에
그 귀한 이름을 받게 된 것입니다
이름의 훈장에 부끄럽지 않게 살아보려고
외손 친손 절대로 구별 없이 사랑하며
푸른 지폐를 아끼지 말아야 합니다
일곱 외손 친손 보석들은 한 마음으로 [할머니 사랑합니다]
이 말 한마디가 가시밭길 생채기를 다 잊게 합니다
참으로 희한한 세상에 살고 있습니다
입을 가리고 만나지도 말라고 해도
전염병을 극성을 부리고 있지만
아무것도 겁나지 않습니다 다 지나갈 것입니다
우리나라는 더 잘 될 것입니다
콩 한 쪽을 나누는 이웃사랑이 우리 민족 정체성입니다
정직한 대통령이 존경받는 나라 만들기를
날마다 하늘 하나님께 기도드립니다
할머니라는 이름이 이렇게 행복할 줄은 이 행복이 어디 숨어있다가
이제야 내게 왔는지 아 하나님 감사합니다
지금까지 살아서 할머니 증조할머니라는 훈장의
이름까지 생명을 주심을 진심으로 감사합니다
핏빛 동백이 모진 겨울 이기고 내게 찾아온 아침
사랑의 고백을 하며 희한한 세상을 살아 보렵니다
모든 이웃들이 행복하기를 마음모아 기도드립니다
부디 좌절하지 마시고 피투성이로 이 땅에 태어난
어머님의 생명 사랑을 가슴에 새기며
행복한 하루하루 만들어 가소서 모든 이웃 힘내세요

아름다운 형제 우애

무궁화 고운 웃음 웃는 팔일 스무 사흗날
형제같이 지나시던 강 목사님 반가운 음성
부족한 제게 건강하시냐고 안부 전하시네
한 가족같이 지낸지가 사십년 세월 지났네

은퇴하신 후 어떻게 사시는지 기도만 드렸는데
잘 계신다는 안부 전학 너무 감사하더이다
길동무 천국가신 어연 여섯해 지나고 보니
옛날의 이웃들이 더욱 그리워지더이다

옷은 새 옷이 좋고 사람은 옛 사람이 좋다하더이다
사랑하던 아들 천국에 보낸 그 아픔을 삭이며
외동딸 지혜가 울산에서 잘 살다 서울로 간다 하더이다
에덴 동산 같은 숲속에 살고 있는 부족한 촌부에게

아름다운 형제 우애 있지 않고 안부 전학 하시는
사십년 형제우애 잊지 않으신 강 목사님 안부 전화
잊지 않고 전하는 변함없는 그 사랑 감사하더이다
하나님 사랑 안에 신은혜 사모님과 부디 행복하소서

복 주시는 하나님

아버지라는 이름

어릴 때 엄마 사랑 한가득 받으며 살고
남자는 절대로 눈물 보이며 안 된다고
엄마의 그 훈계 속에 남자로 살았지요
세상은 험하고 가시밭길 같은 그 길에서

학창시절 친구가 좋아서 신바람 났었지요
청운의 꿈을 안고 부딪친 사회는 고해라
행복의 파랑새 찾아 헤매는 하루하루
그러다 아름다운 아내 만나 행복했지요

신혼의 단꿈은 잠간 아버지라는 무거운 이름
온 가족 일가친척 다 돌아보아야 하는 일
영롱한 아가의 눈빛 바라보며 행복한 마음
사랑의 결실인 꿈나무 바라보며 견디는 삶

당나귀 무거운 짐지고 뚜벅 뚜벅 걸어가듯
아버지라는 거룩한 이름을 받은 사랑 마음
사랑이란 희생이 함께 친구하며 가는 길
아무것도 두렵지 않는 아버지라는 이름

아름다운 사계절이 지나듯 청춘이 가도
아버지들은 열심히 최선을 다하는 것이라
부모님의 사랑 속에 자라온 지난날 생각하며
아버지라는 이름으로 그 은혜 갚더이다
하나님 아버지 기뻐하시며 복주시리이다

슬픈 여인으로 살다간 사람

희색 비둘기 모과나무 아래 묻어 주고 온 아침
슬프게 살다간 내 사랑하는 이웃들이 생각나서
잠자는 그들의 한 맺힌 사연을 알게 하고 싶어
흐린 눈으로 자판기를 두드리며 분노 했지요

70년 7월에 만난 하얀 피부에 고운 눈매 젊은 엄마
두 아들 데리고 시부모 모시고 살며 이웃이 되었지요
네 살 딸 팔개월 아들 둔 제게 놀러와서 하는 말들
가슴 아픈 사연 남편은 작은 여자랑 살아간다 하더이다

시부모가 남편 따라 못가게 하여 둘이서 팔뚝고개 서
울고 또 울면서 남편 혼자 타향으로 떠나게 했답니다
남자는 혼자 두면 여자가 따르는 것을 알았답니다
남편은 그 곳에서 아가씨 만나서 새 장가 갔다네요

두 아들 시부모 모시고 살다 시모가 먼저 세상을 뜨고
우리는 그 마을 떠나서 소재지로 올라 왔지요
항상 이웃하던 그 엄마는 외로움으로 살아갔지요
잘 살아가겠지 생각했던 어느 날 세상을 떴다는 소식

풍문에 들리는 소식은 홀로 된 시부가 며느리 겁탈 하였고
졸지에 당한 며느리 농약 먹고 세상을 떠났다고 하더이다
놀란 두 아들은 어찌 살아갔는지 남편은 양심이 있는지
착하고 고운 그 엄마 지금도 눈에 선하여 고발합니다

복 주시는 하나님

사랑하는 사돈 드림

신혼시절 시집살이 배고픈 새댁 모습
홍안에 고운 모습 마음이 너무 아파
영원히 잊지 못할 동서 시집 무서워서
사는 날 동안 잊지 못할 배고픈 그 시절
돈이 있어야 살림을 나갈 텐데 갈 수 없어
무작정 떠나온 나그네 열심히 지낸 젊은 날
병든 줄 모르고 자식을 가슴에 묻어 지내고
장남 차남 두 딸 사남매 온몸 다해 도우고
수많은 밤낮 뛰고 달린 많은 수고 다한 후
하나님 아버지 사랑 안에 부디 건강 하소서
소원은 날마다 자녀들 손자 손녀 좋은 소식
서로 서로 사랑하며 행복한 소망 이루소서
천년을 하루같이 살아온 날들이
날마다 하나님 은혜 감사 하소서
만 번을 보아도 보고 싶은 보배들
날마다 간구하는 거룩한 이름 어머니 할머니
행복한 나날을 만들어 가게 하소서
복된 소식 오기를 기도하는 마음
하나님 아버지 은혜로 살아가며
소원은 오직 하나 천국 가는 길
서나 앉으나 간구하는 고운 모습
사랑하는 신홍영 형님 같은 사돈에게
마지막 식사 대접해서 보내고 가볍지 못해 죄송합니다

하나님 사랑 안에 건강 하소서 5월30일 드림

사랑하는 사돈 서신

최고로 아름다운 마음으로 한세상 사시는
말로 다 할 수 없는 그 고통을 마음에 안고
순백 같은 그 절개를 견디며 버텨온 날들
사는 날 동안 오직 세 보배들 걱정하며
돈이 있어야 보배들 행복 하는 것을 보며
무슨 일이든지 몸을 아끼지 않으시고
병든 몸을 자식들 걱정 할까봐 숨기시고
장수 같이 뛰고 달린 그 세월 가는 동안
수 없이 흘린 눈물 그 누가 알리이까
하나님 아버지 아시고 복 주시리이다
소원은 오직 세 딸들 잘 되고 행복한 것
서나 앉으나 자식 걱정은 엄마라는 거룩한 이름으로
천생연분이란 하나님이 만드시는 것을
날마다 순종하며 먹장 같은 날도 지나고
만 가지 받은 축복 감사뿐입니다
날마다 좋은 생각 마음에 심어소서
행복은 자신이 만드는 것이더이다
복 이 오는 집은 웃음꽃 피는 집
하 하 하 억지로라도 웃으면 되더이다
소리를 내며 웃다보니 행복이 오더이다
서 나 앉으나 했던 걱정 다 떠나더이다
착한 애경이 보내고 걱정 많으셨지요 잘 살고 있습니다
하나님 아버지께서 지혜와 명철을 주셔서 잘합니다
부디 건강 돌보시고 행복하셔요 항상 감사하며 기도드립니다

비취부부의 효심

새해 새 소망으로 살아가며 기도하는 엄마에게
예쁜 노트랑 따스한 신발들을 사 보냈더이다

예쁜 노트 겉장에 예쁘게 떨어진 호접란 꽃송이를
곱게 붙이며 호접란은 내 친구 하기로 했지요

노트에 가족들 생일 결혼기념일 적어 보았지요
잊어버릴까봐 적는데 비취보배 결혼기념일이라

전화로 축하하며 고생시킨 우리 보배 미안하더이다
홀로 사는 엄마 위로해준 비취부부 수고 많았지요

하나님 아버지 복주셔서 인도사는 하진 현민이
마음이 큰 비취부부 잘 견디며 살고 있더이다

청소년 상담사역 송원 대학 교수로 사는 보배
아내의 길을 도와준 김 목사 고맙고 감사해요

결혼 축하한다 엄마 보배 행복해라 했더니
김 목사가 고맙다고 항상 감사하다 하더이다

엄마라는 행복주신 하나님 아버지 감사합니다

사랑하는 막내 남동생 만난 날

아름다운 철쭉꽃 주저리 웃는 날
사랑하는 막내 남동생이 왔었네
살구꽃 복사꽃 피는 나의 동산에
칠 년만에 누나보러 찾아 왔었네
둘째누나인 내게 책이며 당선 시

기념 사진틀을 안고 영양제 화장품
바리바리 들고 와서 목을 놓아 우네
[예쁜 우리 누나 와 이리 늙었노…]

어매의 가을이란 제목으로 등단한 막내 남동생
예순 넷이란 자기 나이 아닌 듯 멋있었네
[울지 마 누나가 나이가 얼마냐 그래도 난 행복해
서른 살로 살고 있단다 거울 속에 엄마가 웃고 있더라]

얼굴을 비비며 함께 눈물이 흐르더이다
오남매 막내아들 엄마 사십 살에 낳은 보배가
가슴에 진 응어리를 누나에게 눈물로 하는 말
[엄마는 왜 죽으려 하셨을까 나 혼자 겪으며
너무 힘들었어 초등학교 다니는 때 엄마 없어
뒷산에 갔더니 소나무가지가 부러져 있고

엄마가 쓰러져 있었다 그리고 네가 왜 태어났느냐
하시는 그 말이 지금도 대못으로 박혀 있다 누나야]

처음 듣는 그 말에 너무 놀라서 그때 우리는 왜 몰랐을까
언니도 큰 남동생도 막내여동생도 모르는 사실들이라
[엄마가 생각이 좁아서 그래 내가 대신 사과할게 미안하다
엄마를 용서해라 네가 아들로 태어나서 내가 출생신고 했었다
아버지는 속히 하지 않아서 누나가 갔었다 너는 남자로 태어났고
대학도 나왔잖아 힘내고 엄마를 용서해라
누나는 남자로 태어나지 못한 미안함으로 평생 엄마에게
빚진 자로 살았다 백일을 불공드려서 낳은 내가 딸이어서
죽으라고 버렸는데 밤에 산에 묻으러 가려는데 자고 있어
늦게사 태를 가르고 씻어 젖을 먹였다는구나 누나는 그 공포가
어땠을까 생각하며 버티고 견디고 여기까지 왔단다
난 이제 우리 보배 사남매 열다섯 보배로 행복해서 웃는다]

사랑하는 막내 남동생 처음 듣는 누나의 생채기에
눈물을 흘리며 하는 말 [누나 힘들었겠네 너무 늙어 버렸어]
[매형이 떠나도 꿈에 자주 찾아와서 외롭지도 않아]
장미의 가시가 있어 아름다운 꽃송이를 올려 내듯
우리 남매는 생채기가 향기로운 장미꽃으로 돋아나

시인으로 영혼의 두레박으로 퍼 올린 샘물을
사랑하는 이웃들에게 나누며 살아서 행복합니다
눈물을 흘리며 헤어지는 막내 남동생 부디
건강하고 행복하기를 하나님 아버지께 간구드리나이다

백합 같은 내 동생 부부

순백의 고운 모양 향기로운 백합화
사랑하는 막내 여동생 부부 닮은 꽃

가시없이 긴 목을 이웃 향해 바라보는 모습
고맙고 감사한 말 그 뿐인 것 아쉬워 지더이다

무엇이던지 가져와서 홀로 사는 언니 도우려
바리바리 들고 안고 내려놓고 가더이다

동생이야 내 어머니 한 피로 태어났지만
제부 목사님께 너무 너무 고맙고 감사해요

맛있는 성주 참외 났다고 내려놓고 가시는데
이웃들에게 나누며 내 것인 양 행복하더이다

달콤한 성주 참외 열 가정에게 나누는 길에
행복한 모습으로 맞아 주시는 사랑하는 마음들

코로나로 고난의 시간을 이겨낸 정겨운 이웃사촌
부디 행복하셔요 잘 견디고 버티고 이기셨어요

하나님 아버지 주시는 기쁨과 행복이 친구 하더이다

168

보배의 사랑을 받은 날

향기로운 코스모스 황홀하게 웃던 날
사랑하는 우리 보배 예찬이 반가운 음성
할머니 저 예찬이예요 건강하시지요
제가 십일조를 할머니 계좌에 보내 드릴게요

너무도 반가운 귀한 우리 보배 음성이라
한 달에 한번 좋은 한 달 되라고 전하는데
너무도 반가워서 눈물 나려 했었네
반가우면 왜 이리 눈물이 나려는지

사랑하는 우리 예찬이 장녀 벽옥 진주 닮아
생각하는 마음이 어찌 아름다운 보석일까
땅세가 올라서 너무 많은 세금이 나와서
마음에 부담이 조그만 부담이 되었더니

우리 보배를 통해서 채우시는 그 사랑을
하늘 보좌 향해 올려 감사기도 드렸네
하나님 아버지 우리 보배 하늘의 신령한 복
땅에 기름진 복 부으사 복의 통로 되게 하소서

부곡마을의 귀한 보석

가마실 마을에서 아름다운 마음 가지신 분
부곡 초등학교 개울가에 까까머리 손 씻으신 분

푸른 산 친구하며 낙동강을 누님이라 하신 분
자라며 만난 친구 세일가도 잊지 않으시는 분

부자요 양반 마을 부족함 없이 살으셨건만
가난한 농촌 마을 친구들 사랑하며 지내신 분

어려운 시절에 태어 나셔도 최고 학부 마치시고
교육의 길 위에서 귀하고 소중한 밀양 교육장 지내신분

아름다운 심미안 가슴에 넘치는 고향 사랑 품으신 분
고향의 산과 들판 어머니 젖줄 같은 낙동강 노래하신 분

가난한 고향마을 유황 온천 생겨 행복한 모습 기쁨 담아
내 고향 사랑을 노래하며 자랑하며 시조로 만드신 분

수려하신 그 모습같이 마음초차 아름다우신 분
한평생 배워서 남 주시며 행복하게 사시는 분

아름다운 대한에 태어나신 그 축복 크셔라
부곡마을에 보석으로 오신 것을 축하드리나이다

형님이 길동무 목사님 친구시라 더욱 귀하시더이다

복 주시는 하나님

글 모르는 아내 이용한 남편

아가남매 낳은 새댁은 시부모 모시고 살고
남편은 서울로 돈 벌러 떠났답니다
남편은 그곳에서 멋진 여자를 만나서
아내에게 찾아와서 하는 말

[이혼서류에 도장을 찍어주면 돈을 많이
줄 것이라고 이 종이는 아무 소용이 없고
당신과 나는 아이가 둘이나 있지 않느냐
돈 받아서 내가 다시 올게] 하더랍니다

글을 모른 아내는 도장을 찍어 주었고
정말 돈을 받아서 논을 사고 집도 샀답니다
그리고는 다시는 아내와 자식에게 오지 않고
엄마는 두 남매랑 시부모 모시고 살았지요

눈물로 살아온 세일은 자녀들이 자라서
서울로 아버지 찾아가서 엄마에게
빌지 않으면 이 집안 가만두지 않는다고
대학생 된 잘 생긴 아들이 호통을 치니

그 집 사람들 알까봐 빌면서 꼭 그러겠다고
부부가 만나서 여관방에 앉아 하는 말
[잘못 했다고 죽을죄를 지었다고]
그 말들은 착한 엄마 [정이 없는데 우째 사노]
자식이 원수 갚았다며 남은 여생 살았답니다

남보석 부부의 효심

아름다운 동산 초록 동백이 웃음 웃는 곳
하나님 아버지 은혜로 시온의 대로 있는 곳

홀로 있는 엄마 위로하며 하루하루 사는 곳
성장 통을 지나며 늦게 만난 아내 사랑 하며

천국가신 아버지 자리 너무 크다고 하더이다
수시로 엄마 맛있는 음식 사다주는 보배부부

하고 싶은 것 마음에 담고 견디며 사느라고
일주일에 한번 씩 책 사러 가는 남보석

서울에 살려고 하던 그 꿈들을 버리고
황혼길 엄마 돌보는 남보석 부부 보며

길동무 목사님 먼저 가실 줄이야 어찌 알리요
연약한 내가 먼저 천국 갈 줄 알았는데

자주 몸살 나는 엄마 기도해 주는 보배 부부
보배들 엄마로 행복주신 하나님 감사하나이다

어머님 오래 오래 사셔야 해요 자주 하는 말
맛있는 음식 만들어 주는 엄마 웃게 하더이다

남자라는 이름

남자로 이 땅에 태어나면서부터
울음소리도 다르다고 합니다

엄마의 소망을 한 가득 안고 나기에
어왕 어왕 큰소리로 태어난답니다

딸 셋 낳고 아들 낳은 어머니 날개 달고
하늘보고 감사 땅보고 감사 했답니다

남자는 부모 형제 열 가족을 책임지고
나라에 충성하고 부모에게 효도하고

형제간에 우애와 일가친척 돌아보는
넓은 마음 넓은 어깨 무거운 짐지고

황소처럼 묵묵히 하루를 살아내는
거룩한 이름 소중한 보석 같은 이름

그런 남자로 이 땅에 보내신
하나님 아버지의 마음이지요

너는 주님의 사랑둥이

너는 주님의 사랑둥이
너는 주님의 사랑의 꽃
그 향기 날리며 살아가네

가는 곳 어디든지
주님향기 주님향기 날리며 사네
한번뿐인 이 세상 살아가며

주님주신 기쁨을 나누며 살아가네
사랑의 꽃향기 날리며 사네
주님주신 크신 사랑 주님주신 크신 은혜

찬양하며 찬양하며 살아가네
주님 계신 저 천국 바라보며
행복의 꽃향기 날리며 사네
행복의 꽃향기 날리며 사네

2021년 2월 26일 새벽 1시에. 주님 주신 찬양.

대상포진과 싸우며

아름다운 가을밤 시월 초열흘날
허리에 통증으로 밤을 세웠네
죽음이 가까운 듯 두려운 마음
입술을 깨물며 견딘 밤이었지요

길동무 목사님 깰까봐 소리 죽이며
꺽 꺽 가슴으로 견디며 울었지요
그 고통 그 밤이 정말 무서웠어요
죽음이 오나보다 생각 하게 하더이다

어찌 그리도 모질게 아프든지
잠 깨운 것 미안해서 마음 저리고
온 몸이 찌르는 그 통증 참으며
담이 결려서 그러나 보다 했지요

넓은 집 둘레에 풀을 벤 후라서
몸살인가 보다 생각했지요
아름다운 가을을 잃어 버렸지요
사흘이나 앓다가 찾아간 병원에서

대상포진이라 알게 되었지요
산고의 통증 같은 대상포진이라며

다섯 번째 아가를 낳은 통증이라네요
사십일을 다니며 치료하다 보니
아름다운 가을이 지나갔더이다

이제는 무리하지 않으리라
몸에게 미안하다고 말했지요
손에게도 발에게도 만져 주면서
내 몸이 되어 고생한다 말했지요

나의 몸이라고 나의 것이 아닌 것을
예수님이 피값으로 사신 몸인 것을
그 깟 풀이 나면 좀 어떻하리요
그렇게 모진 고통을 안겨 주었으니

미안하다 내 몸아 조심 하며 살아볼게
하나님 아버지 영광 위해 살라 하시는데
하나님 아버지 찬양하며 살라 하시는데
풀과의 전쟁을 하다 대상포진 걸렸더이다

복 주시는 하나님

대한민국의 귀한 보석

미국으로 공부하러 떠난 대한민국 아들이
서른아홉 젊은 나이에 세계를 놀라게 하더이다

대한민국 우리 하늘아래 대학까지 자란 아들이
미국으로 날아가서 대학 교수가 되었더이다

그 어려운 수학을 가르치는 해박한 지식을
우리나라에서는 알지 못해 미국으로 갔더이다

시인이 되고 싶어 중도에 포기하기도 했다는데
얼마나 자신과의 싸움에서 건져낸 승리일까

세계 제일의 수학자로 큰상을 받은 귀한 모습
사진으로 보면서 감사의 박수를 보냅니다

귀하고 아름답고 위대한 인간 승리 그 깃발 앞에
우리나라 젊은이들 모두 모두 본받으소서

서른아홉 그 젊은 나이 이루어진 수학노벨상 필즈상
대한민국이 낳은 아름다운 보석 빛나는 보석이여

그 이름도 귀하여라 허 준 박사님 대한민국 빛내셨네
하나님 아버지 주신 지혜와 총명으로 빛내셨더이다

마지막 식사 대접

아름다운 태양이 사랑 빛으로 찾아온 날
두 손바닥 펴고 웃는 얼굴로 만나는 아침

[반갑다 아침 해야 나도 너처럼 살아 볼게]
고통의 터널을 지나온 오년이란 시간 속에

보배들 걱정 시키지 않으려 노력해 본다
전화 벨소리 받아보니 벽옥진주 장녀 음성

[엄마 어머님 오늘 퇴원하셔서 모시고 가는데
엄마한테 들렀다 갈 겁니다 아무준비 하지 마셔요]

여든 아홉 이신 창락 사돈 마지막 가시는 길
이제 가시면 다시는 못 오실 그 발걸음이신데

마음 다해 식사 준비하리라 저는 무릎향하여
아프지 마라하고 사돈의 식사를 준비 했었네

완두콩찹쌀밥 배추 소고기국 두부계란부침 꽃게찜
콩나물무침 양배추복음 오이양파생채 계란 부침

차안에서 드리는 마지막 식사 대접 마음아파서
아직도 이 땅에 살고 싶다는 소망 하나님께 올렸네

장녀벽옥진주 부부에게 큰마음 먹으라 했었네

178

아침 해를 만나며

엄마의 사랑 안에 살던 어린 시절에는
아침 해 뜨면 나물 캐러 갔었지요

아침밥 하시는 엄마 칭찬 받아 기쁘고
맛있게 무친 봄나물 반찬 사랑 받았지요

너는 시집가서 잘 살거다 나물 손이 커서
엄마 칭찬에 착한 딸이 되려 했었지요

아가씨가 되어 총각선생님 사랑 고백할 때
엄마 말씀 듣고 가기 싫은 시집을 갔지요

못 살겠거든 엄마에게 돌아오라고 했지요
무시 하거든 돌아오라고 엄마가 있다고

내 엄마 부탁으로 참고 견디며 큰맘 먹고 살았지요
51년 살다보니 사랑한다던 길동무 고향집 가셨지요

아들딸 손자 손녀 사랑둥이 보배들 안고 보니
그때 왜 그랬을까 참사랑을 몰랐던 내 모습

황혼 길에 만난 아침 해 사랑 빛으로 가슴에 담아
하나님 감사해요 황홀한 봄 꽃 잔치 행복하네요

주님의 마음

주님이 사랑하시는 마음
주님이 좋아하시는 마음
주님이 기다리시는 마음
나는 몰랐네 나는 몰랐네
내 가정 내 삶만 바라보느라
주님의 마음을 나는 몰랐네

험한 길 외로운 길 지쳐있을 때
고통의 눈물 나 혼자 흘릴 때
그제야 주님의 마음 나는 알았네
잠잠히 바라보시는 그 마음을
마음 열고 찾아오신 사랑의 주님을
오른손 붙잡고 일어나라 하시네
사랑노래 기쁜 노래 부르라 하시네

내게 주신 십자가 지고 오라 하시네
주님이 함께라면 지고 갈 수있어요
험한 길 가시밭길 헤치며 걸어도
강 건너 바다 건너 위험한 길도
주님이 함께라면 두렵지 않아요
사랑의노래 희망노래 부르며 가리라
내 본향 그 집에 가는 그날까지

2017년 1월 15일 8시. 목사님 소천 345일에.

복 주시는 하나님

감천 마을 탐방기

보슬비가 내리는 내리는 칠월 초이레날
부산 감천 마을로 구경 가자 하더이다
마음은 청춘이나 몸은 천근만근 무거운 데
한곳이라도 더 구경시키고 싶은 보배들 사랑

한복입고 갓 쓰고 다니는 외국 손님들 보며
그림 같은 감천 마을 계단을 걸었지요
아래로 바라보니 아름다운 그림책이더이다
[야 아 예쁘다 이렇게 예쁜 마을이 높은데 있네]

카페에 앉아서 마시는 따스한 고구마 라떼 맛
멋진 청년이 만들어 준 빵과 함께 마시며
보배들이 아니면 올수 없는 곳이지요
숙녀가 된 하진이 인도에서 와서 준 선물

2박 3일 부산 해운대 꿈길 같은 여행길
사돈 하시는 말씀 현민이 오는 날에
여행 시켜 달라 하시는 웃음진 그 모습
여든 다섯 연세가 되니 슬프다 하시더이다

아름다운 감천 마을 만나게 하신
하나님 아버지 참 감사합니다
비취부부 하늘의 복 땅의 복 다 받으소서

아름다우신 보석 이 명희 국장님께

국민일보를 만나며 사는 하루하루
많은 사람들의 글을 읽으며 살지요

생각이 만든 글들 속에 만난 글들
이명희 국장님의 글을 읽다가 보면

내 마음에 시원한 샘물을 마신 듯
귀하시다 참으로 귀하시다 생각합니다
사람들이 바른 말 하며 살면 좋으련만
눈치 보느라 그러는지 손바닥으로

하늘을 가리는데도 자기 좋은 사람
모든 허물을 덮어주고 사는데
국장님 그 글들은 진실을 말하시는데
손뼉을 치며 칭찬하고 싶더이다

이명희 그 아름다운 이름 석 자가
보배로운 기름보다 훌륭하시기에
신문을 더욱 열심히 읽게 됩니다
바른 마음 바른 사람들이

더 많아지기를 하늘에 계신 하나님 아버지께
감사기도 찬양으로 올려 드립니다
이명희 국장님의 종교국이 어두운 이 땅에
하나님 아버지 사랑 빛으로 빛나시기를
국민일보가 대한민국 국민의 눈이 되소서

복 주시는 하나님

아름다운 이름 이명희 국장님

새해가 와서 새로운 발걸음 일일 일 선 다짐하던 날
이웃의 아픔을 만나 위로 하러 갔었지요

십여 년 전 수술하신 세탁소 사장님 별세 소식
찬바람 안고 찾아가서 만난 가족들 바라보며

함께 울고 함께 아파하다 돌아왔지요
새해 첫 신문 펼쳐진 국민일보 이명희 국장님 글밭

한 글자마다 어쩌면 옳으신 말씀만이 쓰셨는지
이 땅에 모든 선한 사람들 대표로 적으셨더이다

아까운 별 하나 떨어지게 한 사람들 깨닫게 하더이다
착한 한 남편 아버지요 아들을 잃었습니다

악한 사람들 물질의 노예로 도둑맞은 양심들
가룟유다가 예수님을 은 삼십에 팔 듯이

사단이 마음에 돈을 넣었고 명예를 넣었고
세계 속에 빛나든 귀한 보석을 잃었습니다

착한 양심에 천하보다 귀한 목숨을 버렸습니다
버티고 견디고 보란 듯이 민들레꽃 같았더라면

하나님 아버지 그 가정을 지켜주소서
이명희 국장님 감사합니다

부모님의 은혜

1. 부모님의 은덕을 어디 비하며 무어라고 그 이름 칭송하리요
   하늘같이 바다같이 높고 깊은 것 부모님의 날 기르신 은덕이로다

2. 임신 중에 열 달 동안 지내실 때에 불편하고 어려우심 어떠했으며
   해산 시에 피 흘리며 고생하신 것 일평생에 잊지 못할 은공이로다

3. 오줌 싸고 똥 싸던 것 사양치 않고 마른자리 진자리를 갈아 눕히며
   감기하고 경기하며 잔병할 때에 눈물로서 구호하는 자정이로다

4. 죽은 아들 잃은 딸이 한이 되어서 밥 한술과 잠 한 장 만 전과 달라도
   놀라시고 걱정하며 알바모르는 자정으로 미려지는 어머니로다

5. 나를 업고 방아 찧고 불을 때시고 먼거리에 빨래하고 밭을 매시며 무엇으로 드리어서 보답하리까 보배로서 갚지 못할 은덕이로다

6. 책보 끼고 학교가도 잊을 수 없어 하마오나 하마오나 기다리시고
   책펴 놓고 글읽는것 보기좋아서 날며들며 웃으시는 애정이로다

7. 자기 몸은 못 잡숫고 못 입어서도 좋은 음식 좋은 의복 장만하여서
   자식만을 입히시고 먹이시려는 잊지 못할 어머니의 순정이로다

8. 부모님의 슬하 떠나 고독한 몸이 새벽마다 눈물 짓고 기도하시며
   보고 싶어 애태우심 생각할 때에 목이 메고 가슴 아파 눈물만 나오

복 주시는 하나님

9. 재물 많은 부모라면 덜하련마는 가난하게 기르신것 애처로워서
   못 먹이고 못 입힌것 포원도 되고 마음대로 못해주어 병이되었네

10. 하나님께 비는 말도 자식을 위해 이웃에게 하는 말도 자식의자랑
    자다가도 생각는것 자식이었고 일하시는 그 재미도 자식뿐이라

11. 어려워서 집을 나가 나그네 된 몸 부모님이 그리워서 못견디겠소
    애지중지 길러주신 부모님은공 무엇으로 보답해야 좋사오리까

12. 금의옥식 문화주택 못해드려도 부모님의 교훈만은 잊지 않고서
    부모님의 그 이름이 빛나기 위해 천만사의 그 뜻대로 살아가
    리라

사랑하는 예진이가 준 행복

장녀 벽옥진주에게 처음 주신 사랑 보석
천사 같은 웃음으로 행복을 주었지요

첫사랑으로 찾아 온 우리 보배 예진이 웃음
고난의 시간을 이기고 행복 주었지요

아이엠에프 시절 빈손이던 그 순간에
예진이 소원대로 영도로 이사 가게 되었지요

할머니 영도로 이사 오셔요 너무 아름다운 곳이에요
영도에서 육년은 고난 속에 주신 은혜였지요

예쁜 그림 생일선물을 주던 우리 보배 예진이
할아버지 내가 커서 집 사줄게요 했지요

넓은 집 없어지고 작은 셋집 사는 것 보고
어서 커서 할아버지 집사주려 하던 여진이 고운 마음

홀로 남은 할머니 걱정하며 삼십 만원 용돈 보내며
할머니 아프면 안 돼요 오래오래 내 곁에 있어요

동일교회 간사로 수고한 이년여 시간 지나고
서울로 입성 하여 찬양 사역자로 부르시더이다

하나님 아버지 지키시고 면류관이
보석같이 빛나게 쓰시 옵소서

복 주시는 하나님

사랑하는 나의 보배 예찬이 효심

장녀벽옥 진주 둘째 보석 사랑하는 예찬이 효심
할머니 어머니 낳아주셔서 감사합니다 하는 말

심비에 새기며 잘 생긴 그 모습 그리워하다
매월 초하루 전화로 음성 들으며 고마워

지난달도 수고 했다 좋은 2월 되라 전하며
사랑하는 우리 보배 효도 하는 고운 마음

할아버지 치과 치료비 장학금으로 보내주던 우리 보배
그 사랑 그 효도 그 마음 하나님 복 주시 리라

찬양으로 누나와 함께 부르던 멋진 모습
할아버지 할머니 기쁨주어 행복 했지요

혼자 있는 할머니 오래오래 곁에 있으라고
지금도 용돈 보내는 사랑하는 우리 보배

서울 생활 접고 부산에 둥지 만든 우리 보배
장하여라 홀로서기 씩씩 한 그 모습 귀하여라

사랑하는 멋진 우리 보배 면류관의 보석같이 빛나게 하소서
하나님 아버지 지키사 은혜와 평강을 주시 옵소서

겨울

이은결 지음

눈이 사르르 녹는 날
나에게 쌓여있던 아픔도
사르르 녹는 느낌

이제 해가 떴다
내 마음에도 해가 떴다
나의 먹구름이 떠나고 있다

하지만 다시 찾아오겠지
다시 슬픔의 비가 또르르 또르르 오네

하지만 내게는
최고의 선물이 있지
바로 우리 가족

나를 사랑해주는 우리 가족
그게 나의 먹구름을 바꿔준다 해도
사랑의 눈은 우리 가족이다

할머니의 마음

우리 보배 한결이 라엘이 은결아

할머니가 너무 많이 사랑해

멋진 고등학생 한결이 사랑해

중학생이 된 라엘이 사랑해

육학년이 되는 은결이 사랑해 축하하고 축복 한다

은결이 시를 읽으며 마음이 저리네

어린 마음이 슬픔이 온다는 것

아프다는 것을 눈을 보고

먹구름을 보고 해를 보고

아름다운 마음을 주신 하나님 아버지 참 감사합니다

할머니는 지금 글을 쓰는 사람이지만 그 나이에는

그런 글을 쓸 수없었지

보배들아 봄에도 참아야 하고

여름에도 참아야하고 가을에도 참아야 하고

그래야만 겨울에 행복하게 지낼 수가 있단다

할머니는 이제 겨울 앞에서

견디고 버티고 참아낸 날 들을

우리 보석인 가족들에게

감사하는 마음으로 이번에 책을 낸단다

행복해야 한다 고난은 축복의

변장된 하나님 아버지 선물이더라

사랑한다 나의 자수정 보석

청옥보석 부부 행복해야 한다

사랑하고 축복한다

God who Blesses

PART **3.**

그리고 자연,
———
그 아름다운 꽃

들국화 삼 형제 인내

아침 해도 추워 보이는 정월 초열흘 아홉시
차가운 겨울비가 벗은 가지마다 은구슬 맺고

향나무 아래 들국화 세 포기 앞에 찾아 갔지요
이렇게 추운 날 보랏빛 꽃잎 다섯 웃고 있더이다

[반갑다 들국화야 추워서 어찌하나]
아직도 곱게 핀 보랏빛 들국화 용기 주더이다

스물 두 송이 피던 들국화 부드러운 고운꽃씨
일흔 여덟 송이 핀 들국화도 밍크 같은 씨앗

열네 송이 들국화는 다섯 송이 고운 웃음
겨울의 심술로 수도를 얼어 터지게 하는데

향나무 아래 들국화 삼 형제는 인내 하며 있더이다
아직도 고운 보랏빛 꽃송이 다섯이 웃고 있는 아침

들국화 앞에서 새로운 용기를 얻게 되더이다
아침 해가 웃으며 찬란한 무지개 빛 뿌려 주어

들국화 삼 형제 사랑 빛을 비추어 행복하겠지요
하나님 아버지 올해도 선물로 주셔서 감사 하나이다

쑥골 운동장에서

보랏빛 들국화 향나무 아래서 웃고 있는 날
측은한 마음으로 바라보며 웃어 주었지요
[들국화야 추운데 이렇게 예쁘게 피어 주었구나]
섣달 초 여드렛날 태양이 희망꽃 온 땅에 뿌리는 날

꽃 속에 살라고 고운 꽃 심어 놓으신 그 사랑
황금빛 소국이 방실방실 웃어 행복하더이다
두 팔을 흔들며 쑥골 운동장에 갔었지요
신나는 노래를 세곡 부르다 만나 반가운 인사

[안녕 애들아 내가 왔다 잘 지내고 였었어]
벼락 맞은 소나무 이름을 큰 소리로 불러 주지요
굴참나무 부부 은행나무 부부 가서 안아 주지요
굴참나무 부부는 둘이서 행복하게 살고 있지요

은행나무 부부는 찔레꽃나무 느티나무 감고 있어
마음이 아파서 잘 라 주고 싶어지더이다
은행나무 부부에게 위로 하며 안아 주었지요
[은행나무야 약한 두 나무가 가엾다고 생각해]

멋진 모습 왕 소나무 안아주며 부탁 했지요
[너는 이 마을 왕이야 모두 잘 지내라 또 올게]
운동기구 네 곳을 돌며 운동하는 행복한 아침
고운 동화 나라 만드신 하나님 아버지 감사드리나이다

봄 까치꽃 길을 걸으며

초록 동백 봉오리 주저리 맺혀 속삭이는 곳
완두콩 연한 잎새 키대며 자라는 곳으로
봄 까치꽃 무리 지어 이사를 왔더이다

분명히 지난해는 없었던 봄 까치꽃들인데
폭신한 초록 길을 만들어 걷게 하더이다
완두콩에게 겨울 잘 이기라고 덕담하며 걷는 길

봄 까치꽃을 밟으며 미안한 마음이더이다
봄이면 고운 꽃이 피워 지면 어찌 걸을까
발밑에 촉감은 부드러운 융단을 걷는 기쁨

나만의 길을 만들어 걸어가는 봄 까치꽃 길
하나님 아버지 외로운 나에게 주신 선물 같더이다
동백꽃 한 송이 고운 꽃 차가운 서리 견디는 날

봄 까치꽃 초록 잎새 한데 모여 나의 길이 되더이다

산수유 꽃 잔치

샛노란 꽃들이 봄소식을 주네요
수수알 봉오리 속에 꽃을 피웠네요

어김없이 찾아온 샛노란 꽃잔치
나 혼자 만나며 가슴 저리네요

천국가신 길동무 함께 본 산수유꽃
올해는 나 혼자서 꽃잔치 보네요

소담스런 꽃 잔치 고마운 마음
살며시 만져보며 봄맞이하네요

사랑하는 당신은 곁에 없어도
산수유꽃 바라보며 용기 낼게요

찬란한 봄소식 전해준 산수유꽃
희망의 봄노래 부르게 하네요

부용화 앞에서

아름다운 칠월에 찾아온 화려한 모습
화안이 웃는 모습이 길동무를 생각하네
열 포기 사서 심더니 삼년이 지나자
팔십 포기가 되었네 길동무 나이와 같네

하얀 꽃 분홍 꽃 붉은 꽃 화안이 웃는데
유난히 많이 핀 부용화 꽃가지
하나 둘 세다 보니 스물다섯 송이라
놀라고 놀라워서 들여다보는데

사랑하는 길동무 마음을 읽었네
[나 떠나고 없어도 이 꽃처럼 살라고
한 가지 스물 다섯 송이 피는 꽃처럼
당신도 이 땅에서 사랑 베풀 라고
스물다섯에게만 아니라 더 많이 할 수 있다고
천국에는 아무것도 가지고 못가도
아름다운 일 선한 일 다 가져 간다고]
아름다운 부용화 앞에서 가르치신 당신
참으로 당신은 나의 좋은 스승이요 길동무!
이동근 목사님 나의 사랑이시여!
이 땅에 행하신 당신의 선행들
나 몰래 베푸신 당신의 손길
양식 없는 성도 살피시던 당신
장애인부부 가정 냉장고 사주신 당신
부용화 앞에서 가르치심 마음에 새기리다

비둘기의 두 날개 깃털

태양이 보랏빛 사랑 빛 희망빛 보내는 날
노래를 부르며 아침 운동을 가는 길가에

회색빛 비둘기 날개깃이 떨어져 있더이다
하늘을 날던 날개가 어쩌다 떨어졌을까

나의 방 작은 향기 병에 꽂아 두었지요
이튿날 가는 길에 또 하나의 깃털 있더이다

하나가 외로 우니 두 개의 깃털이 보기 좋더이다
깃털도 자기들 끼리 말 할 수 있다면 좋으련만

두 개의 비둘기 깃털은 날고 싶어지겠지요
하늘을 마음껏 날던 깃틀이 방안에 갇혀 있으니

비둘기에 떨어져 나온 깃털 두 개를 바라보며
겨울 나그네 사랑 받고 있으니 감사하라 했지요

하나님 아버지 사랑 마음 알게 하시는 날이더이다

복 주시는 하나님

고추 밭에서

안개비 내리는 유월 스물여섯 날
열 여덟 포기 심은 고추밭에 앉았네
맨살에 심은 고추들이 아우성이네
밭이랑마다 자란 풀들은 지네발 같네

[이놈들 여기가 어디라고 났느냐]
중얼거리며 호미질을 했었네
풀들은 찌지직 소리 내며 뽑혀 나가고
고추들은 꽃진 머리 달린 체 바라보고 있네

호미질하던 손길 멈추고 뒤를 돌아보았네
어머니 가슴 같은 속살이 마음 기쁘게 하네
다음에는 더 자라기 전에 풀을 뽑아야지
내 마음 밭을 돌아보게 되었네

세월이 밟으며 지나간 내 모습 바라보며
자꾸만 자리 잡는 서운한 마음 후회하는 마음
그땐 왜 그랬을까 더 잘 살았으면 좋을 텐데
잡초같이 자리 잡는 부질없는 마음 자락마다

호미로 풀을 뽑듯 뽑고 또 뽑아내어 야지
이제는 사랑 나누며 살날이 작아진 것 알기에
부질없는 마음 밭을 갈아 없어 없애야지
행복한 엄마로 자애로운 할머니로 살아가야 겠네

2021년 6월 26일 9시 고추밭을 매고.

달팽이를 만난 날

봄에 뿌린 배추 씨앗이 자라서
노오란 속살 품을 배추가 되었네
장마가 오기 전에 뽑아야 겠기에
가랑비가 오는 데도 배추를 뽑았네

처음으로 심어본 배추 씨앗이라
신기하고 고맙고 마음 기뻤네
한 대야 그릇 가득 다듬는데
커다란 달팽이 한 마리 만났네

배추 잎을 먹으며 잘 살았는지
지고 있는 껍질이 너무나 크네
거품을 밀어내며 기어가는 데
평화롭게 배추 잎을 더듬어 가네

발령장 받으면 이사 간 새댁 시절
셋방살이 서러움에 소리죽여 울던 날
집지고 사는 달팽이를 부러워했었지
우리 집 장만하려 우체국 적금을 했었네

결혼 오년 만에 학교 옆에 초가집을 사서
사십만 원 들여 새집 만들어 살았던 그 기쁨
달팽이를 보면서 꽃향기같이 피어나네
행복하게 먹고 살라고 풀숲에 내려놓았네

2021년 6월 26일 달팽이 만나서.

복 주시는 하나님

가을 아름다운 이름

아름다운 소국화 샛노란 웃음 웃는 늦가을
할 일 다 마친 십일일이 행복하게 가더이다
찬란한 아침 해가 사랑 빛 뿌리며 희망 주고
보랏빛 구절초 향나무 아래서 방실거리더이다

봄까치꽃 초록 잎새 꽃봉오리 맺어가고
초록 완두콩 잎새 씩씩하게 자라더이다
싸늘한 첫서리 황금 빛 호박꽃 시들고
황화 코스모스 제 할 일 다 하고 뽑히더이다

봄에는 연두빛 여름에 초록빛 가을 엔 황금 빛
황홀한 코스모스 꽃 잔치에 고운 나비 꿀벌
꽃 속에 사랑놀이 하게 하던 아름다운 날 이였지요
새까만 몸으로 뽑혀가는 꽃나무들 바라보였지요

아름다운 꽃송이 웃어주던 나날들 사진으로 담아
황화 코스모스 황홀한 흑 장미 모습 새겨 두었지요
십일월이 가면서 울지 않고 가는 모습 감사 하더이다
아름다운 가을이 내년을 약속하며 쓸쓸히 가더이다

우리네 인생길 가르치신 하나님 아버지 교훈이더이다

2023년 11일 30일을 보내며.

겨울에 핀 동백꽃

칼바람 불어오는 겨울 끝자락에
핏빛 동백꽃이 피어나더이다

세상은 어둡고 마음이 아픈데
붉은 빛 토하며 동백꽃이 웃더이다

겹겹이 둘러 입고 아침 해 바라보는 날
초록 잎새 끝에 핏빛으로 피더이다

[어찌하려 이 겨울에 벌써 피었느냐]
안쓰러워 조그만 우유박스 씌워 주었지요

[동백꽃아 고맙다 나를 위로 하러 왔구나]
화장실 수도가 얼어 터지는지 몇 번인가

속상한 내 마음 동백꽃 바라보며 웃었네
[그래 너도 이 겨울 견디며 피어나는데]

나도 견디고 버티고 참고 참 만나는 것

새 봄이 돌아와 동백꽃들 피고 지는데
처음 핀 동백꽃 지금도 얼어서 붙어 있더이다

복 주시는 하나님

겨울을 이긴 봄 아가씨

샛노란 봄 아가씨가 찾아 왔어요
산수유 꽃잎위에 앉아서 웃고 있더이다

안녕 샛노란 봄 아가씨 산수유꽃 잔치하네요
무섭고도 모진 겨울을 이겨낸 승리의 모습

샛노란 꽃송이들 속살거리는 소리 들리듯
수고하셨어요 힘드셨지요 이젠 행복하셔요

산수유꽃 앞에선 겨울의 모진 강을 건넌 나그네
보드라운 봄바람이 귓가에 지나며 위로하네요

봄 아가씨가 모진 겨울을 이겨 낸 것이라고
우리네 인생길이 그런 것이라고 하네요

봄 아가씨 만나서 행복하게 지내라 하네요
겨울을 이기고 살아낸 사람만이 만나는 축복

잠간 지나가는 나그네 길에서 만난 봄 아가씨
심술쟁이 겨울 이기듯이 이겨라 하네요

하루라는 찬란한 이름은 살아 있는 이의 선물
어제 떠난 님들은 부를 수 없는 아름다운 날

하루만 최고의 하나님께 최선을 다해 살라 하더이다

코스모스 앞에서

가지밭 끝자락에 코스모스 한 포기
풀을 뽑으며 그대로 두었었네
불같은 여름 볕에서 잘 자라더니
청유리빛 가을하늘 마시며 곱게도 피었네

가지나무 잎은 다 말라 버려도
코스모스 꽃잎들은 너무도 예쁘네
한 포기에서 백 오십 송이라
꽃잎에 입 맞추며 사랑한다 했었네

놀라워라 코스모스 부드러운 꽃송이
가지가지마다 들여다보았네
분홍빛 꽃송이가 어찌 그리 고운지
웬가지는 서지 못하고 누워 있었네

사랑스런 코스모스 예쁜 꽃송이 송이
정겨운 님들과 함께 보고싶으라
여기 보셔요 코스모스가 피었네요
내가 심지도 않았는데 저 절로 났어요
코스모스꽃 자라게 하심에 감사드렸네
향기로운 가을날 행복한 하루 선물 받았네
2020년 10월 27일 행복을 준 코스모스.

고들빼기 꽃 앞에서

줄장미 아름다운 오월 열엿샛날
샛노란 고들빼기 예쁜 꽃 만났네
국화가 핀 것 같아 들여다보는데
오십 다섯 송이 소담스런 모습들
어쩌면 이렇게 예쁘게 피어났을까

개똥쑥 심겨진 화단 사이에
국화같이 샛노란 예쁜 꽃송이들
신기하고 놀라운 순간이어라
오늘이 결혼 오십오 주년
사랑하는 길동무 목사님 천국가시고
노을같이 지내버린 사년 삼개월

샛노란 꽃송이 예쁜 가족들
넋을 잃은 듯 바라보고 있었네
내 마음 깊숙이 부드러운 음성
너도 이 꽃처럼 웃고 살아라
하루하루 기쁘고 즐겁게 살아라
오십다섯 송이 고들빼기 꽃처럼

천국을 바라보며 감사기도 드렸네
하나님 아버지 감사합니다
고들빼기 꽃을 선물로 주시고
들꽃 같은 나그네로 살아가는 동안
지키시고 돌보심을 믿고 살겠습니다

봄까치꽃 앞에서

황금햇살 사랑 빛이 내게로 찾아온 날
두 팔 번쩍 들고 반겨 소리 질렀네
반갑다 햇살아 너무 고맙다
나도 너처럼 행복하게 살아 볼게

매서운 칼바람에 움츠렸던 몸과 마음
봄까치꽃 앞에서 활짝 웃었네
아직도 나무들은 자고 있는데
길섶에 무리 지은 작은 잎새들

코딱지만 한 사랑스런 잎새 위로
보랏빛 조그만 네 개의 꽃잎 송이송이들
한줄기에 꽃 한 송이 웃고 있는 꽃잎
너무도 반가워 손가락으로 만졌네

[아이 예뻐라 어쩌면 이렇게 예쁘니]
[이 모진 추위를 어떻게 지냈니]
건드리는 순간 꽃송이 하나 떨어지네
미안해서 손바닥에 올려놓고 말했네
[나와 함께 가자 예쁘게 말려줄게]

꽃잎이 내게 말했네 [나 여기 두셔요
여기 있고 싶어요] 내 맘속에 들려준
봄까치꽃 소원 꽃잎아래 내려놓았네
생명이 있을 동안 함께하고픈 꽃잎 마음 알았네 2월의 사랑

복 주시는 하나님

솔방울 칠형제

아름다운 시월 스무 아흐레 아침운동 가는 길
사랑하는 태양친구 먼저 만나 반가운 인사

[안녕 해야 나도 너처럼 밝게 밝게 살아 볼게]
길가에 아름다운 코스모스 사랑이 웃음 반기고

가을 일 마친 짚단들이 벼들 곳간에 보낸 모습
인생길 나그네길 가르치며 쉬고 있는 곳 지나네

쑥골 운동기구 있는 동산에 올라서 가노라면
맑은 하늘 빛나는 태양 속에 벼락 맞은 소나무

[예들아 내가 왔다 안녕 안녕 반가워]
한 바퀴 돌며 만나는 친구마다 안녕 안녕

운동기구에서 신나게 운동하고 오는 길
솔방울 하나가 나를 바라보고 있었네

혼자는 외로울 것 같아 일곱 형제 데려 왔네
손위에 올려놓고 보니 어찌 그리 사랑스러운 지

행복한 마음 가득안고 하루를 살아가네

매미를 처음 만난 날

아름다운 부용화 활짝 웃음 웃는 날
자연 속에 만난 친구들 모습들을
시라는 예쁜 옷을 입혀서 들고
우체국을 향하여 가고 있었네

창녕문학 가족들에게 세편의 시를
청우 신용찬 문학전집에 산문 한편을
고려 문학 가족들에게 세편의 시를
태양이 친구하자고 따라 오던 날

무거운 발걸음 쉬엄쉬엄 걷는데
까만 매미 한 마리 땅에 있었네
나무에서 노래할 네가 여기 왜있니?
엎드려 도우려고 손을 내밀었네
매미아래 새까만 개미들이 둘러 있었네

올해 처음 만난 매미라 마음이 아팠네
칠년을 땅속에서 견딘 그 고통이 아깝네
백배나 큰 매미를 개미들이 끌고 가네
죽은 매미를 만나서 마음도 몸도 무거운 데
담장 너머 점박이 산나리꽃이 나를 위로 하네
2021년7월 마음 아픈 날

복 주시는 하나님

부용화 만난 밤에

부용화 아름다운 꽃송이 바라보노라면
열 포기 사다 심으신 길동무 목사님 생각나네
분홍꽃 하얀꽃 붉은꽃 학안히 웃는 모습
[안녕 부용화야 주인 없어도 곱게 피었구나]

고운 장미들은 다 말라 죽어 갔는 데
부용화만 따가운 햇살 속에 환히 웃던 그 밤에
길동무 목사님 꿈속에 찾아와 하시는 말 [당신 돈 있나?]
[돈 필요해요 5만원 줄까요?] [아니]

화들짝 놀라 깨어보니 꿈이었네
천국에서 바라보다 꿈속에 왔나보다
어찌 사나 걱정되어 돈 있나 물어 보셨나 보다
당신 없어도 5년을 지내며 잘 살았네요

모진 겨울 지내며 힘들었다고 말할 것을
부서지고 터지고 얼어서 힘든 시간들
우리만 아니라 온 나라가 어려운데
온역으로 온 세계가 아파하고 있으니
주님 부디 좋은 날 주소서 간절히 빕니다

부용화 사랑

화사한 꽃송이 바라보노라면
발걸음 멈추고 향기에 취한다
해바라기 다음에 큰 꽃송이들이라
들여다보노라면 행복해 진다

길동무가 심어놓고 고향집 가신지 다섯 해
꽃송이만 바라보면 그리움에 젖는다
나 혼자 아름다운 꽃송이 보고 살라고
색색으로 예쁜 꽃 심고 가셨나보다

불볕더위 이기며 피고 지는 부용화
칠월부터 피어서 구일이면 사랑 씨앗
화려한 꽃송이 하나에 다섯 꽃주머니
백열 개 예쁜 씨앗 맺혀 놓았네

새까만 씨앗을 새어 보면서
어쩌면 이리도 예쁜 씨앗일까
이웃에게 나누어 드리고 싶어라
아름다운 부용화 사랑 눈에 보이네
2021년 9월7일 부용화 씨앗을 보고.

210

첫 서리를 만난 날

철모르는 철쭉꽃이 활짝 웃고 있는 날
홀로 핀 흑장미 요염한 웃음 웃는 날

흑장미 가시위로 노란 수세미꽃 웃고 있는 날
코스모스 분홍빛 보드라운 꽃잎 웃고 있는 날

고구마 새파란 잎새 햇살 받아 뿌리 내리는 날
아직은 구월이 주고 간 가을을 시월이 누리는 데

옷깃을 여미게 하는 찬바람이 찾아 왔네
아직은 아닌데 가을걷이 바쁜 날들인데

지난겨울 모질게도 아픔 주던 생각나게 하네
한밤을 지낸 후 고구마 잎은 서리에 시들었네

아픈 마음 다독이며 꽃들을 찾아갔네
보드라운 코스모스 방실방실 웃음 웃고

한 송이 흑장미 고운 웃음 반가 워라
길가에 철쭉도 예쁜 웃음 웃으며 반기네

놀라 워라 반가 워라 서리를 이긴 꽃들아
눈물겨운 마음이 하늘에 닿았나보다

감사해요 내 친구들 아직도 내 곁에 두심을

제비 나무 씨앗을 만나며

차가운 칼바람 이기고 붉은 동백꽃 송이 웃는 날
나만의 길을 걸으며 아침 산책 나섰지요

큰 풀잎들은 다 말라버린 가랑잎들이 모여 있는 곳
새하얀 명주실이 폴폴 나르며 다니더이다

자세히 바라본 새하얀 명주실에 달린 까아만 씨앗
제비 나무 덩굴에서 떨어져 나온 씨앗 이더이다

쪼그리고 앉아 세어보는데 일흔도 넘게 달렸더이다
한 알의 씨앗을 땅에 심기 위하여 일흔이 도우더이다

작은 씨앗 하나 제자리 심기위해 식물도 도우는데
우리의 꿈나무 하나 이 땅에 심어 뿌리 내리도록

어른들이 일흔 명 모여 한 꿈나무 키워 주소서
어린 꿈나무 어른들이 돌보느라면 그 웃음 그 기쁨

어디다 비길 수 없는 것을 일곱 외손 친손 주는 행복
이 땅에서 천국을 누리게 하시는 것 알게 하더이다

자연 속에 가르치시는 하나님 아버지 교훈이더이다

복 주시는 하나님

벼락 맞은 소나무

아침 운동가는 길에 만나는 친구들이
말이 없어도 흔들며 인사하는 예쁜 모습

길가에 금잔화 주황빛 꽃잎 흔들며 반기고
풀숲에 핀 백일홍 마른 몸 꽃잎 인사하고

황홀한 코스모스 처음 본 꽃 분홍빛 흔들고
까만 씨앗 선물로 받아서 이름 지어주고

아름다운 그 이름을 사랑이라 불러 주었네
[안녕 안녕 사랑아 너는 어찌 이리 예쁘냐]

반가워 꽃잎들이 바르르 흔들며 인사하고
행복한 마음 가득안고 쑥골 운동장에 오르네

동산에 소나무 바라보며 [얘들아 내가 왔다 안녕]
그곳에 벼락 맞은 소나무 나를 바라보고 있었네

우리에게 인생길을 가르치네 내 모습보고 살라고
행복은 벼락 맞아도 견디며 버티는 사람 것이라고

얼마나 아팠을까 부러지고 부서진 가지들 마디마디
구부러진 그 모습 그대로 청솔잎새 나를 반겨 주었네

이렇게 행복한 아침 주신 하나님 은혜 감사하나이다

흑장미들 앞에서

찬란한 오월이 내게로 왔네
아름다운 흑장미 향기 풍기네
화르르 웃는 웃음소리 들리듯
흑장미 앞에서 넋을 잃고 바라보네
흑장미를 심은 길동무 천국가시고
나 혼자 황홀함에 소리 질렀네
[아 아 예뻐라 장미들아 반갑다
그리고 고마워 그 모진 겨울 이기고
다시 우리 집으로 찾아 주었구나]
달콤한 향기 황홀한 꽃송이 송이들
황금빛 햇살도 함께한 오월 열 이튿날
얼어서 깨어지고 부서지던 아픔의 날들
다 잊어가게 하는 찬란한 하루하루
나에게 위로하며 아픔을 견딘 날들
흑장미 웃음 웃는 아름다운 곳에서
외로움도 아픔도 다 지나가는 것
세계를 아프게 하는 이 못된 역병아
흑장미 향기 속에 소멸될지어다
아름다운 오월을 선물로 주신 주님 감사 하나이다

산수유와 수선화

샛노란 산수유 화알짝 웃는 봄날
매서운 칼바람 이기고 희망을 준다

봄이 왔어요 나와 보세요 꽃잎이 부른다
감기로 한 달이나 힘들었던 나날들

산수유꽃이 부르는 꽃잎 앞에 서는 데
샛노란 수선화 다섯 송이 예쁜 모습

마음에 기쁨 넘쳐 소리 질렀네
예뻐라 수선화야 곱기도 해라

산수유나무 아래 함께 핀 수선화
샛노란 꽃잎 닮은 고운 꽃들

겨울의 강 지나는 나그네 희망 주는 꽃
산수유와 수선화에 사랑받은 봄날

지친 나그네 웃게 한 산수유꽃
수선화꽃 사랑에 새 힘이 솟았네

고맙다 산수유 고맙다 수선화야
너희들 꽃사랑 잊지 않으리라

완두콩 밭에서

모진 칼바람 맞으며 버티고 견딘 완두콩
새 봄맞으며 고운 연두빛 잎새 고와라

깨어지고 부서진 수도관은 터져도
연약한 잎새 사랑스런 모습이어라

놀란 완두콩꽃 한 송이송이 마다
아름다운 봄동산에 놀란 꽃송이

사월을 만나 알알이 사랑 열매 맺어
오월을 만나 제 각 각 헤어지네

한 줄기에 달린 형제들 떼어 내며
고마운 마음 미안한 마음 두 마음이네

우리네 인생길 가르치는 완두콩 콩깍지
나 또한 어머니 품속 떠난 완두콩 같네

예쁜 완두콩 키워주신 주님사랑 감사 하나이다

복 주시는 하나님

매화 꽃 아래서

길동무 천국 가시고 혼자 보는 매화
분홍빛 나비 수천수만 나르는 곳

어디서 왔을까 벌들의 꽃잔치
긴 목으로 올려다 보노라니

놀라워라 꽃을 찾는 벌들의 날갯짓
조그만 몸 얇은 날개로 꽃을 찾아서

잠시도 쉬지 않고 이 꽃 저 꽃 나르네
활짝핀 꽃보다 분홍빛 봉오리열고

머리를 디밀고 꿀을 찾는 모습
벌들도 어린 꽃 좋아 하나보다

앞서간 벌이 앉았다 갔는데도
다음에 온 벌이 또 들어앉는다

꽃봉오리 안에는 꿀이 많이 있나보다
꽃잔치에 빠져 서있는 등 뒤에서

하얀 자동차 한대 멈추어 바라본다
벌들의 꽃잔치 푹 빠진 봄날인데

길동무 그리움이 매화처럼 피어나네

철모르는 개나리

차가운 겨울바람 얼굴에 맞으며
부곡온천 혼자서 걸어가는 길

마른가지 드리운 개나리 울타리
샛노란 꽃봉오리 주저리 피었네

매서운 계절에 떨고 있는 모습들
멈춰선 발걸음 개나리 앞에서

아가들아 이일을 어찌할거나
봄은 아직 깊은 잠자고 있는데

봄까치꽃 피면 나비등 타고
분홍 빛 연두빛 안고 오리라

철모르는 개나리 꽃봉오리 봉오리
보드라운 꽃잎 마음 저리더이다

화왕산

어이도 그리 고운 옷 입으셨나요
연두빛 분홍빛 고운 진달래
붉은 사랑 피어난 꽃잎마다
애닮은 연정 붉게 타더이다

여인의 가슴 안 굽이굽이 마다
주저리 한 맺힌 사연 있더이다
삶에 지친 겨울 나그네 걸음마다
생명의 부활로 일어나라 하더이다

고통의 실타래 묵묵히 풀어내며
연두빛 분홍빛 사랑 빛내더이다
소망의 봄동산에 초대하더이다
사랑의 손길 마주잡게 하더이다

선열들의 피울음을 묵묵히 품어 안고
백의민족 굳은 절개 노래로 태어나
길손들의 마음마다 부르게 하더이다
창녕의 귀한보물로 선물 주셨더이다

꽃 도둑맞은 날

매화나무 아래 곱고 예쁜 난초꽃을 피웠지요
원추리 닮은 고운 꽃이 무리지어 웃었지요
예쁜 꽃을 먼저 피우며 보는 이 행복했지요
여름이 와도 피어난 고운 꽃이 기쁨 주었지요

고운 꽃 다 지고 새까만 그곳에 초록 잎새
살며시 솟아오르더니 너무도 곱게 돋아났지요
어느 날 초록잎새를 모질게 뽑아 가고 말았어요
봄부터 피어난 예쁜 꽃송이를 아는 사람일까

마음이 상해서 부탁했지요 하얀 종이에 꽃을
훔쳐가지 말고 함께 보자고 했지요
그것도 소용없이 다음 날엔 더 뽑아 갔지요
양심보다 꽃사랑이 더 많은 사람인가보다

다음날에 다 뽑아서 네 개의 화분에 심었지요
뜯기고 꺾인 고운 난초는 따스한 사랑 속에
새봄을 기다리며 초록잎새를 피워 올리지요
꽃도둑은 도둑이라 못하고 울단속만 했답니다

동백꽃

초록 잎새 반짝이는
붉은 동백꽃
홍금빛 꽃술
화알짝 열렸네

고이고이 접어둔
봉오리 마다
황홀한 꽃잎이
빛을 발하네

아름다워라
예쁜 동백꽃
모진 겨울
칼바람 맞은
꽃잎 꽃잎들마다
검은 자국들

상처난 동백꽃
마음아파도
아름다운 그 모습
황홀한 그 모습
행복한마음
기쁨 주더이다

홍매화의 사랑

아름다운 분홍봄꽃 홍매화가 웃는 날
너무도 고운 꽃잎 바라보며 행복했지요

길동무 목사님 함께 심은 홍매화 나무
반쪽이 말라서 꽃이 피지 않더이다

바라보는 마음이 아파오더이다
올해는 잘라야지 말라버린 저 가지를

톱으로 잘라내려 생각을 했었지요
사랑했던 사람이 떠나고 나면

꽃들이 저절로 말라간다 하던
고운장미도 말라 죽어 버리더니

홍매화 나무도 죽으려나 봅니다
반쪽 남은 홍매화 너무 안쓰럽더이다

살아있는 홍매화 부디 건강하여
맛있는 매실 열매 열려 주기를

얼어 터진 나뭇가지 만져 주었지요
사랑은 이렇게 소중하고 귀하더이다

복 주시는 하나님

화장실에 온 작은 친구들

무궁화 꽃송이가 바라보는 화장실에
별의 별 친구가 놀러 오더이다
새하얀 좌변기 사이로 두꺼비가 엉금엉금
[너는 어디서 왔느냐] 물어 보았지요
지난 봄 초석잠 밭매다 큰 두꺼비 만나서
잘 살아라 인사했더니 고맙다고 자식 보냈나보다
두꺼비도 친구하려온 것을 그냥 두었지요
며칠 후 어디로 갔는지 보이지 않네요
하얀 화장실 벽에 초록빛 찌르르기 한 마리
찌르르르 노래하며 벽을 타고 오르네요
신기하고 우스워 바라보며 말했지요
[너는 어디서 살다가 여기로 왔니?]
[에덴동산 같은 초록동산에 놀러 온 거니?]
온갖 과일 나무 주저리 열린 동산이라
맑은 공기 좋아서 찾아온 것일까
웃음이 절로 나와 바라보며 웃었지요
며칠 후 찌르르기 보이지 않더이다
하얀 벽에 붙어있던 빈자리가 보이네요
외로운 내게 친구하라고 보내신 것 같네요
조그만 청개구리가 하얀 벽에 붙어 였더이다
얼마나 작던지 예쁘기도 한 청개구리
어미 말 지독히 안 듣던 청개구리
어미 마지막 유언 개울가 묻어 놓고
어미 무덤 떠내려간다고 비만 오면 우는 청개구리
불효를 후회하는 인생 모습 가르치시나 봅니다

황금색 거미

거미는 검은 색인 줄 알았지요
황금색 옷을 입은 거미들이

매화나무 가지에 줄을 쳤더이다
입으로 실을 내며 지은 거미줄

곤충들 날아오면 걸리게 했지요
자기만 살려고 처논 거미줄에

주황나비 한 마리가 걸려 있더이다
내가 사랑하는 주황나비 모습에

거미줄을 나뭇가지로 흔들어 버렸지요
거미는 지옥을 만들어서 살고 있지요

어미가 새끼를 낳고 나면 잡아먹는 거미들
분명히 지옥은 그런 모습으로 살고 있겠지요

나비는 천국을 거미는 지옥을 알게 한답니다
사랑하며 나누며 사는 것은 천국의 삶이라

날마다 하나님 아버지 알게 하시더이다

복 주시는 하나님

흑장미 앞에서

아름다운 흑장미 형제들이 기쁨 주는 날
오월 열엿샛날에 활짝 피었더이다
칼바람 속에 견디는 흑장미 형제들이
황홀한 웃음으로 나의 학원에 왔더이다

지난해는 네 송이가 피어나서 고운 모습 지며
견디고 버티고 말라서 쪼그라져 울었지요
누가 그렇게 황홀한 흑장미라 알리요마는
나의 동무로 호연지기로 기쁨 준 흑장미라

봄 아가씨 나비 등을 타고 새순을 올리더니
가지마다 초록 꽃봉오리 맺혀 있더이다
사월이 아픔 마음 만나며 견딘 나날들
오월이 눈부시게 찾아와서 기쁨 주더이다

흑장미 꽃송이들 황홀한 꽃송이 송이마다
사랑이 향기 달콤하게 방실방실 웃더이다
날마다 친구하며 가시에 찢긴 잎새 싸매주었더니
흑장미 황홀하게 고맙다고 인사하는 다정한 내 친구

초록 동산 만들어준 사랑의 그 손길 고마워
하루를 천년같이 귀하게 진주 한 알 받은 축복
네 송이 피던 흑장미 열 송이나 피었더이다
창조주 하나님 아버지 솜씨 감동 감탄하며
할 수 있는 것은 물빛 하늘 향해 눈물 기도드립니다

흑장미와 감자

아름다운 흑장미가 시일에 피어났더이다
밤이면 뒷마당에 향기 토하더이다

길동무 잘라버린 가지 살려준 은혜 아는지
내게로 얼굴을 보며 웃고 있더이다

날마다 찾아가서 하는 말 사랑해 흑장미야
향기를 맡으며 행복한 날들이 지나가고

시들어진 꽃송이가 너무 애처럽더이다
우리네 인생길 가르치는 흑장미 앞에

엉 엉 소리 내며 울며 만져 보았지요
너무도 고운 모습 핸드폰에 담았지만

어느 누가 황홀한 꽃송이라 알아 주리이까
어느 날 흑장미 가시옷 위로 새싹이 나더니

초록 붉은 잎새들이 네 가지나 나더이다
반가움도 잠시 혹독한 추위가 오니

잎새는 마르는데 어쩌면 좋으랴 생각하다
새순 돋은 흑장미 잘라 감자 속에 심었지요

두 개의 감자 속에 흑장미 두 가지 자라고 있답니다

복 주시는 하나님

흑장미의 생애

아름다운 흑장미가 황홀하게 피었더이다
무궁화 나무사이 가려져서 햇빛도 못 보는데
언제 피었는지 주먹만 한 꽃송이가 웃고 있더이다
길동무 장미를 잘라 버릴 때 꺾꽂이 한 가지가

한송이 두송이 세송이 네송이나 피었더이다
너무도 아름다워 잘라서 꽃병에 담으려는데
[그대로 두어라] 제 마음속에 주님이 두라 시더이다
놀라서 바라보는 꽃송이들 너무 아름다워서

장미에 가시가 많은 이유를 알게 되더이다
욕심 많은 사람들이 혼자 보려 자를 까봐
그렇게 가시를 많이 만들어 옷을 입혔더이다
가시 옷을 입은 예쁜 장미꽃도 한 때를 지나자

너무도 추하게 쪼그라져서 바라보는 마음아파
언제 그렇게 황홀한 꽃송이로 피어났는지를
날마다 친구했던 나만이 아는 지난 시간들
너무도 애처러워 눈물이 저절로 흐르더이다

우리네 인생도 흑장미같이 아름다운 젊은 날
꿈꾸며 설레이며 사랑하며 사랑 받았던 날들
세월의 폭풍 속에 버티고 견디며 살아온 흔적들
하나님 아버지 흑장미가 너희라 가르치시더이다

아름다운 꽃

이른 봄 전령사 샛노란 산수유꽃
수많은 나비떼 앉은 화려한 매화꽃
붉은 핏빛 피우다 뚝뚝 지는 동백꽃
하이얀 눈 서리피는 사랑스런 사과꽃

외손녀 닮은 아름다운 향기 주는 함박꽃
친정집에 소담스레 피던 고운 수국꽃
고운 꽃대 꽃 분홍빛 화려한 튜우립꽃
가시 품은 채 주저리 피는 달콤한 아카시아꽃

요염한 여인 같은 아름답고 매혹적인 흑장미꽃
천국가신 길동무 그리는 화려한 철쭉꽃
어느 꽃 한 송이 아름답지 않으리요
말이 없어도 기쁨을 주고 행복 주는 꽃

꽃 속에 있노라면 그리움이 꽃잎되어 나르고
꽃 앞에 서노라면 창조주 아버지 마음 알겠네
이 땅에 사랑 꽃을 피우신 그 사랑 그 은혜
하나님의 자녀들 아름다운 꽃송이더이다

복 주시는 하나님

아름다운 동산에

봄이면 샛노란 산수유 웃음 웃고
고운 동백꽃 주저리주저리 웃고

붉은 철쭉꽃 다정스레 웃음 웃고
화려한 장미꽃 가득 가득 피는 곳

부용화 밝은 웃음 힘을 주는 동산
연두빛 모과잎새 다소곳이 내미는 곳

천도복숭아 고운 꽃 화르르 웃는 곳
매화꽃 꽃나비 아름다운 웃음 웃고

아이보리 치자꽃 향기 가슴 설레이는 곳
헛개나무 오가피나무 석류나무 웃는 곳

길동무 함께하며 사랑 땀 흘린 동산
동산앞길 고운 접시꽃 인사하는 동산

아름다운 동산일 내려놓고 고향집 가신 당신
나 홀로 다듬기엔 외롭고 힘들고 때로는 지쳐도

땅콩 심고 마늘 심고 양파심고 배추심어
꽃동산 초록동산 사랑 동산 만들며 살겠어요

그리움의 사진첩 행복의 노래 부르며 살겠어요

행복한 흑장미가족들

아름다운 흑장미 열 네 송이가 오월에 왔더이다
황홀한 꽃송이 달콤한 향기에 취해 살았지요

아침마다 찾아가 바라보며 향기를 맡았지요
손바닥만큼 커다란 꽃송이들이 방실방실 웃었지요

향기를 마시면 꽃송이와 푸른 잎들이 흔들더이다
사랑하는 가족들 친구들에 흑장미 자랑을 했지요

이렇게 많은 꽃송이 큰 꽃송이는 주님 선물이더이다
나에게 오월은 가정이란 쪽배를 타고 두 사람이 되었지요

오월 열엿샛날이 망망대해를 항해한 날이지요
울면서 시작한 그 험한 세상이란 바다로 나왔지요

오십년 함께한 후 돌아보니 열여덟 가족이 되었더이다
내 생명보다 귀한 나의 가족들이 행복을 주더이다

하늘나라로 이사 간 길동무 그리며 흑장미를 돌보았지요
지난해는 네 송이가 쪼그라지며 말라져서 울게 했지요

올해의 흑장미 열네 송이는 곱고 고운 그 모습대로
오월 마지막 날 화르르 땅으로 내려서 아름답게 지더이다

행복하게 사랑받으면 그렇게 지는 거라고 주님 알게 하시더이다

복 주시는 하나님

호접란 꽃송이는 내 친구

연보랏빛 겉꽃잎 세잎 속 꽃잎 두잎
안쪽에는 짙은 꽃보랏빛 고운 모습
지난해 동짓달 열 이튿날 만난 호접란
낮이나 밤이나 활짝 피어 웃어 주었네

밤 전깃불에 비친 그림자 아가씨 모습
머리 땅은 아가씨 별을 이고 있는 모습
신기한 그림자를 며느리에게 보였었네
[저 그림자 아가씨가 별을 이고 있구나]

함께 보며 신기하고 기쁘고 행복했었네
그렇게 날마다 기쁨주고 노래하게 하더니
새해 일월 보름날 꽃송이 셋이 졌더이다
아직도 생생한 고운 모습 그대로 아까워

손바닥위에 바라보며 마음 아프더이다
그동안 행복하게 했던 호접란 꽃송이들
무궁화 부용화 나팔꽃 하루 사는 꽃있듯
하나님 아버지 인생길 가르치시더이다

행복을 주던 꽃송이들 고운 모습 아까워
둘째딸 비취가 사서 보낸 새 일기장 곁에
곱게 펴서 테이프로 붙여 주며 위로했지요
[수고하고 고마웠다 여기서 편히 쉬어라]

찾아온 주황 나비

저 지난해 봄날 도와준
주황 나비 한 마리 사랑

올해도 제게 찾아 왔더이다
그 사랑 그 감사 잊지 못해

제 주위에 날면서 앉았다 가네요
날아가는 주황나비 그 모습 보며

나비가 있는 곳은 천국이라
욕심 없이 꽃들 위에 앉았다

꽃잎들의 사랑을 받고
꽃잎들에 사랑을 주고

나비는 천국의 모형으로
이 땅에 보내신 주님 사랑

주황 나비 은혜 잊지 않고
제게 찾아 왔다 가네요

그 추운 겨울 어떻게 지냈을까
주황나비 다시 만난 그 기쁨

하나님 아버지 선물임을 알게 하시더이다

복 주시는 하나님

핏빛 동백꽃 앞에서

능소화 꽃가지를 친구하며 살고 있는 동백나무
착하다고 칭찬하며 몇 년이 지나갔지요

초록동백 잎이 말라가기에 살펴보았지요
동백의 나뭇가지에 뿌리박은 능소화꽃

너무도 미안하고 놀라와 말했지요
동백아 미안하다 능소화가 이런 줄 몰랐네

작은 톱으로 능소화를 잘라 냈지요
동백나무 가지에 뿌리박은 줄기마다

동백은 얼마나 아팠을까 힘들었을까
가지가 말라가고 죽어도 몰랐지요

미련한 꽃밭지기 다 잘라낸 봄날아침
황홀한 핏빛 동백꽃 활짝 피었더이다

능소화 아무리 예쁜 꽃 피워도 잘라내듯이
아름다운 이강산 고운님들 사는 이 초록별에

능소화같이 사는 사람들이 없어지기를
물빛 하늘에 계신 하나님 아버지께 간구 드리나이다

행복한 금잔화

무궁화 일편단심 나라 사랑 일깨우던 팔월 열여드레날
아침 운동 하느라고 나만의 길을 걸어갔지요
길섶에 고운 풀잎들 위에 보랏빛 꽃을 피워 내는 꽃들
혼자서 가는 길이지만 친구들이 있어 반기지요

누군가가 던져놓은 비닐봉지를 보면서 마음이 아프지요
그곳에 던지는 그 마음은 무슨 색깔인지요
예쁜 집을 지어놓고 주말이면 오시는 이웃을 지나는데
주황빛 금잔화를 모질게 잘 라서 버렸더이다

금잔화 나를 보며 데려가 달라는 듯 마음이 아파서
시들은 금잔화 다 모아서 왼손에 쥐고 오는 길에
지나가는 남자분이 바라보더이다
안경도 벗은 눈으로 고개 숙이며 걸어왔지요

시들은 금잔화를 손에 들고 가는 모습은
생각하는 사람 마음대로 말하겠지요
집에 와서 금잔화 꽃병에 담고 물을 주었더니
아침에 시든 꽃이 오후에 바라보는데

주황빛 고운모습 방실 방실 웃고 있더이다
하나님 아버지 잘 했다고 칭찬하실 거 같더이다
죽음의 강을 몇 번이나 건너서 사는 내게
하루를 사는 것 하나님 아버지 큰 선물입니다

복 주시는 하나님

작은 옹달샘

내 마음속에 작은 샘 하나
퐁퐁 솟아나는 말씀의 샘
주님의 보좌로부터 흘러나더이다

이 맑은 샘물 한 바가지
내 마음에 가득 부어
사랑의 마음 되게 하더이다
원망하던 내 마음 한가운데
감사하는 마음으로 변하더이다
슬퍼하는 내 마음 변하여
기쁨의 춤을 추게 하더이다
배고픈 빈 들판 오천 명 먹이시던
두 마리 물고기 다섯 개 떡
풍성히 나누시던 그 말씀이
오늘도 이 땅에 일어나더이다

주님의 말씀은 작은 옹달샘
매일 매일 마시는 생명수이더이다

좋은 이웃 귀한 보배

아름다운 무궁화 활짝 웃는 칠월 초이튿날
십자가 불빛이 꺼져서 석사장님께 부탁했지요

무더운 폭염은 구슬땀 주저리 흐르게 하는데
포클레인 통안에 올라서서 전기를 고치셨네

큰 차랑 사람이랑 두 몫을 하신 그 수고
고맙고 감사해서 십만 원을 드리려는데

어려운 시기니까 오만원만 받겠다 하시더이다
다 받으시라고 했더니 어려운 때 안다 하시더이다

힘들게 건너온 코로나로 버티고 견디며 지낸 시간
좋은 이웃 귀한 보배 석사장님 감사하더이다

이웃사랑은 이렇게 아름다운 것 행복한 것
목사님의 여제자 남편이시기에 더욱 귀하신 분

양말 한 켤레 덧버선 하나 소망의 글 졸시들 드리며
공짜로 고쳐주신 것 같아 감사하여 머리 숙였지요

오만원에 담긴 그 사랑은 내 생애 귀한 선물
백배 천배 만 배 복을 받으시기를 기도하리 이다

하늘에 하나님 아버지 은혜와 사랑 부어 주소서

복 주시는 하나님

주황빛 고운 장미

보랏빛 무궁화 활짝 웃는 사이로
흑장미 한 그루가 같이 이웃하는데

장미의 뿌리 옆에 새로운 모습 장미꽃
흑장미로 태어나서 주황빛으로 웃는 모습

신기하고 놀라워 주저앉아 보았지요
흑장미 뿌리와 무궁화 뿌리 가운데

두 가지 색이 변하여 주황빛이 되었더이다
무궁화 보랏빛 흑장미 붉은 빛사이 주황이라

뿌리 곁에 웃고 있는 아름다운 주황빛 장미꽃
오며가며 바라보며 반가운 목소리 아는지

아기같이 웃는 아름다운 장미꽃 앞에 앉아
[주황빛 장미야 너는 뿌리가 두 곳에 있나보다]

[무궁화꽃 그늘에서 행복하게 지내거라]
흑장미 줄기는 무궁화랑 키대기 하느라

지붕 따라 올라가는 무궁화와 흑장미
뿌리에 꽃피게 하신 그 놀라운 모습 보며

나를 사랑하신 하나님 아버지 은혜더이다

찢어진 복숭아나무의 인내

초록 동백나무 사이로 팔을 벌린 복숭아나무
땅바닥에 누워버린 가지를 내려다보더이다

언제 그렇게 찢어 졌는지 알지 못하고 사는 내게

누워있는 나뭇가지 받쳐주는 꿈을 꾸었지요

찬란한 아침 태양 친구하며 살아온 나날들 속에
희망과 인내를 마음에 새기며 살아 왔었지요

[나도 너처럼 따뜻한 사람 밝은 사람으로 살아볼게]
마음으로 다짐하는 날 땅바닥에 누운 복숭아나무가지

꿈에 본 그 가지라 큰 고무 통을 받치고 잘라버린 능소화가지
받침대로 받치며[능소화야 너는 이제 좋은 일 하는 구나]

동백을 못살게 하던 능소화 가지가 복숭아 받침이 되었지요
찢어진 복숭아 가지마다 황홀한 분홍꽃 피워 내더이다

분홍꽃 속에 새하얀 꽃 창조주 하나님 아버지 솜씨더이다
찢어진 복숭아나무 살리라고 꿈속에 가르치셨나보더이다

정겨운 복숭아꽃 바라보며 나의 살던 고향은 꽃피는 산골
부르다 고향집 부모 형제 열다섯 나의 보배들 그립더이다

복숭아나무는 벼락 맞은 모습 속에 인내를 가르치더이다

복 주시는 하나님

수선화 앞에서

아름다운 봄날이 내 창가에 찾아온 날
샛노란 산수유꽃 잔치에 놀러 갔지요

고운 꽃송이들 화사하게 웃고 있는 아래
샛노란 수선화 예쁘게 예쁘게 피어 있더이다

쪼그리고 앉아서 세어 보다 놀랐지요
하나 둘 셋 열여덟 꽃송이 예쁜 꽃송이

어쩌면 우리 가족 숫자와 똑 같은지요
아흔 아홉 천국가신 시어머니 수선화꽃

여든 살에 천국가신 길동무 목사님 수선화꽃
사 남매 부부 가정에 손자 손녀 열다섯 수선화꽃

사랑하는 가족들 이 나라 이 땅에 살아있어
초록별 지구를 사랑하며 기도하는 나라는 수선화 꽃

열여덟 꽃송이 샛노란 고운 수선화꽃 앞에서
나도 너도 모두가 하나님 아버지 꽃송이라는 것

아름답게 살다가 사랑하며 나누고 베풀며 살다가
수선화 고운 꽃 제할 일 다 하는 모습 닮으라고

하늘나라 하나님 아버지 실물 교훈이더이다

붉은 팥을 만나며

불볕더위 칠월에 붉은 팥을 심었지요
수정 같은 땀방울이 땅으로 떨어지더이다
가을에 받을 선물 가슴 가득 했지요
개미들 피난 가며 손등을 물었지요
애국자 같은 개미 보며 웃음 웃었지요

개미집 풀로 덮어 평안을 주었지요
연두빛 새싹이 나더니 예쁘게 자랐지요
옆에는 잡초들이 함께 자라더이다
몇 번인가 풀을 뽑으며 야단을 쳤지요

코로나 만난 몸이라 힘이 들었지요
어머니 가슴 같은 땅은 심는 데로 거두는 것
불볕더위 조심하라고 보배들 전화오지요
풀이 자라고 팥도 자라고 태풍도 만났지요

아름다운 시월이 고운 코스모스랑 함께 온 날
팥밭에 가서 보고 너무 놀라고 미안 했지요
나팔꽃줄기에 휘말린 누워 있는 가지마다
사랑둥이 붉은 팥알 형제 가득 가득 있더이다

힘을 다해 자란 팥가지 마다 사랑스런 모습들
하나님 아버지 가르치신 삶의 인내 더이다

복 주시는 하나님

비둘기를 묻어주며

일편단심 무궁화 곱게 피는 구월 스무날아침
길고양이 여섯 가족 낳은 에미 멸치 쌀밥 주는데
회색 비둘기 한 마리 하얀 물 물고 죽었더이다
어제 은행 줍고 오는 길에 앉은 비둘기 보며

어디가 아프냐 물었더니 걸어서 숨더이다
밤을 새운 비둘기가 우리 집을 찾아와서
고양이 밥 먹으려 하다가 죽었나 봅니다
생명은 정해져 우리 집에서 숨이 졌더이다

어디다 묻어 줄까 생각하며 들고 다니다가
단장면 고향집에서 가져온 모과나무 아래
보드라운 흙을 파고 구덩이에 묻어 주었지요
가족은 없을까 새끼는 없을 까 가여운 비둘기

사람이나 미물이나 죽으면 흙으로 가는 것을
보드라운 깃털로 하늘을 날던 비둘기 인데
생명이 없으니 내 손에서 묻히게 되는 것
하나님 아버지 삶은 이런 거라 가르치시더이다

사랑스런 길고양이 가족들

보랏빛 무궁화 황홀한 웃음 웃는 구월에
길고양이 한 마리가 내 게로 찾아 왔더이다
검정 주황 얼룩이가 특별한 옷을 입었더이다
검정 하양 아롱이를 길고양이로 만나서 살다

사랑 찾아 갔는지 보이지 않았지요
검는 주황 길고양이가 찾아 왔길래
하얀 밥에 멸치 얹어주며 말했지요
[어디 가지 말고 여기서 살아라]

그런데 어느 날 밤 고양이 새끼 다섯 마리
어미젖 먹으며 달라붙어 있더이다
얼마나 마음이 아프든지 눈물이 나더이다
어디서 새끼를 낳았을까 배는 얼마나 고플까

하얀 쌀밥에 참치 통조림 얹어 주었지요
[무서워하지 말고 먹어라 어디 가지 말고]
새끼들은 사방으로 도망을 치며 보이지 않더이다
어미는 내 말을 알아듣는 지 그 자리에 있더이다

보면 도망 갈까봐 밤중에 몰래 나와 보았지요
길고양이 가족들 행복한 듯 밥을 먹고 있더이다
어미 젖 먹다가 참치 밥을 먹는 새끼들 보며
어미고양이는 행복한 듯 바라보고 있는 모습
하나님 아버지 제게 보내주신 행복이더이다

민들레꽃 앞에서

봄 햇살 속에 연두빛 잎새 예쁜 민들레
화단 안에 있기에 날마다 바라보았네

어느 날에 예쁜 꽃봉오리 밀어 올리었네
샛노란 민들레꽃 너무 예뻐서 앉아서 보았네

하나 둘 세다 보니 마흔 다섯 송이 꽃봉오리
놀라와라 믿지 못할 일이라 너무 신기했네

샛노란 민들레꽃 바라보며 행복했네
초록빛 잎새는 쇠하여 지고 꽃잎들은

새하얀 우산이 되어 떠날 준비를 하네
어느 날에 다 날아가고 누런 잎들만 남았네

할 일 다 한 잎들은 외로운 마음 서로 달래듯
놀라운 일은 샛노란 민들레꽃을 한 송이 피웠네

날마다 응원하는 내게 한 송이 꽃으로 위로 하나보다
[고마워 민들레야 수고 많았다 너의 마음 고마워]

사랑은 이렇게 좋은 것 민들레꽃 진자리 바라보며
훨 훨 날아간 씨앗들이 엄마 민들레 닮아 가겠지요

우리네 인생길도 민들레꽃 닮은 하나님 교훈이지요

보랏빛 제비꽃 앞에서

빨래 건조대 아래 갈라진 마당 틈사이로
보랏빛 제비꽃이 소담스레 피었더이다

지난겨울 너무 추워 대야로 덮어 주었더니
하얗게 말라버린 잎새 사이로 다섯 꽃잎 고운

보랏빛 제비꽃이 주저리주저리 피었더이다
얼마나 추웠을까 측은한 마음 반가운 마음

쪼그리고 앉아서 소근 거렸지요
[제비꽃들아 힘들었지 잘 견디었네 고맙다]

조그만 꽃잎들을 흔들며 인사를 하더이다
[어머 어머 너희도 인사할 줄 아는 구나]

하나 둘 셋 세어 보는 데 신기하고 놀라워라
서른 송이가 소담스레 피어 있더이다

세월의 강을 건너며 거울 앞에 바라보면
나는 간데없고 내 어머니가 웃는 그 모습

엄마가 거울 안에 있어 아침마다 웃지요
내 나이는 서른 살이야 서른 살이야 하며 살지요

하나님 아버지 서른 송이 제비꽃 친구로 주셨더이다

복 주시는 하나님

복숭아 꽃진 자리

벼락 맞은 복숭아나무 땅에 누워 있어
큰 화분으로 받혀주고 능소화 가지로 받쳐주고

겨울의 칼바람 견디고 수천수만 마리 나비같이
꽃피워 올리며 감사하다고 흔들어 주더니

향기로운 꽃잎들이 다 진 그 자리에
사랑의 연두색 잎들이 열매를 안더이다

그 많은 꽃진 자리 열매들이 얼마나 열릴까
날마다 바라보며 찾아가서 아침 인사 하면

초록잎새로 자란 벼락 맞은 복숭아 꽃진 자리
저절로 다 떨어지고 굵고 예쁜 복숭아 열매들

복숭아 잎들이 더 많이 흔들며 반기는데
혼자 볼 수 없어 며느리에게 보라 했지요

복숭아 잎들도 고맙다고 인사하는데 창조주
은혜로 사람으로 태어나서 감사하며 살아라 했지요

짐승이나 나무로 아닌 사람으로 여자로
엄마 딸로 남편의 아내로 보배들의 엄마로

사랑하는 외손 친손 할머니로 보내심을 갑사하나이다

복숭아나무 앞에서

아름다운 철쭉꽃 활짝 웃는 사월 스무 여드렛날
홍금 햇살을 반기며 행복한 아침을 만났더이다

태양은 반가운 친구라 얼굴을 내밀고 반기더이다
화려한 꽃진자리 복숭아 초록 열매 주저리 열리고

초록잎새 흔들며 반가운 감사 인사 하더이다
벼락 맞은 가지에 껍질로 꽃피우고 열매 맺은 모습

[어머 어머 너희도 인사할 줄 아는 구나]
높은 복숭아 가지가 더 많이 흔들 더이다

알알이 맺힌 열매를 보며 초록 잎새에 입을 맞추었지요
눈에는 하염없이 눈물이 흘러내리더이다

얼마나 아프고 힘들었을까 찢어진 가지의 고통이
가슴에 전율로 흘러서 눈물이 되어 흐르더이다

[고생했다 복숭아야 모진 고통 견디고 있구나]
[힘내라 나도 너처럼 견디며 살아 볼게]

사랑스런 아침 해 보랏빛으로 힘을 주는 날
들리는 소식은 별세 아니면 요양병원 가셨다고

인생의 겨울인 나에게 용기 주는 복숭아나무
하나님 아버지 그림 동화 주인공 되게 하시더이다

복 주시는 하나님

봄비 내리는 삼월

세상은 어두운 소식으로 마음이 아픈데
은구슬 봄비가 동백꽃 만지며 떨어지네요

너무도 끔찍한 산불로 이웃들 눈물 짓는데
봄비가 내려와서 불꽃을 없애 주내요

동백꽃잎에 살포시 앉은 봄비는 붉은 빗방울
초록 잎새 위에 살포시 앉은 봄비는 초록 빗방울

분홍빛 홍매화 꽃 위에 내려앉은 분홍 빗방울
송글송글 앉아 있는 빗방울 바라보노라니

우리네 인생길을 가르치는 삼월의 봄비네요
네가 어디서 무엇을 하든지 함께 하는 모습

어디서 내려 앉아 누구랑 이웃 하든지
고운 모습으로 살아가라 가르치네요

우리는 이 땅에 잠시 소풍 나온 것이지요
피투성이로 어머니 생명 함께 태어난 것을

창조주 하나님이 보고 계신다고 하네요

부곡 온천

땅 속 커다란
가마솥 하나 태고 적 숨겨 논
척박한 땅

산맥 수맥
헤집던 이에게
하얀 김나는
가마솥 들키고

선남선녀 기쁜 모습
세상 근심 걱정
잊게 하더이다

창조주 숨겨 논
가마솥 하나
크기도 하더이다

백년도 더 올릴
부곡 유황 온천수
지친 몸 쉬게 하는
사랑님 품이더이다

꽃자주빛 철쭉꽃 사랑

사랑 많은 길동무 심어놓고 가신 철쭉꽃
해마다 사월이면 아름답게 피어나지요

바라보고 있노라면 길동무 모습 생각나고
꽃자주빛 철쭉꽃 한 그루 가을에도 피더이다

매서운 칼바람 견디며 피는 것이 애처로워
빈 박스를 덮어서 추위를 막아 주었지요

쪼그리고 앉아서 철쭉꽃에게 말했지요
[철쭉꽃아 이 추운 겨울에 어찌 지내려나]

사람에게 목숨 다한 사랑 같더이다
덮어준 박스를 누군가가 가져 가버렸지요

밤새 얼은 철쭉꽃은 시들어 애처로워 마음 아프고
사람들은 자기 것 아니면 안 가져가면 좋으련만

혹한겨울 지나고 새봄 맞은 철쭉꽃들이
제일 먼저 꽃자주빛 웃음으로 피어나더이다

사랑하는 사람들과 날마다 함께 하고 싶은 모습
하나님 아버지 사랑 마음을 전해 주더이다

덕암산 사랑 둘레길

아름다운 줄장미 화려한 웃음 웃는 날
덕암산 사랑 둘레길을 찾아 갔었네

연두빛 은행잎새 화르르 웃음 가로수 지나
쑥골 운동장에 예쁜 의자에서 쉬었네

너무도 오랜만에 온 산책길이라 설레이네
벼락 맞은 소나무 보며 반가운 인사 했었네

애들아 내가 왔다 잘 있었느냐 물었네
어찌 잘 지냈겠는가 비오지 않아 목마른데

푸른 대숲을 지나며 둘레길을 걸었네
장남 부부와 함께 걸으며 행복했었네

푸른 연못은 마음에 평안을 주었네
깊은 산속에 연못은 만드신 창조주 사랑

어머니 가르마 같은 길을 걸으며 감사했네
고향마을 산길 만드신 그 귀한 손길들 고마워라

이름은 몰라도 수고하신 그분들 복많이 받으소서
나무로 놓아진 곳에 철판 다리로 예쁘게 놓았네

덕암산 사랑 둘레길 걸으며 이웃을 만나 반가웠네

복 주시는 하나님

돌아온 수선화

샛노란 산수유꽃 고운 웃음 웃는 날
분홍빛 매화도 함께 웃고 있더이다

매서운 칼바람 견디며 승리의 웃음이라
바라보는 마음도 함께 웃게 하더이다

[고맙다 수고했다 다시 만나서 반가워]
화사한 꽃 잔치에 춤추고 싶더이다

샛노란 산수유꽃 바라보는 아래로
수줍은 수선화 샛노란 웃음 웃더이다

[어머나 애들이 언제 여기 있었지]
[지난해 모르는 집으로 시집갔었는데]

아홉 송이 아닌 열 다섯 송이 고운 수선화
다시 심어주신 아름다운 이웃 감사하나이다

안 돌려주셔도 괜찮은데 도리어 송구하네요
부디 행복하셔요 예쁜 꽃사랑 마음 복 받으셔요

꽃도둑은 사랑마음 예쁜 마음 이라 하시더이다

들국화 앞에서

아름다운 가을이 찾아온 시일 열나흘날
보랏빛 들국화 우리 화단에 있더이다
향나무 가시 옆에 둥지를 만들어서
많이도 찔리며 아픈 모습이더이다

태풍을 두 번이나 만나며 흔들린 가지
땅으로 누운 체로 고운 꽃을 피웠더이다
언제 그곳에 뿌리를 내렸는지 모르는데
활짝 핀 보랏빛 꽃송이 웃고 있더이다

쪼그리고 앉아 꽃송이 세어 보았지요
오십 한송이 들국화가 놀라게 하더이다
길동무랑 함께한 삶의 세월과 같더이다
한 뿌리에 열 여덟 가지 키워낸 들국화

이틀 후 세어본 꽃송이 아흔 다섯 송이
그 다음날은 보랏빛 꽃송이 백열 송이
천국가신 시어머니 연세와 같더이다
들국화랑 친구하니 행복한 시간이더이다

저 혼자 피고 지는 고운 들국화 앞에서
우리네 인생길을 가르치심 깨달았지요
우리도 들국화처럼 견디며 웃으며 살라는
하나님 아버지 마음을 알게 하더이다

복 주시는 하나님

무궁화는 우리 나라꽃

십년 전 화단에 심어준 무궁화 꽃가지 두 그루
정성을 다하여 물주고 사랑 주며 길러 주었지요

그 마음 보답하는 듯 잘 자라 주었지요
유월이면 보랏빛 다섯 꽃잎 붉은 속 꽃잎

샛노란 꽃술이 너무 너무 곱게 피더이다
씩씩하게 잘 자라서 피고 지는 무궁화 꽃

무궁화 꽃 나라꽃 대한민국 상징이더이다
다섯이 모이면 나라 사랑 이웃 사랑하는 마음

하루만 아름다운 보랏빛 꽃잎 피어나는 꽃
가을이 오기까지 피고 지고하더이다

무궁화 꽃송이 바라보며 행복한 마음인데
주저리 맺히는 아름다운 꽃송이 송이 들

하루만 황홀하게 피어나더니 저녁이면 지는 꽃
우리의 인생길을 가르치는 보랏빛 무궁화 꽃

창조주께서 하루를 잘 살라시는 마음 알게 하시더이다

미꾸라지와 고동을 잡으며

초록 풀잎이 예쁜 풀꽃 피는 길을 가는 칠월에
장맛비가 내리는데 논물이 넘치고 있었지요
미꾸라지랑 고동들이 물길 따라 가고 있더이다
벼논에다 키우려 한 것이 물따라 가다 죽을 것

가다가 고동을 먼저 주워서 논에다 넣어 주었지요
큰 고동 작은 고동 주워 넣어주며 말했지요
[네가 살 곳은 논이란다 그곳 떠나면 말라 죽는 단다]
고동을 다 잡아 넣고는 미꾸라지를 잡았지요

얼마나 요동하는지 잡히지가 않더이다
지나가는 청년에게 미꾸라지 좀 잡아 달라 했지요
자기는 무서워서 못한다고 하면서 지나가더이다
길가에 나가면 죽을 것 아는데 그냥 두지 못해

잡고 또 잡아서 논으로 던져 넣어 주었지요
가랑비가 오지만 미꾸라지 잡아 주었지요
[내 손에 잡히면 살고 아니면 죽는 것이야]
혼자 중얼거리며 잡아넣으며 웃었지요

다 잡아넣고 한 마리 지독스레 도망 가길래
[그래 너는 안 잡히면 죽는다 나도 몰라]
그리고 친구네 집 놀다 집으로 오는 길에
미꾸라지 한 마리 하얗게 죽어 있더이다
힘들어도 잡아넣어 줄 것을 마음 아프더이다

복 주시는 하나님

미련한 아빠지렁이

봄까치꽃 피는 나만의 길을 가노라니
하얀 목둘레 진 커다란 지렁이 한 마리
길 위로 기어가는데 개미들이 모이더이다
자기보다 몇 배나 큰 지렁이를 양식 삼으려

새까만 개미들이 모이는 것을 보고
미련한 지렁이를 보니 웃음이 나더이다
분수도 모르는 미련한 것 목에 띠를 보니
가족을 거느리는 아비 지렁이 같더이다

사람이나 지렁이나 생각이 죽고 사는 것
지렁이 살 곳은 땅속에 살아야 하는데
그냥 보고 지날 수 없어 도와주었지요
조그만 나뭇가지로 벼논에 던지며 하는 말

[너는 내게 고맙다고 해라 죽지 않고 살아서]
미련한 지렁이는 벼논에서 헤엄치며 가더이다
지렁이라도 살리고 보니 이리도 마음이 기쁜데
힘든 이웃들 살리는 일 하시는 분들은 얼마나 행복할까

하나님 제일 기뻐하시는 것 서로 사랑하며 나누는 것
사람을 살리며 도우 시는 모든 분들 큰 복 받으소서

행복한 나팔꽃

아름다운 분홍 코스모스 고운 웃는 시일 열사흘날
오솔길은 걸으며 아침 산책을 나갔지요

가는 길에 만나는 모든 것들은 나의 친구들이라
햇살 사랑 인사 서로 나누고 분홍 코스모스 입 맞추고

소담스런 금잔화 길을 걸으며 행복한 아침운동
한 번씩 오시는 이웃이 심어 논 금잔화 고맙더이다

시멘트로 만든 길을 걸으며 만나는 지렁이들
야단치며 풀가지로 걸어 밭으로 던져 주었지오

저는 무릎 아픈 허리 만지며 걸어가는 내 모습
그림자 바라보며 허허허 웃으며 걸어가지요

하와이한국관 뒷길에 새 길 나는 곳 한가운데
꽃분홍 빛 나팔꽃이 두 송이가 활짝 웃더이다

[나 좀 데려가 주세요 여기는 살수가 없어요]
나팔꽃 데려와 무궁화랑 이웃에 심어주었지요

사랑스런 나팔꽃 심으며 기도 드렸지요
[하나님 저는 나팔꽃 못 살립니다 도와주소서]

행복한 나팔꽃 살아 밤에도 낮에도 비오는 날은 해종일 피더이다

복 주시는 하나님

너는 주님의 사랑둥이 주님의 사랑의 꽃

향나무 아래 보랏빛 들국화 핀 섣달 열 아흐레 밤 열두시
밤 기도드리며 지구를 한 바퀴 돌며 간구 드렸지요
사랑 많으신 하나님 아버지 평안을 주시옵소서
우리나라에도 평안을 세계도 평안을 주시옵소서

아름다운 조국 강산을 지켜 주시기를 아뢰고
찬양은 곡조 있는 기도라 올려 드렸지요
기도는 해를 멈추게 하고 대산이 평지가 되게하시고
역전의 인생으로 구하라 찾으라 두드리라 하시더이다

네 종류의 사람이 살고 있는 아름다운 지구별
불의한 사람 더러운 사람 의로운 사람 거룩한 사람
내가 거룩하니 너희도 거룩하라 하시더이다
말씀과 기도로 거룩한 사람 되라 하시더이다

밤 기도드린 후 올려드린 찬양은 곡조있는 기도
나의 갈길 다가도록 예수 인도하시니 부르고
참 아름다와라 주님의 세계는 부르고
나의 입술에 모든 말과 나의 마음에 묵상이 부르고

주님 뜻대로 살기로 했네 뒤 돌아서지 않겠네 부르고
목마름 사슴이 시냇물 찾듯 나의 주님 이 죄인을 찾으셨도다
부르고 너는 주님의 사랑둥이 너는 주님의 사랑의 꽃
가는 곳 어디든 주님 향기 날리며 사네 부르게 하시더이다
하나님이 하셨습니다 사랑노래 행복노래 부르게 하시더이다

God who Blesses

PART **4.**

하나님이 하신 일,
───
그 은혜

하나님이 하신 일

새해가 왔다고 새 소망으로 희망 꽃피우며
아침 해 만나 새 노래로 맞이하는 하루

올해는 삼백 육십 다섯 진주알 내 것 인양
기쁨으로 행복한 날들 기다려 보게 되더이다

돌아보면 하루만 달려온 날을 꽃잎같이 쌓인 날
혼자가 되고서 하는 일은 시간이 많다는 것

기도하며 말씀 암송 하며 찬양하며 가는 길
어느 날 하나님 아버지 내 영혼에게 하신 일

정 목사님 이름 부르시며 찾아보라 하시더이다
찾으면 물질이 있어야 하는데 어찌 하지요

그러나 하나님 아버지 미리 준비 하셨더이다
세 분의 권사님들 마음을 모이게 하셨더이다

넷이 모이면 할 수 있어 적은 정성 보내 드렸지요
베트남 선교지에서 질병으로 견디시며 계시다

일월 십육일 한국에 치료 하려 오신다 하더이다
정선교사님 하신 말씀 하나님이 하셨습니다

권사님들 고운 마음 하나님이 사용하셨습니다

주님의 크신 사랑

주님의 크신 사랑 받고 보니
마음에 기쁨이 강물 같더이다
목마른 심령 속에 넘치는 기쁨
입술에 찬송이 흘러 나더이다

주님의 크신 사랑 받고 보니
이 세상사는 날 천국 이더이다
사랑 하는 이웃들 함께 할 때에
향기로운 꽃향기 퍼져 나더이다

주님의 크신 사랑 받고 보니
하루하루 가는 길 밝히 보이더이다
남은 날 계수하며 천국 가는 길
나누며 섬기는 길 행복이더이다
마음에 초록 등불 들고 가더이다

주님의 크신 사랑 받고 보니
저 높은 천국이 마음에 있더이다
사랑하는 보배들을 바라보면서
수고하는 모습들이 아름답더이다

2013년 10월 6일. 지은 주님 찬양시.

복 주시는 하나님

나는 빚진 자

나는 빚진 자 나는 빚진 자 예수님께 빚진 자
나의 죄를 대신하여 십자가를 지셨네
오 하나님 아바 아버지 감사 찬양 받으소서
구주예수님 주의 성령님 내게 능력 주소서
이 생명 다해 이 몸을 바쳐 죽도록 충성하리라

나는 빚진 자 나는 빚진 자 사랑의 빚진 자
어려워 힘든 네게 위로하신 그 사랑
두려워 말라 내가 너와 함께 하리라
놀라지 말라 나는 네 하나님이 됨이라
내가 너를 굳세게 하리라
참으로 너를 도와주리라 참으로
나의 의로운 오른손으로 너를 붙들리라
이 말씀으로 찾아오신 나의 예수님

그 언약 믿으며 살아온 나날들
눈물과 탄식이 변하게 하시고
기쁨과 평안을 선물로 주셨네
연약한 나에게 새 힘을 주셨네
병든 육신 고치사 강건케 하셨네
눈물로 시샌 날들 계수하시고
찬양하며 춤추며 감사기도 드리네
우리 보배 모두를 사역자로 부르시니
이 생명 다 바쳐 주님 찬양 하리이다

나는 주님의 것이라

나를 창조하신 분이 말씀하시네
나를 조성하신 분이 말씀하시네

너는 두려워 말라 말씀하시네
나를 구속 하셨다 말씀하시네

나를 지명하여 부르셨다 하시네
나를 너는 내 것이라 말씀하시네

내가 물가운 데 지날 때에 주님이
함께 하실 것이라 말씀하시네

강을 건널 때에 물이 침몰치 못하고
내가 불 가운데 행할 때에 타지도 아니하리라 하시네

나는 네 여호와 네 하나님이라 말씀하시네
이스라엘의 거룩한 자요 네 하나님이라 하시네

하나님이 나를 보배롭고 존귀하다 하시네
하나님이 나를 사랑하신다 말씀하시네

사람들을 주어 나를 바꾸신다 말씀하시네
백성들로 내 생명을 대신한다 말씀하시네
주님을 찬양하기 위해 지으셨다 말씀하시네
주님 찬양과 영광 받으소서 날마다 찬양하오리다

사 43:1-7

복 주시는 하나님

어느 날의 시

냉장고는 냉동이 안 되고
티브이는 하얗게 소리를 내고
하수도 막혀 내려가지 않고
전화는 불통이고
다섯 살 외손녀 고신어린이집 보내고
첫돌 지난 외손자는 감기로 열이 끓고
89세 시어머니는 중풍으로 쓰러지셨고[99세에 소천하심]
침 맞으려 외손자 업고 시어머니 지팡이 되고
장남은 사랑에 배신당해 밤과 낮이 구분이 안 되고
삶에 반항하듯 깨고 나면
용돈 달라고 차가운 거리 휘돌다 택시타고 들어오고

나의 오른쪽 눈은 한글 보기 힘들고
왼쪽 팔과 다리는 수시로 저리고
머릿속은 온통 수많은
매미소리 풀벌레 소리 요란해도
오직 한분 주님이 계시므로 나는 행복합니다

2001년 12월 19일. 1998년 8월 15일 창녕부곡 112평 가정집 사업장 부도 맞은 후 부산영도 살면서 만난 고난 앞에서 용감하게 살아낸 나에게 2023년 11월 24일 칭찬하며 이 시를 적는다. 이성희 수고했다. 그리고 그 용기 그 믿음 칭찬한다. 하나님 아버지 지키시고 은혜주시고 평강을 주셨더이다.

말씀 속에 만난 하나님 아버지 1

황금 빛 햇살 사랑 빛 희망 빛 뿌리는 십이월 아흐렛날
말씀 속에 만나주신 하나님 아버지 사랑의 권고 하시네
네가 오늘날 네 행복을 위하여 네게 명하는
여호와의 명령과 규례를 지킬 것이 아니냐 하시더이다

행복을 찾아 걸어온 이 길에서 만나주신 하나님 아버지
마음에 할례를 행하고 다시는 목을 곧게 하지 말라 하시네
내가 네게 명하는 이 모든 말을 지키라 하시네
네 하나님 여호와의 목전에 선과 의를 행하면
너와 네 후손에게 영영히 복이 있으리라 하시네

너는 반드시 구제할 것이요
구제 할 때는 아끼는 마음을 품지 말 것이라 하시네
이로 인하여 네 하나님 여호와께서 네 범사와
네 손으로 하는 바에 네게 복을 주시리라 하시네

하나님 아버지 찾아오신 그 사랑 그 은혜
인생길 나그네 겨울 앞에 걸어가는 나날들
부서지는 몸을 다독이며 영혼의 양석 먹고 사는 길
감사합니다 고맙습니다 제가 가는 길 말씀 붙들고 가는 길
우리 보배들 지기시고 복 주시는 길 가르치신 그 은혜

날마다 선과 의를 행하며 살라 하시며 가르치시네
선하게 살겠습니다 의롭게 살겠습니다
하나님 아버지 만난 아침 찬양 하며 경배 드리나이다

말씀 속에 오신 하나님 아버지 2

소담스런 황금빛 소국 웃고 있는 초겨울 아침
사랑 많으신 하나님 아버지 말씀 속에 만났네
성도가 멀리 해야 할 것 가르치시네

신명기 18장 9절 말씀으로 심령에 새기게 하시네
그 민족들의 세상에 가증한 행위 본받지 말라 하시네
하나님께 범죄하는 형제들 멀리 하라 하시네
더러운 음행을 멀리 하라 하시네
선지자의 경고를 듣지 않는 자들 멀리 하라 하시네
중언부언하는 기도자들 멀리 하라 하시네
위선된 행위자들 멀리 하라 하시네
허망한 마음으로 행하는 자들 멀리 하라 하시네
하나님 뜻을 모르는 이 세대를 본받지 말라 하시네
옛 사람일 때 사욕을 멀리 하라 하시네
악을 행하는 자 멀리 하라 하시네

사랑 많으신 하나님 아버지 말씀 속에 만난 아침
말씀을 영혼에 새기겠나이다 잊지 않게 하소서
지키지 않으면 도둑맞는 마음이오니 지켜 주소서
무릇 지킬것만한 무엇보다 네 마음을 지켜라
생명의 근원이 이에서 남이라 하시네
아름다운 세상을 선물로 받은 주의 백성들이
세상은 피투성이로 얼룩지고 피울음 소리 들리는 곳
오직 하나님 아버지 뜻은 항상 기뻐하며 쉬지 말고 기도하며
범사에 감사하며 나누고 베풀고 섬기며 살라 하십니다

주님과 함께라면

주님과 함께라면
외로움도 이기지요
힘들어도 괜찮아요
낙심과 좌절이 물러가지요
때로는 지쳐서 주저앉고 싶어도
다정한 그 손길로 일어나라 하시지요

주님과 함께라면
기쁨이 샘솟듯 넘쳐나지요
소망이 가슴속에 넘쳐 나지요
평강이 강물같이 넘쳐나지요
사랑이 바다같이 출렁이지요
행복이 춤추며 노래하게 하지요

그 이름 예수 그리스도 생명주신 분
외로운 나에게 행복주신 분
하루라는 비단천 한필 받아서
열심히 감사하며 사랑합니다
나의 주 예수 그리스도 구원의 주님
 나의 소망 나의기쁨 영원하신 구세주

복 주시는 하나님

십자가

죄 없으신 예수님 재판 받으시네
빌라도 죄 없다고 대답하네
못된 군중들 소리치네
십자가에 못 박게 하소서
그를 없이 하소서
빌라도 두 번이나 죄 없다하네
너희가 알아서 하라 하네

우리는 그런 권한 없다고
못된 군중에 빌라도 무너지네
만왕의 왕이신 예수님
죄 없이 재판 받으셨네
채찍질 가시면류관 피흘리시며
세상의 모든 죄 지시고 못 박히셨네

나의 억만 죄 위하여 죽으신 예수님
나 같은 죄인 위해 피 흘리신 예수님
조그만 가시에도 못 견디는 내 모습
부끄럽고 죄스러워 눈 물 흘립니다
십자가 바라보며 회개합니다
나를 위해 죽으신 예수님 사랑
가슴에 새기며 찬양하며 살리이다

하나님의 사랑

아름다운 주의이름 가슴에 안고
하룻길 걸어가는 천국 가는 나그네

비바람 만나며 햇살을 기다리네
가시밭길 험한 길 걸어 갈 때에

다정하신 말씀으로 찾아오신 그 사랑
내 너를 도우리라 너와 함께 하리라

이 세상 나그네로 머무는 동안에
나누고 베풀며 사랑하라 하시네

내가 너를 지키며 사랑한 것 같이
너도 네 이웃을 사랑하라 하시네

주님의 말씀 가슴에 안고 살아 보리이다
하나님의사랑 전하며 살리이다

주님 주신 옷

주님이 내게 고운 옷 입어라 하시네
긍휼과 자비와 겸손과 온유와 오래 참음

다섯 가지 비단실로 짠 옷 입으라시네
세상에서 입은 옷 벗어 버리고

주님이 만드신 옷 내게 주시네
용서와 사랑으로 허리띠 매고

평강과 감사의 마음으로 살라하시네
주님의 말씀을 영혼에 새기고

오색찬란한 고운 옷 입고
시와 찬미와 신령한 노래로

주님을 찬양하며 살라 하시네
아름다운 사람으로 살라 하시네

사랑의 주님을 찬양하며 살리이다
행복의 주님께 영광 돌리나이다

골로새서 3장 12-17절 주님 주신 찬양시

성경 말씀

선한 말은 꿀송이 같아서
마음에 달고 뼈에 양약이 되느니라[잠언 16:24]

선한 눈을 가진 자는
복을 받으리니 이는
양식을 가난한 자에게 줌이니라[잠언 22:9]

겸손과 하나님을 경외함의 보응은
재물과 영광과 생명이니라[잠언 22:4]

마음의 정결을 사모하는 자는
입술에 덕이 있으므로
임금이 그의 친구가 되느니라[잠언 22:11]

이것을 네 속에 보존하며
네 입술에 있게 함이 아름다우니라[:잠언 22:18]

너는 그리스도의 좋은 군사로
나와 함께 고난을 받으라
군사로 복무하는 자는 자기 생활에
얽매이는 자가 하나도 없나니 이는 군사로
모집한 자를 기쁘시게 함이니라[디모데후서 2:3-4]

인생의 길을 오직 예수 그리스도
인도하심을 구하게 하소서
생각과 꿈과 믿음과 말을 성령이 인도하소서
아멘.

복 주시는 하나님

그리스도를 통해 받는 복 (엡 1:3-14)

찬송하리로다 하나님 곧 우리 주 예수 그리스도의 아버지

그리스도 안에서 하늘에 속한 모든 신령한 복으로

우리에게 복을 복 주신다 하시네

창세전에 그리스도 안에서 우리를 택하셨다 하시네

우리로 사랑 안에서 그 앞에 거룩하고 흠이 없게 하시려고

그 기쁘신 뜻대로 우리를 예정하셨다 하시네

예수 그리스도로 말미암아 자기의 아들들이 되게 하셨다 하시네

이는 그의 사랑하시는 자 안에서 우리에게 거져 주시는 바

그의 은혜의 영광을 찬미하게 하려 하심이라 하시네

우리가 그리스도 안에서 그 풍성함을 따라 그의 피로 말미암아

구속 곧 죄 사함을 받았다 하시네

이는 그가 모든 지혜와 총명으로 우리에게 넘치게 하셨다 하시네

그 뜻의 비밀을 우리에게 알리셨다 하시네

곧 그 기쁘심을 따라 그리스도 안에서

때가 찬 경륜을 위하여 예정하신 것이라 하시네

하늘에 있는 것이나 땅에 있는 것이다

그리스도 안에서 통일 되게 하려 하심이라 하시네

모든 일을 그 마음에 원대로 역사하시는 자의 뜻을 따라

우리가 예정을 입어 그 안에 기업이 되었다 하시네

이는 그리스도 안에서 전부터 바라던 우리로

그의 영광의 찬송이 되게 하려 하심이라 하시네

그 안에서 너희도 진리의 말씀 곧 너희의 구원의 복음을 듣고

그 안에서 또한 믿어 약속의 성령으로 인치심을 받았다 하시네

이는 우리의 기업의 보증이 되사 그 얻으신 것을 구속하시고

그의 영광을 찬미하게 하려 하심이라 하시네

하나님의 신령한 복을 예수님을 통하여 주심을 감사드립니다

하나님 아버지 주신 행복

보랏빛 들국화 향나무 아래 열 송이 웃고 있는 날
하나님 아버지 말씀으로 내게 찾아 오셨더이다
신명기 28장 1-10절 말씀이 내 심비에 새겼나이다
네가 네 하나님여호와의 말씀을 삼가 들어라 하십니다
그 모든 명령을 지켜 행하면 네 하나님 여호와께서
세계 모든 민족 위에 뛰어 나게 하실 것이라 하시더이다

하나님 말씀을 순종하면 이 모든 복이 네게 임할 것이라
성읍에서도 복을 받고 들에서도 복을 받을 것이라 하시더이다
네 몸의 소생과 네 토지의 소산과 짐승의 새끼 우양의 새끼
네 광주리와 떡 반죽 그릇이 복을 받을 것이라 하시더이다
네 대적이 치려하면 여호와께서 그들을 패하게 하시며
그들이 한길로 치려 왔다가 일곱 길로 도망하리라 하시더이다
여호와께서 명하사 네 창고와 하는 모든 일에 복을 내리시며
여호와께서 네게 주시는 땅에서 복을 주실 것이라 하시더이다
하나님 명령을 지켜 행하면 맹세하신대로 성민으로 되게 하시고
너를 여호와의 이름으로 일컬음을 세계 만민이 보고
너를 두려워하리라 하시더이다

할렐루야 하나님 나의 아버지 지치고 힘든 나에게
새벽을 가르며 찾아 오셔서 생명의 말씀으로 다독이시더이다
김장하며 지친 무릎 겨우 걸어 나와서 왼쪽 팔은 들 수 없어
백부장의 믿음으로 예수님 옷자락 만진 열 두해 피 흘리던
혈류증 여인의 믿음으로 기도하는 내 모습 보시고
말씀을 보내사 행복을 물 붓듯 부어 주시더이다
이 말씀이 생명 샘이 되어 무릎도 왼쪽 팔도 고쳐 주시더이다

주님 주신 새 노래

향나무 큰 잎으로 들국화 덮어주는 섣달 열아흐레 밤
밤 기도 마친 제게 새 노래를 부르게 하시더이다

너는 보배롭고 존귀한 내 딸이라
너를 대신하여 다른 백성 보냈노라
너는 이 땅에서 주님 향기 풍기며 살라
너는 이 땅에서 나누며 섬기며 살라
너는 보배롭고 존귀한 내 딸이라
너는 보배롭고 존귀한 내 딸이라 아 멘.

시침은 1시 14분 새로운 날이 오고 있는 밤
나를 찾아오신 나의 주님이 새 노래 주시더이다

이선 목사님 제게 적어 주시던 귀한 생명의 말씀이
제게 새 노래로 부르게 하시더이다

감사합니다 하나님 아버지 사랑합니다
하나님 아버지 영광과 존귀와 경배를
부족한 딸이 올려 드리나이다

2023년 12월 20일 새벽 1시 25분

궁핍한 자의 하나님

여호와여 나를 도우소서
주의 인자로 나를 구원하소서
이것이 주의 손인 줄을 알게 하소서
저희는 저주하여도
주는 복이 되게 하소서
저희는 수치를 당해도
주의 종은 즐거워 하리리다
나의 대적이 욕과 수치가
옷 입듯 겉옷 같게 하소서
내가 입으로 여호와께 크게 감사
무리 중에 찬송하리라
궁핍한자의 우편에 서사
영혼을 판단하는 자에게서
구원을 베푸시는 하나님 아버지
영광을 받으소서
찬양을 받으소서
저주가 복이 되게 하신 주
궁핍한자 우편에 서신 주
날마다 분초마다 도우 시는 그 사랑
가이없는 그 은혜 갚을 길 없어라
말씀과 기도로 찬양하며 살리이다
나누고 베풀고 섬기며 살리시던
그 약속 지키며 살아 보리이다
사랑의 하나님 우리 아버지영광
예수 그리스도 구주께 영광
아 멘.

복 주시는 하나님

구국금식 기도의 날

아름다운 동백꽃이 피어있는 이월 열 이튿날
이 나라 위하여 하루를 굶으며 기도하자 하네요

이 나라 이민족 살리기 위하여 기도하자 하네요
선열들이 피 흘리며 목숨 바쳐 구한 이 나라 위하여

하루라도 굶으며 하늘에 하나님께 기도하자 하네요
오천만 이 나라가 충 효 예 근본이던 이 나라 위해

눈물로 이 나라의 죄 용서받기를 기도하자 하네요
어린 새싹들 죽이며 천륜을 버린 무서운 죄악들 보며

나 너 우리 모두 바르게 살아 보자는 마음 찾으라 하네요
나라의 지도자 바로 세우는 일 좋은 지도자 세우는 일

하늘에 계신 선열들이 탄식하지 않도록 기도하자 하네요
나라를 위하여 목숨 바친 선열들 그 희생 잊지 말라 하네요

대한민국 이 땅은 피 밭에서 살고 있음을 잊지 말라 하네요
무궁화 삼천리 금수강산을 눈물의 기도로 일구어라 하네요

이 나라 위하여 목숨 바친 님들 앞에 부끄러운 후손 모습
다시는 피 흘리는 아픔이 없도록 구국 금식기도 드립니다

주의 영광이 온 세계위에

하나님이여
내 마음을 정하였다 하시네
내가 노래하며 내 심령으로 찬양하리라 하시네
비파야 수금아 내가 새벽을 깨우리라 하시네

여호와여 내가 만민 중에서
주께 감사하리라 하시네
열방 중에서 주를 찬양하리라 하시네

주의 인자하심이 하늘위에 광대하시다 하시네
주의 진실은 궁창에 미치나이다 하시네
하나님이여
주는 하늘위에 높이 들리신다 하시네
주의 영광이 온 세계에
높으시기를 원하나이다 하시네

주의 사랑하는 자를 건지시기 위하여
우리에게 응답하사
오른 손으로 구원하소서 하시네

하늘위에 높으신 하나님 아버지
만민 중에서 열방 중에서 부르신 아버지
새벽을 깨우며 찬양으로 영광을 드리리다
주의영광을 온 세계위에 올려 드리리이다
우리를 구원하신 그 은혜 그 사랑 찬양 (시편 108:1-6)

복 주시는 하나님

하나님 나 이제 알았어요

하나님 나 이제 알았어요
왜 나를 사랑 하시는 지
예수님 믿고 구원 받고
새 사람이 되었어요
하나님 감사해요 감사해요
나 같은 죄인을 사랑 하시니

아름다운 세상
아름다워요 이 세상은
하나님이 만드신 세상
풍요로워요 이 세상은
하나님이 만드신 세상
이렇게 좋은 곳에 나를 보내신
사랑의 나의 하나님
감사합니다
사랑의 나의 아버지
감사합니다
사랑의 나의 예수님
감사합니다
사랑의 나의 성령님
감사합니다

주님의 뜻이라면

주님의 뜻이라면
순종하겠나이다
바로왕 앞에 선 모세처럼!
행구 뒤에 숨은 사울처럼!

주님의 뜻이라면
순종하겠나이다
양치다 달려온 다윗처럼!
젖 떼자 실로에 간 사무엘처럼!

주님의 뜻이라면
순종하겠나이다
가나안 정복한 여호수아 갈렙처럼!
밀타작하다 부름 받은 기드온처럼!

주님의 뜻이라면
순종하겠나이다
기생의 아들인 입다처럼!
농부의 아들인 기드온처럼!

주님의 뜻이라면
순종하겠나이다

복 주시는 하나님

랍비돗의 아내 드보라처럼!
기드온의 300명 군인처럼!

주님의 뜻이라면
이 생명도 드리겠나이다
나를 취하소서
우리 가정을 취하소서

2003년 서울 창조문학 시 당선 작품

하나님의 선물 1

사랑의 하나님 귀한 선물 주셨네
허물과 죄로 죽었던 나를 살리셨네

세상풍속 따라가는 나를 부르셨네
공중권세 잡은 자에 잡혀 있었네

육체의 욕심 따라 살고 있었네
본질상 진노의 자녀로 살고 있었네

긍휼이 풍성하신 하나님의 크신 사랑이
예수 그리스도와 함께 살리셨네

이름을 부르시며 마음 안에 오셨네
크신 은혜 크신 사랑 믿음으로 받았네

은혜로 인하여 믿음으로 구원 얻었네
선한일 위하여   지어셨다 하시네

아름다운 선물 하나님의 선물
구원하신 그 은혜 감사 찬송 드립니다

2020년 1월 26일 에베소서 2:1-10 말씀으로 받은 찬양시

복 주시는 하나님

하나님 선물 2

시심은 언제 나오는 것일까
잠 못든 밤에
아무도 모르게 모르게
해산하는 아기의 진통같이
시심이 터져 나오네

아름다운 홍매화
황홀한 동백꽃
밝은 낮에 보았는데
시심은 한 밤중
깊은 밤 한가운데

나를 깨워서
영혼의 붓대로
그리게 하시네
행복과 기쁨이 함께
친구하며 그리게 하시네

한낮에 내 영혼
기쁨 주더니
잠 깨운 한밤중에
행복을 주네
두 편의 시심
누가 주셨을까
사랑의 하나님 나의 아버지 선물

하나님의 사랑

아름다운 주의이름 가슴에 안고
하룻길 걸어가는 천국 가는 나그네

비바람 만나며 햇살을 기다리네
가시밭길 험한 길 걸어 갈 때에

다정하신 말씀으로 찾아오신 그 사랑
내 너를 도우리라 너와 함께 하리라

이 세상 나그네로 머무는 동안에
나누고 베풀며 사랑하라 하시네

내가 너를 지키며 사랑한 것 같이
너도 네 이웃을 사랑하라 하시네

주님의 말씀 가슴에 안고 살아 보리이다
하나님의사랑 전하며 살리이다

새롭게 하시는 하나님

내 영혼아 여호와를 송축하라 하시네
내 속에 있는 것들아 여호와를 송축하라 하시네
내 영혼아 여호와를 송축하라 하시네
그 모든 은택을 잊지 말라 하시네

저가 네 모든 죄악을 사하셨다 하시네
네 모든 병을 고치셨다 하시네
네 생명을 파멸에서 구속하셨다 하시네
인자와 긍휼로 관을 씌우셨다 하시네

좋은 것으로 네 소원을 만족케 하셨다 하시네
네 청춘으로 독수리같이
새롭게 하셨다 하시네
여호와께서 의로운 일을 행하셨다 하시네
압박당하는 모든 자를 위하여
판단하신다 하시네

죄악을 사하시고 병을 고쳐 주시고
내 생명을 구원하신 하나님 아버지
아름다운 관을 씌우신 하나님 아버지
좋은 것으로 내 소원 이루어 주시고
내 청춘을 독수리같이 새롭게 하시는
하나님 아버지를 송축하며 경배하나이다

시 103:1-6 찬양시

복 주시는 하나님 (민수기 6:22-27)

여호와께서 모세에게 말씀 하셨네
아론과 그 아들들에게 말씀 하셨네
너희는 이스라엘 자손을 위하여
이렇게 축복하라 하셨네

여호와는 네게 복을 주시고
너를 지키시기를 원하며
여호와는 그 얼굴을 네게로 비취사
은혜 베푸시기를 원하며
여호와는 그 얼굴을 네게로 향하여 드사
평강 주시기를 원하노라 하라 하시네

그들이 이같이 내 이름으로 이스라엘 자손에게
축복할지라 그 들에게 내가 그 들에게 복을 주리라 하시네
할렐루야 하나님 아버지 감사합니다
주의 자녀들에게 복 주시는 하나님 아버지
날마다 지키시는 하나님 아버지
그 얼굴 비취사 은혜 베푸시는 하나님 아버지
그 얼굴 향하여 드사 평강 주시는 하나님 아버지
날마다 복 주시는 그 사랑 그 은혜 감사 드립니다
갚을 길 없는 은혜 찬양과 경배로 영광 올려 드리나이다
아 멘.

여호와를 앙망하는 자

야곱아 이스라엘아 네가 어찌 하여
네 사정 네 원통한 것을 하나님이 숨겨졌다 하느냐
너는 알지 못하느냐 하시네
너는 듣지 못하였느냐 하시네

영원하신 하나님 여호와
땅 끝까지 창조하신 자는 피곤치 아니하신다 하시네
곤비치 아니하시고 명철이 한이 없다 하시네
피곤한 자에게 능력을 주신다 하시네
무능한 자에게 힘을 더하신다 하시네

소년이라도 피곤하며 곤비하다 하시네
장정이라도 넘어지고 자빠진다 하시네
오직 여호와를 앙망하는 자는
새 힘을 얻으리라 하시네

독수리의 날개 치며 올라감 같을 것이라 하시네
달음박질 하여도 곤비치 아니 하리라 하시네
걸어가도 피곤치 아니 하리라 하시네
여호와 하나님 아버지 믿고 바라봅니다
날마다 나에게 새 힘주시는 그 은혜 그 사랑
감사와 찬양과 기도로 올려 드리리이다
이사야 40: 27-31 말씀 찬양시

치료의 광선을 발하신 하나님

만군의 여호와께서 말씀 하시네
보라 극렬한 풀무불 같은 날이 이르리라
교만한자 악을 행하는 자
초개같을 것이라 하시네

내 이름을 경외하는 너희에게는
의로운 해가 떠오르리라 하시네
치료의 광선을 발하리라 하시네
너희가 외양간에 송아지같이 뛰리라 하시네

너희가 악인을 밟으리라 하시네
발밑에 재같이 없어지리라 하시네
너희는 호렙에서 온 모세의
율례와 법도를 기억하라 하시네

크고 두려운 날이 오기 전에
선지자 엘리야를 보내리라 하시네
아비의 마음을 자녀에게 돌이키리라 하시네
자녀의 마음을 아비에게 돌이키리라 하시네

그리하지 않으면 저주로 땅을 치시리라 하시네
치료의 광선을 발하신 하나님 아버지 빛으로 살라하시네

2000년 2월 9일 말라기4:16 말씀으로 받은 은혜의 찬양시

복 주시는 하나님

나는 여호와라

나 여호와는 나의 기름받은 고레스의
오른손을 잡고 말씀 하신다 하시네
열국이 그 앞에 항복하게 하신다 하시네
열왕의 허리를 풀 것이라 하시네
성문을 그 앞에서 열어 닫지 못하게 하시네
고레스에게 이르시기를
내가 네 앞서 가시리라 하시네
험한 곳을 평탄케 하시리라 하시네
놋문을 쳐서 부수리라 하시네
쇠빗장을 꺽으리라 하시네

네게 흑암 중에 보화와 은밀한 곳의
숨은 재물을 주신다 하시네
너로 너를 지명하여 부른 자가
나 여호와 이스라엘 하나님인줄 알게 하리라 하시네
나의 종 이스라엘을 위하여 너를 지명하여 불렀다 하시네
나는 여호와라 나 외에 다른 이가 없다 하시네
나 밖에 신이 없다 하시네 해 뜨는 곳 해지는 곳에든지
나 밖에 다른 이가 없는 줄을 무리로 알게 하리라 하시네

나는 여호와라 다른 이가 없느니라 하시네
나는 빛도 짓고 어두움도 창조하셨다 하시네
나는 평안도 짓고 환난도 지으셨다 하시네
나는 여호와라 이 모든 일을 행하신 자라 하시네
창조주 하나님 아버지께 영광을 돌리리이다

이사야 45:1-7

새 언약의 일군

새 소망 주신 하나님 아버지
새 언약의 일군으로 부르셨네

너는 그리스도 안에 사는 세상의 소금이라
너는 그리스도 안에 사는 세상의 빛이라

너는 그리스도 안에 사는 증인이라
너는 그리스도 안에 사는 종이라

너는 그리스도 안에 사는 향기라
너는 그리스도 안에 사는 편지라

너는 그리스도 안에 사는 사신이라
너는 그리스도 안에 사는 좋은 군사라

영의 직분주신 하늘아버지께 감사드리며
의의 직분주신 하늘아버지께 감사드리며

모든 영광 모든 찬양 다 받으소서
찬양과 감사와 경배 할렐루야 아 멘.

2020년 2월 2일 고린도후서 3:1-11 말씀을 읽고 은혜의 찬양시

복 주시는 하나님

사도바울의 사랑 권면

사랑하고 사모하는 나의 형제들
나의 기쁨 나의 면류관 사랑하는 자들아
이와 같이 주안에 서라 하시네
권하고 권하시는 사도바울의 사랑

유오디아와 순두게에게 권하시는 말씀
주안에서 같은 마음 품으라 하시네
나와 멍에를 같이한 자
복음에 같이한 자 부녀들을 도우라 하시네

글레멘드와 동역자를 도우라 하시네
그 이름 생명책에 있다 하시네
주안에서 항상 기뻐하라 또다시 기뻐하라 하시네
너희 관용을 모든 사람에게 알게 하라 하시네
주께서 가까우시리라 하시네

아무것도 염려 말라 하시네
기도와 간구로 감사함으로 하나님께 아뢰라 하시네
모든 지각에 뛰어나신 하나님의 평강이
그리스도 예수 안에서 마음과 생각을 지키시라 하시네
항상 기뻐하며 살게 하소서 주님을 찬양하며 살게 하소서

빌립보서 4:1-7 말씀 안에 찬양시

십자가에 죽으신 예수님

골고다 언덕위에 세 개의 십자가
죄 없으신 예수님 두 강도와 달렸네

피 흘리신 예수님 한 강도 조롱 하네
한 강도 나무라며 예수님께 말했네

주여 나를 기억하여 주시옵소서
오늘 네가 나와 함께 낙원에 있으리라

죄 용서하시는 예수님의 그 은혜
한 강도 구원하신 예수님의 그 사랑

죄 많은 나를 위해 십자가에 죽으셨네
내 생명 살리려고 예수님 피 흘리셨네

나의 죄와 허물 대신하신 그 사랑
무엇으로 갚으리요 눈물로 아룁니다

찬양으로 감사로 경배 드리나이다
이 생명 다 바쳐 주님 따라 가렵니다

날마다 예수님 손을 잡고 가렵니다
험한 길도 꽃길이라 생각하며 갑니다

부활하신 예수님

우리의 죄를 대신 지고 가신 예수님
무거운 십자가에 못 박히신 예수님

세 개의 못은 귀하신 예수님 찔렀네
그 소리 골고다 흔들고 하늘을 울렸네

십자가위에서 하신 귀한 말씀은
온 세상위하여 이르신 말씀

하늘도 빛을 잃고 어두워 졌네
다 이루었다하시고 운명하셨네

부자의 새 무덤에 누이신 예수님
사흘 만에 죽음을 깨뜨리셨네

할렐루야 우리주님 부활하셔서
막달라 마리아 만나 주셨네

사랑의 예수님 울지말라 하시네
제자들에 전하나 믿지를 않네

부활하신 예수님 만난 제자들에게
너희에게 평강이 있으라 하시네
믿음 없음 나무라시며 믿는 자 되라하시네
부활하신 예수님 전하며 살라 하시네
아 멘.

아침 태양을 바라보며 부르는 노래

태양을 사랑하는 아이야
별을 사랑하는 아이야
너의 소원이 무엇이더냐
하늘나라 가는 것이 소원이란다

바닷가에 사는 사람 물고기 먹고
산에 사는 사람 감자 캐 먹고
뒤뜰에 풀잎들은 이슬 먹는데
하늘나라 사람들은 무얼 먹나요
과일 먹지요 과일 먹지요

예수 사랑하심은 거룩하신 말 일세
우리들은 약하나 예수권세 많도다

나를 사랑하시고 나의 죄를 다 씻어
하늘 문을 여시고 들어가게 하시네

내가 연약 할수록 더욱 귀히 여기사
높은 보좌 위에서 낮은 나를 보시네

세상 사는 동안에 나와 함께 하시고
세상 떠나가는 날 천국 가게 하소서

날 사랑하심 날 사랑하심 날 사랑하심 성경에 써 있네
이 노래 부르면 태양은 쟁반 같은 얼굴에서 사랑 빛 보내지요

복 주시는 하나님

세 가지 보배

항상 기뻐하라 하시네
쉬지 말고 기도하라 하시네
범사에 감사하라 하시네
이는 그리스도 예수 안에서
너희를 향하신 하나님의 뜻이라 하시네

성령을 소멸치 말라 하시네
예언을 멸시치 말라 하시네
범사에 헤아려 좋은 것을 취하라 하시네
악은 모든 모양이라도 버려라 하시네

사랑 많으신 사도 바울
세 가지 보배를 우리에게 주셨네
마음 판에 세기며 살게 하소서
항상 기뻐하라 할렐루야
쉬지 말고 기도하라 할렐루야
범사에 감사하라 할렐루야
이는 그리스도 예수 안에서
우리를 향하신 하나님의 뜻이라 하시네
찬양과 영광을 하나님 아버지께
주 예수 그리스도께 올려드리나이다
데살로니가전서 5:16-22 찬양시

무서운 꿈을 만난 날

밤 기도드리고 네 시에 잠이 든 설날 스무 하루날
새벽 예배드리며 너무도 어지러워 다시 잠든 날
꿈속에 사람들이 많은 곳에 두 청년이 있었다
총을 들고 몇 사람을 쏘면서 내 앞에 왔다
나는 겁이 나면서 그들 앞에 서서 말했다
[청년들은 무슨 마음으로 이렇게 하는 거지요]
[내 십자가 목걸이를 줄 테니 걸어 보셔요]
[그러면 마음속에 내가 얼마나 잘못하고 있는지]
[깨달아 질 거에요 나는 이제 살만큼 살았으]
[죽어도 여한이 없지만 청년들은 아직 젊은데]
[청춘이 아깝지도 않아요]
그러면서 십자가 목걸이를 목에서 벗어 주었지요
그 사람의 목에 금목걸이가 주렁주렁 걸고 있어서
[십자가만 가져가서 그 목걸이에 걸어 보셔요]
그 청년에게 십자가를 주는 순간 땅에 떨어지더이다
그러자 그 청년이 [이 할매는 겁도 없이 죽을 줄도 모르나]
하더니 두 청년은 주저앉으며 [원 참 재수 없어서]
그때 우리 큰 며느리가 [어머니 뭐해요] 하길래
[응 잠간 손님하고 이야기 한다] 했더니 그 청년 하나가
[애경이 너 이 동네 시집 왔나]
[응 너는 여기 와 왔노 부산에서] 그러다 꿈을 깨고 말았더이다
만약에 그런 상황이면 꿈속같이 담대할 수 있을까
하나님 아버지께서 나를 단련하시는 것 같더이다
[오 하나님 아버지 이스라엘을 우크라이나 전쟁을 멈추게 하소서
이스라엘을 도와달라는 호소문을 보고 후원자가 되었나이다

복 주시는 하나님

일어나라 빛을 발하라(이사야60:1-11)

일어나라 빛을 발하라 하시네
이는 네 빛이 이르렀고
여호와의 영광이 네 위에 임하셨다 하시네
보라 어두움이 땅을 덮을 것이라 하시네
캄캄함이 만민을 가리우리라 하시네
오직 여호와께서 네 위에 임하실 것이라 하시네
그 영광이 네 위에 나타내리라 하시네
열방은 네 빛으로 열왕은 비취는
네 광명으로 나오리라 하시네
네 눈을 들어 사면을 보라 하시네
무리가 다 모여 다 네게 오리라 하시네
네 아들들은 원방에서 오겠다 하시네
네 딸들은 안기워 올 것이라 하시네
그 때에 네가 보고 회색이 발하고 네 마음이 놀라고
또 화창하리니 이는 바다의 풍부가 네게로 돌아오며
열방의 재물이 네게로 오리라 하시네
허다한 약대 미디안과 에바의 젊은 약대가
네 가운데 편만 할 것이라 하시네
스바의 사람들은 다 금과 유향을 가져고 와서
여호와의 찬송을 전파할 것이라 하시네
게달의 양무리는 다 네게로 모여지고
느바욧의 수양은 네게 공급된다 하시네
내 단에 올라 기꺼이 받음이 된다 하시네

내가 내 영광의 집을 영화롭게 하리라 하시네

저 구름같이 비둘기가 그 보금자리로

날아오는 것같이 날아 오는 자들이 누구뇨

곧 섬들이 나를 앙망하고 다시스 배들이 먼저 이른다 하시네

원방에서 네 자손과 은금을 아울러 싣고 온다 하시네

네 하나님 여호와 이름에 드리라 하시네

이스라엘의 거룩한 자에게 드리려 하는 자들이라 하시내

이는 내가 너를 영화롭게 하였다 하시네

내가 노하여 너를 쳤으나 이제는 나의 은혜로 긍휼히 여기시네

이방인들이 네 성벽을 쌓을 것이라 하시네

그 왕들이 너를 봉사할 것이라 하시네

네 성문이 항상 열려 주야로 닫히지 아니 하리라 하시네

이는 사람들이 네게로 열방의 재물을 가져오리라 하시네

할렐루야 하나님 아버지 영광을 받으소서

어둡고 캄캄한 세상에서 여호와의 영광의 빛을 발하라

말씀하시니 그 말씀 순종하여 빛을 발하겠나이다

하나님 아버지 그 크신 사랑과 은혜를 전하리이다

어둠에 빠져 갈 길은 잃은 사람들에게

생명의 빛이신 예수 그리스도를 전하겠나이다

세상은 어둡고 캄캄하여 어디가 길인지 늪인지 무질서와 혼돈 속에

헤메이고 있나이다

진리이신 예수 그리스도 길이요 생명이신 분

오직 예수 그리스도 인도하심만 믿고 걷게 하소서

항상 기뻐하며 쉬지 말고 기도하며 범사에 감사하게 하소서

하나님 아버지 이름을 높이며 영광을 나타내게 하소서

어둔 세상에 빛을 비추는 작은 불빛으로 살게 하소서 아 멘.

일본의 지진을 보면서

새해를 만나는 새 소망으로 설레든 초하루
찬란한 아침 해를 만나며 하나님 아버지께 영광

이 생명 연장하심을 감사드리며 다짐하는 마음
선하신 하나님 아버지 예수님 손잡고 살아보리라

희망을 꿈꾸는데 이웃나라 일본에 무서운 지진 소식
어찌하나 우리 선교사님들 삿보로 신학교 선지자들

마음이 너무 아파도 할 수 있는 것 기도뿐이더이다
정용가족인 우리 오남매 가슴 아픈 시간 이제 잊으리라

지진 속에 아픈 사연 여든 엄마 살리고 쉰 아들 죽음 소식
일흔 아버지는 살고 이십대 꽃다운 딸이 죽어가는 모습

부모들의 통곡을 보면서 드린 간구는 주여 어찌 이런 일이
부서진 교회 바라보며 애통하시는 목사님 도와주세요 애원합니다

우리나라 좋은 나라 사십억 원을 정부에서 보내더이다
하나님 아버지 감사합니다 대한민국 만세 만만세 입니다

요셉같이 용서 하게 하시고 세계를 도우게 하소서
더 이상 지진이 나지 않기를 하나님 아버지 도와주소서

하나님의 사랑은

하나님의 사랑은 말로서는 안돼요
글로서도 안돼요 안돼요 안돼요
나같은 죄인 위해 독생자 주신 사랑
이생명 다하도록 주님 증거할래요
이목숨 다하도록 주님 사랑할래요
이 생명 다 하도록 주님 찬양할래요

얼마나 아팠을까 못박히신 두손과 발
방울 방울 흘러내린 주님의 보혈
나의죄 씻으시고 나를 구원하셨네
이생명 다하도록 주님 증거할래요
 이목숨 다하도록 주님 사랑할래요
이생명 다하도록 주님 찬양할래요

밤기도 마치고 주님주신 찬양시입니다
일절은 오래전에 주신 찬양시인데
이절은 새해기도 드리다 주신 찬양입니다
얼마나 소리내어 울었는지요
그러다 새벽 네시가 되었더이다

복 주시는 하나님

하나님 나 이제 알았어요

하나님 나 이제 알았어요
왜 나를 사랑하시는지
예수님 믿고 구원받고 새사람이 되었어요

하나님 감사해요 감사해요
나같은 죄인을 사랑하시니

아름다워요 이세상은
하나님이 만드신 세상
풍요로워요 이세상은
하나님이 만드신 세상
이렇 게 좋은 곳에 나를 보내신
사랑의 나의 하나님 감사합니다
사랑의 나의 예수님 감사합니다
사랑의 나의 성령님 감사합니다

이 찬송은 장녀가 안겨준 첫 외손녀 예진이가 초등학교 영도에서 가르쳐준 찬송
입니다. 서른이 된 예진이는 잊었다는데 저는 지금까지 기도 마치고 부르는 일곱
곡의 찬송 속에 부르고 있습니다. 일곱보배 가운데 제일 먼저 온 천사입니다.
찬양사역 서울에서 하다가 코로나 때문에 대구 동일교회 외삼촌 부목사로 있는
교회 간사로 사역하고 있습니다. 서울에서 이월이 되면 찬양사역 하자고 오라 한
다는데 저는 기도하고 있습니다. 하나님 아버지 뜻대로 사는 것이 행복이더이다.
외손녀 예진이 제게 큰 보석입니다. 할머니 손은 생명을 살리는 손이라 해서 행
복합니다. 용돈도 삼십만 원 보내고 참 보배입니다. 장녀 벽옥진주가 잘 하는 것
보고 저도 더 잘 하더이다.

God who Blesses

PART **5.**

세월의 강을 건너며,

남기고 싶은 흔적

God who Blesses

세월의 강을 건너며

6월이 오면 가슴이 아파서 잠 못 이루는 날이 많다.

이 땅에는 전쟁으로 고통 받는 이웃들이 있기 때문이다. 삼월에도 가슴이 아파서 하늘만 바라보아도 눈물이 흘렀다.

삼일은 아름다운 봄꽃들로 인해서 많은 위로를 받는다.

맨살로 버티다 피워낸 봄꽃들 앞에서 이 땅에 여자들이 견뎌낸 승리를 보는 것과 같이 느낀다. '여자는 꽃이랍니다'라는 노랫말을 맞는다고 생각한다. 나는 여자로 태어나서 너무 많은 손해를 입은 사람이다. 남동생은 남자라고 대학을 시켜야 한다고 일곱 살에 학교를 보내고 누나인 나는 글자를 다 알고 있는데도 학교에 가지 말라고 했었다. 그리고 밥도 남동생은 쌀에 보리쌀이 약간 섞인 밥을 먹고 여자인 우리는 무우밥 보리밥을 먹었다.

이것은 아버지가 강제 징용을 당하여서 모진 고통을 겪어서 여자는 군식구이고 남자가 잘되어야 일본을 이길 수 있다고 하셨다. 일본사람들은 밥도 작게 먹고 옷도 겨울에도 반바지 입고 살더라고 하시며 우리는 밥그릇에 태극기 문양이 있는 놋그릇 중 작은 술 잔만한 그릇에 밥을 먹었다. 그것도 아침 점심을 먹고 저녁에는 무시래기 갱죽이 아니면 콩죽을 먹었다. 지금도 나는 죽을 싫어하고 보리밥을 싫어한다.

갓 지은 쌀밥에 김을 싸서 양념장 맛있게 하여 먹는다. 계란을 밥솥 안에 여섯 개 넣어두면 저절로 익는다.

구년 동안 같이 사는 장남 부부랑 행복하게 산다.

며느리는 부산 아가씨라 아무것도 못했고 지금은 밥만 할 줄 안다. 그래도 부부 금실이 좋으니 감사하다.

나의 시어머니는 아흔 아홉 사시다 장손자 결혼도 못보고 천국 가셨다. 남편은 장로로 25년 섬기다 늦게 신학을 공부하여 목사가 되어서 팔년 목회하시다 멋있게 천국을 가셨다.

자기는 멋있게 가셔도 우리는 준비 없이 보내서 사남매 가족 외손 친손 모두 놀라서 병이 다 났었다.

팔십 세를 사시다 팔년을 목회하고 젊은 날 교직생활 25년 하시며 적성이 안 맞는다고 사표를 두 번이나 냈다.

그러면 다른 학교에서 알고 불러서 근무하기도 하였다. 멋있게 살다 멋있게 천국가신 나의 51년 길동무 이야기다 사 남매가 모두 목사로 섬기며 중년을 넘기고 있다. 장로이신 아버지까지 목사가 되어서 나는 기가 막혀서 한 말이 "불덩이 같은 당신 성격에 무슨 목사가 된다고요" 핀잔을 해도 웃기만해서 너무 놀랐다.

나는 남자가 부러워서 못사는 여자인지라 남편 더러 당신 딸이면 좋겠다고 했었다. 남편은 정말 나를 사랑해 주었다.

　　　　　　　　　　　　　　　　복 주시는 하나님

그때는 사랑인지도 몰랐다. 집착이고 종처럼 부리는 줄로 생각
했다. 그런데 천국가시고 칠년을 살아보니 그때가 얼마나 행복한
것인 것을 이제야 깨닫고 보배들에게 행복해라고 남편에게 잘 하
라고 아내에게 잘 하라고 매달 초하루 날에 전화를 한다. "저 달도
수고 많았다. 이 달도 좋은 달 되거라" 자녀들에게 손자 손녀들에
게 사랑하는 기도동역자들에게 전화를 돌리다 보면 전화비도 제법
나온다. 그래도 편찮다 보배들이 주는 용돈도 있고 대한민국에서
주는 용돈도 있으니 참으로 행복하다.

이렇게 행복이 나에게 찾아올 줄 정말 몰랐다 날마다 인사가 오
늘도 행복하셔요 한다. 나는 남에게 싫은 소리 듣지도 않고 하지도
않는 성격이다. 한번 들으면 그 말이 지워지지 않아서 절대로 가지
도 잊지도 않는다. 이것이 나의 장점이자 단점이다.

우리 보배 사남매 외손녀 둘, 외손자 둘, 친손자 둘, 친손녀 하나,
케냐에 힐다 줄리안까지 8명이다.

참으로 행복한 겨울이란 계절 앞에서 행복을 노래하게 되었다.
여기까지 오게 된 것은 이제야 모두가 하나님 아버지 은혜였음을
알게 되어서 매일 매일 새벽과 저녁에 감사기도를 올려 드린다. 천
국문 앞에 있다고 생각하면 너무 행복하다.

그런데 보배들에게 이별이란 것을 남기게 될 일이 숙제가 되어
어떻게 하면 덜 아프게 덜 서운하게 할까 생각을 하다 머리를 흔든
다. 나는 이제 여자로 태어난 것을 감사하며 산다.

나는 이루고 싶은 것은 다 이루었다. 사십대에 수필가로 동화 작가
로 중앙일보 논픽션 당선으로 이제는 창조문학 추천으로 시인으로

사는 것이 너무 너무 행복하다. 농협 출납소에 시를 주면 독자들이 가지고 가서 읽고 만나면 고맙다고 한다.

여자로 태어나서 정용 갔다 오신 아버지께 미움을 받았지만 그 것은 나의 잘못이 아니기 때문이었기에 나는 아버지 말씀을 듣지 않았다. 학교 가지 말라 해도 분홍치마 노랑 저고리를 입고 외삼촌 이 사준 공책 열권 연필 한 다스를 보자기에 사서 허리에 매고 달 려갔다. 그러면 아버지가 언제 보셨는지 돌덩이를 던지셨다. 그런 가운데서 일년을 청강생으로 가는 고집을 피우자 어머니가 아버지 에게 부탁하였다. 언니는 착해서 가지 말라면 안가는 데 나는 고집 이 세서 안되겠다고 입학을 시켰다.

일학년에 안가고 바로 이학년에 갈라니까 교감선생님이 대한민 국 애림녹화를 읽어보라고 하셨다. 읽고 쓸 줄 안다니까 이 학년 으로 입학했다. 그러다 삼학년이 되어 아버지 병환으로 학교에 갈 수가 없었다. 아버지는 일본정용 피해자시며 육이오 피해자시다. 육이오 사변 통에 아버지는 아무 죄없이 두 손을 묶어서 순사 두 사람이 끌고 가는 것을 내 눈으로 똑똑히 보았다.

단장면 구천리 선골 부자 육남매 막내아들인 아버지는 순둥이 그 자체시다. 아프면 마을 사람들이 쌀이랑 계란이랑 닭이랑 들고 오셔서 법 없어도 살 사람이라고 하시며 위로 하셨다.

그런 아버지가 나에게만은 무서웠다. 단 학교 가는 고집 때문이 다. 언니는 가지 말라면 안 가는데 쌀을 다섯 되를 주어야 하는 월 사금이 아들 대학 시킬 것이라 아까운 것이었다.

삼학년에 올라서 책을 받았지만 아버지가 몸져 누워서 육이오

복 주시는 하나님

사변에 밀양에는 전쟁이 없어도 아버지는 왜 끌려가서 맞았는지 칼로 찌른 팔이며 온 몸을 기면서 십리를 못되는 길을 오셨고 어머니는 누가 그렇게 했느냐고 물어도 평생을 함구하였다. 인분을 볶아서 먹으면서 항상 기침소리가 들렸다.

가난이 무엇인지 철저하게 배우며 학교에 가겠다는 말을 못하고 살았다. 그러다 학교에다 편지를 써서 보냈다.

김생수 선생님이 편지를 보고 오셨고 육 개월 밀린 월사금을 선생님이 내시고 학교에 다닐 수가 있었다. 나의스승이신 선생님은 사학년 때까지 월사금을 대납하였다. 그러나 너무 미안해서 박물장수 할머니 따라 밀양 고아원으로 공부하러 떠났다.

엄마 아니면 못사는데 공부를 해야 부자가 되는 것이라고 그길을 나섰다. 그런데 고아원에 가니 부모가 있어 안 된다고 하니 할머니는 나를 어느 집에 데리고 가서 이 아이 누구든지 데려 가라고 하자 예쁜 아줌마가 나를 데리고 갔다.

나는 공부시켜주면 어디든지 가려는 생각에 따라 갔다 그 집은 너무 좋은 기와집 이였고 방도 많았다. 사학년 어린 것이 처음 본 그 집은 대궐 같았다.

그 집에는 식구가 할아버지 한분과 고등학생 하나 그렇게 살았다. 그 집에서 내게 불을 붙이라는데 생전 해보지 않는 일이라 눈물이 났다 장작을 신문지로 불을 붙이며 울었다.

공부하려고 고아원에 가는 내가 이게 무슨 일인가 하며 울었다.

그리고 사흘이 지나는 날 고등학교 오빠가 나를 불렀다.

그 방에는 만화가 있었고 그림 속에 노아 방주이야기가 있었다.

나에게 부모가 있느냐고 물었다. 부모가 있다고 했더니 왜 여기 왔느냐고 물었고 여기는 네 공부 시켜주지 않는다고 속히 집으로 가라고 하며 저분은 어머니가 아니고 엄마는 돌아 가셨다고 하셨다. 수건을 보니 어 순(이름)라고 쓰여 있었다.

그 말을 듣고 나는 속아서 왔구나 생각하며 방물장수 할머니가 오셔서 집으로 데려다 달라고 해서 집으로 왔다.

엄마는 어린 것이 공부하려 간다고 남의 집에 갔다는 말을 듣고 얼마나 울었든지 눈이 퉁퉁 부어 있었다.

나는 울면서 엄마 품에 안겨서 다시는 엄마 떠나지 않겠다고 했다. 아버지는 더 이상 학교가지 말라고 하지 않으셨는데 명절에 단장면 구천리 고향 갔다 오면서 집에 가자고 졸랐다고 학교 가지 말라고 하셨다. 아버지는 여자인 내가 학교 가는 것이 너무 싫어하신 것이었다. 한글을 언니한테 배워서 줄줄 읽으니까 가지 말라는 것이었다. 일본에게 또 당하지 않으려면 남자들이 공부를 많이 해야 한다고 대학을 해야 한다고 하셨다.

겨우 육학년 졸업식 날에 예쁜 옷을 입고 갔지만 졸업비도 내지 못하고 마음 졸이는데 친구가 졸업비도 안내고 사은회에 왔느냐고 해서 울면서 집으로 돌아와서 엄마 치마폭에서 한없이 울었다. 엄마는 다음 장날에 가마니 팔아서 줄 것이니 같이 교장선생님한테 가자고 하셨다. 그 다음 장날 가마니를 팔아서 졸업비 내고 가서 교장선생님에게 갔더니 자기 수양딸하면 대학까지 시켜준다고 해도 나는 거절하고 집으로 와서 다짐했다.

아들처럼 엄마에게 기쁨을 드리겠다고 약속을 했다.

중학교는 야간으로 들어가 보니 밤이라 무서워 안 되어 엄마가 등불을 들고 따라 다녔다. "너는 잘 될 것이다. 너는 돈도 많이 받고 밥도 남 주며 살 것이다." 엄마를 모시고 결혼도 안하고 살려고 했었다. 그러나 여자를 만드신 분의 뜻은 생전 처음 보는 남자와 만나서 사랑을 배우고 사랑의 결실인 보배들이 태어나서 이 땅을 살맛나게 만들라고 하시는 것이었다.

나는 28일 만에 불같은 사랑이라는 화살에 맞아서 오십일 년을 불같이 사랑하다가 아름다운 장미가 화르르 떨어지듯 호접란꽃이 뚝 떨어지듯 핏빛동백이 뚝 떨어지듯 그렇게 천국으로 이사를 갔었다. 사랑을 의심하고 살았던 내가 미안해서 많이 울었다. 오십일 년을 친구같이 온갖 이야기를 다 했다.

그랬다. 그는 여자들은 참 못됐더라고 했다. 당신 말고는 모든 여자들은 믿지 말라고 했다. 젊은 날 이웃에 살던 아가씨도 우리 아가랑 보러 놀러 오더니 자기를 유혹하더란다.

남편은 정말 나에게 스승과 같은 귀한 분이셨다.

사 남매를 절대로 차별하지 않았고 딸들을 더 많이 사랑해 주셨다. 어릴 적 동화책을 브리태니커에서 100만원 주고 사 오셨었다. 물론 월부로 하였다. 초등학교 선생님에서 중·고등학교 선생님으로 25년 52세 교육감 표창패를 받고 마산 동중에서 퇴직하였다. 그리고 부곡 온천 가든 호텔 크라운 호텔 레인보우 호텔에서 20년을 근무하시며 부곡유항온천을 발전을 위해서 전국 목사님, 장로님들을 초청하여 많은 세미나를 열게 하셨다.

자기가 맡은 직무는 손님들이 다시 오시도록 최선을 다하는 것이라 음식과 호텔 청결을 최우선으로 삼고 일하셨다.

서비스가 좋으니까 손님이 많아서 큰 호텔로 옮겨 다녔다.

동성유치원을 나와 장녀에게 맡기고 있던 중 네게 병이 왔고 호텔을 그만두고 유치원을 돌보게 되었고 힘이 들자 임진각 가든이라는 한식집을 개업하여 4년 만에 빈손이 되었다.

경험없는 교육자가 식당업을 하여 85평에 종업원을 5명이나두고 주방장은 일급을 자기 원대로 달라고 했었다.

나는 병이 들어서 예수님을 만나서 치료되었기에 바람 따라 사는 듯이 남편 뜻대로 살았다. 나중에는 남에게 세를 주었는데 더많은 빚만 지우고 우리가족들은 빈손이 되었다.

남편은 자기가 잘못해서 이렇게 되었다. 그 무릎을 꿇으며 용서를구했다. 나는 죽고 싶다는 남편의 말을 듣고 정신을 차렸다. 욥의고난을 생각하며 이 고난 뒤에 축복이 있을 것이라고 우리가 33년전에 500원 단칸방에서 신혼을 지내며 112평이나 되는 부자가되지 않았느냐며 다시 시작해보자고 달랬었다.

나에게 어찌 그런 말이 그런 용기가 나왔는지 그것은 어릴적부터 내게는 남자가 되지 못한 부러움이 있어 강하고 담대했는지 모른다. 하나님 아버지 주신 성경 말씀을 날마다 묵상하기에 두려움이 없이 열사람을 책임질 수 있는 용기가 있었다.

시편 23편은 나의 길잡이요 태양은 나의 친구가 되어 나도 그렇게 살리라 밝고 따뜻한 사람이 되리라. 어떤 고난도 주님이 함께하시면 축복을 돌아오리라 욥기 1편을 보고 시작해도 42편에는갑절에 복을 주시는 하나님 아버지 그 분이 나의 아버지시기에 어떤 일에도 낙심 하지 않고 견디고 버티고 살게 되었다. 항상 기뻐하라 쉬지 말고 기도하라 범사에 감사하라는 그리스도 예수 안에서 너희에게 향하신 하나님의 뜻이니라. 살전 5:16-18절 말씀을 가슴에 새기며 살아간다.

남편에게 보험 돈 400만원 해약하며 받은 200만원을 주며 부산으로 가시라고 했다. 웅진코웨이에서 누가 오라고 했다.

또한 고신대학과 복음병원 이사로 계시며 40평에 모아둔 민예품을 김○○ 총장님이 학교 평가 점수를 위해서 기증하라고 하셔서 고신대학교에 기증을 했다. 이동근 장로 민예품전시관이란 이름으로 우리는 만족했고 어떤 대가도 받지 않았다.

감사패도 하나 받지 않았고 누가 자기 땅하고 바꾸자고 왔는데 학교를 위하여 기쁜 마음으로 기증을 했다.

교직 생활 25년 동안 모은 민예품이라 어찌 아깝지 않았으리.

나에게 물어 왔을 때 기쁘게 기증하라고 했더니 당신은 마음이 어찌된 여자냐 했다. 그렇다. 나는 여자지만 그 어떤 남자보다 강하다 남자는 이름만 남자지 마음이 약해서 쥐도 못 잡고 아내 뒤에 숨기에 나는 쥐고 뱀이고 무섭지 않다. 시골이라 뱀이 보인다. 그러면 소리를 지른다. 이 저주받은 것아 어디 사람 눈에 보이느냐 소리치면 스르르 기어서 숨어버린다.

접 주위에 뱀이 나오면 장남목사는 119를 부른다.

아버지처럼 겁이 많다 그러면 119대원들이 와서 잡아준다. 고맙다. 정말 좋은 나라 우리 대한민국이다.

날마다 그분들이 행복하기를 감사하며 기도드린다.

고난을 통과하며 그 긴 터널은 멸시와 조롱과 천대를 받으며 지나갔다. 지금은 그 강물을 그 불길을 어찌 지나갔는지 견디고 버티며 하루하루를 기도로 문을 열고 기도로 문을 닫으며 산다. 112평의 가정과 사업장을 접고 부산 영도 동삼동 150만원 전세에 달세 10만원에 4가지 일을 살면서 많은 수모를 겪었다. 3만원 화장실 값을 달라는데 나는 돈을 가지지 않았고 남편이 가지고 살게 했었다. 남자는 돈이 있어야 힘이 난다고 남편에게 만원씩 타서 살았다. 그런데 참 으로 돈 걱정을 하지 않고 사는 것은 너무나 편했다. 부곡에서 500원 셋방에서 112평의 가정집과 유치원 경영하기까지 부자가 되는 길은 참으로 힘들고 돈 걱정에 부대끼며 살았는데 다시 신혼 시절처럼 셋방에 살면서 하나님 아버지만 바라보며 주시는 대로 살았다.

8년이나 쉬고 있는 장남을 고신대학교 복학을 시키며 신○○ 교수님께 눈물로 2시간을 가정사를 말씀드리고 애원을 했다.

우리 집 민예품 값으로도 우리 장남 학비를 할 수 있으니 교수님에게 졸업은 시켜 달라고 울면서 말씀드리자 학교에 보내라고 하셨다. 어머니란 이름은 자식을 위해서라면 어떤 수모도 받을 수 있음을 알게 되었다. 그리하여 장남은 학교에 다니고 남편은 2년이나 혼자서 부산에서 결혼한 두 딸의 집에서 주무시며 아 내가 집을 정리하고 오기를 기다리다 98년 8월 15일 만나게 되었다. 그러나 용기는 희망을 주었고 희망은 행복을 만들어 복음병원 호스피스 자원봉사자로 6년을 봉사하게 되었다. 행복했다. 참으로 부끄럽지도 않았다고 많은 재산을 10년 동안에 빈손이 되어도 아깝

복 주시는 하나님

지가 않았다. 병원에서 만난 환우들의 마지막 모습은 살고 싶은 소망 하나 뿐이었다. 돈이나 명예도 아닌 오직 암에서 이겨서 나처럼 호스피스 자원 봉사자로 사는 것 그 소망으로 독한 항암 치료를 받으며 견디었다.

그러나 많은 환우들은 천국으로 가시고 꼭 한사람 최명자 전도사님만이 사상교회 집사로서 계시다 유방암을 만나서 치유 받고 대동병원 전도사로 사역하고 계신다. 얼마나 감사한지 오직 하나님 아버지께 영광을 올려 드린다.

하나님 아버지 은혜로 무담보 전세금 대출을 하도록 하여 국민은행에서 1000만원 전세 방 다섯 개에 살게 하시더니 임대 아파트 15평을 싸게 주시더니 영도는 나의 삶을 행복으로 살게 한 곳이다. 영도에 살고 싶었다. 참 좋은 곳이다.

영도 신문에 7.5 광장에 글도 실어 주었다.

원고료도 통장으로 보내 주셨다. 영도일자리에서 세 곳의 유치원 동화 선생님으로 다니며 날으며 살게 되었다.

유치원 원아들과 동화를 들려주는 시간은 항상 창작 동화를 들려주었다. 제목은 "새파란 나라" 매일 일어나는 일상 속에 상상의 나라 새파란 나라에 가려면 밥도 잘 먹고 부모님 말씀도 잘 듣고 친구들이라 잘 지내는 사람만 갈 수 있다고 하면 모두 그 나라에 가고 싶다고 하며 예쁜 눈빛으로 듣고 있었다. 마음 밭에 예쁜 꽃씨를 심어야 나쁜 풀들이 나지 않는다고 하면 예쁜 꽃이 피는 마음밭이 되겠다고 약속을 했었다.

그 고운 꽃들이 벌써 자라서 삼십대가 되었으리라 동성사립유치원 6년 동안 경험이 영도유치원 세 곳에 다니며 꽃씨를 뿌리며 행복했었다. 하얀 모시 원피스를 입고 원아들을 만나며 행복한 어느 날 한 원아가 "선생님은 옷이 이 옷밖에 없어요." 하고 물었다. "아니 있는데 이 옷이 제일 시원하고 예뻐서 입었지" 했었다. 나는 옷을 십년이고 이십년이고 지겹지 않다 드라이 해 놓고 입으면 항상 새 옷이다.

옷값으로 돈은 많이 들이지 않는다. 책은 좋은 책을 만나면 사지만 옷은 잘 사지 않는다. 이제는 두 딸들과 며느리가 자주 옷을 사주어서 이웃에게 나누어 주며 산다.

영도 유치원 세 곳으로 다니며 동화 선생님으로 행복한데 남편이 영남 가나안 농군학교 행정실장으로 가시게 되어 나도 따라오게 되었다. 영도 신문에도 말씀 드리고 고신 호스피스 자원봉사도 그만 두고 영도 유치원 세 곳에 동학선생님도 그만 두게 되었다. 다시 오고 싶지 않는 부곡땅이지만 그래도 오게 되었다.

우리의 계획이 어떠하든지 하나님 아버지 이끄심은 막을 수 없었다. 영도에서 6년은 참으로 기적 같은 나날을 보내며 잘 살던 둘째 딸의 가정에 하나님의 부르심으로 직장생활을 접고 신학을 하게 되었고 여행사 다니던 딸은 가정을 책임지게 되었고 나는 두 손녀손자를 돌보며 우리가족과 두 가정을 돌보며 뛰고 달렸다.

장녀의 가정은 주의 길을 순조롭게 갔지만 둘째딸은 힘들게 남편을 뒷바라지 했다. 그러다 영도에 살던 두 딸들이 이사를 다 떠나게 되었고 장녀 가정은 부곡중앙교회로 가고 작은 딸은 울산 교회로 가게 되었다. 우리는 외로운 철새처럼 남는가 했더니 다시 부곡으로 오게 하셨다. 부자로 살다가 쫄딱 망했다고 온갖 소문이 돌았단다. 그 소리를 들어내며 살게 하시더니 566평의 땅을 농협 융자로 사게 하셨다. 기적은 날마다 일어나고 있었다. 하나님 아버지 하시는 일은 사람이 이해할 수 없이 일어나고 있었다. 이곳에서 노인대학을 하고 병원 호스피스 팀장을 하며 지내다 남편은 나 몰래 신학공부를 하시고 목사 안수를 받고 8년을 병원 사역을 하시다 7년 전에 목욕탕에서 다 마치고 축구 감독이랑 예기하시다 누가 화장지 없다고 하자 갖다 주고 오다 그대로 쓰러져 천국 가셨다. 사남매 자녀들 결혼 다 시키고 80세에 한방에 갈거라 더니 예고 없이 가셨다. 기린데 나는 너무 놀랐다.

병이 났다. 믿음도 없었다. 그냥 죽고 싶은 생각뿐이었다. 사남매의 위로와 꿈에 찾아와서 붙잡고 흔드는 남편의 말에 꿈인지 생시인지 모르게 3년을 지냈다. 왼쪽 마비가 오며 얼굴이 내려오는 고통을 겪었다. 한방에서 치료를 하며 마음을 잡을 수가 없었다.

그러던 어느 날 요한복음 14:1-31절 말씀으로 찾아오신 예수님은 나의 마음을 만지셨고 살 소망을 주셨다. 근심하지 말라 하시며 기쁨과 평안을 주셨다. 그러다 코로나가 터지자 참 잘 가셨구나 생각했다. 이제 7년이 지나며 행복을 만나며 하나님 아버지의 품 안에서 그 날개 아래서 근심 없이 즐겁고 기쁘게 사는데 세계를 보며 울고 나라를 보며 울고 울어서 눈이 통통 해지고 얼굴이 내 모습이 아니다. 지금도 남편은 꿈에 와서 돈 있나 묻기도 하신다. 요즘은 행복하다. 남은 날이 작아지니까 하루하루가 신비롭다.

태양은 나의 친구라 만나면 동그란 얼굴을 내게 보이다 예쁜 무지갯빛도 보내고 보랏빛도 내게 보낸다.

장미꽃들도 나의 친구라 행복하게 피었다가 행복하게 진다. 철이른 코스모스도 나의 친구다. 아침마다 입 맞추며 사랑한다. 무궁화도 벌써 피어나서 나를 행복하게 한다. 이제 행복이 어디서 오는지를 알게 되었고 이 행복을 나누고 싶어 시를 써서 농협 금전 출납기 옆에 두면 가져가서 본다. 아침에 해가 너무 반갑다. 그리고 지는 해는 수고했다고 위로해 준다. 해는 나의 집으로 밝게 비추이며 산으로 숨는다.

비가 오는 날은 하나님 아버지 눈물인 것 같다 신문이나 방송을 보면서 통곡할일들을 만나며 사람으로 보내신 하나님 아버지 마음을 알게 하신다. 우리를 구원하시려 예수님을 십자가에 죽기 까지 희생하셨는데 사람들은 그 은혜를 모르고 그 사랑을 모르니 하나님 아버지 마음이 얼마나 아프실까 천둥소리는 하나님 아버지 호통 치시는 소리로 들려서 하나님 아버지 마음을 더욱 알게 하신다.

강제정용가족인 나는 항상 가슴에 한이 시러 있어 일본을 저주했었다. 태풍만 오면 그리가라 했었다. 우리 아버지를 잡아간 여자를 무시하게 만든 것은 일본이라는 나라 때문이다. 구슈탄광에서 석탄을 캐시다 발을 다쳐서 평생 고생하시었다. 일주일분이 쌀 2홉, 국수 2타레, 콩깨묵 5홉, 보리쌀 5홉, 고춧가루 1기로 두부 2모반, 양말 1켤레, 비누 1장을 배급받고 살았다. 큐우슈우 옆의 탄광 무너져 다 죽었다고 하셨다.

아버지도 발을 곡괭이에 찍혀서 다치자 어머니를 오라고 부른 것이라 어머니 고생은 말을 다 못한다 하였다. 해방이 되어 배를 타고 나오는 날에도 앞에 배는 뒤집어서 다 죽었다 하였다. 부산에 와서 일본에서 가지고 돈을 남동아재라는 친척에게 주어 한국 돈으로 바꾸어 달라 했더니 자기가 다 쓰고 나중에 일본 돈을 그대로 주어서 조선은행에 맡기고 말았다고 하셨다. 지금도 이진형 아버지 피 같은 돈은 조선은행에서 잠자고 있을 것이다.

우리는 일본의 피해자인 동시에 대한민국의 피해자 가족이다. 대한민국이 강한 나라였다면 일본에게 나라를 도둑을 맞지 않았으리라 강해야 한다. 가족을 목숨보다 귀하게 여기고 나라를 위해 목숨 버린 선열들 그 희생을 잠시라도 잊지 말아야 하리라. 나는 남은 날이 얼마 없기에 모두 용서하며 행복하게 살기를 소원한다. 악한 자는 절대로 행복하지 못한다. 선한 자는 한 끼만 먹어도 행복하다. 행복하게 살고 싶으면 선하게 착하게 살기를 바란다. 제가 읽었던 하버드대 모 심리학 교수의 행복론에 따르면, 나누고 베풀고 섬기며 마음의 짐을 가볍게 하라고 하였다.

나는 벌써 터득한 행복론이다. 나는 이제 모두를 용서하며 행복하게 사는 것이다. 나무들도 꽃들도 제 할 일 다하고 사랑받으면 떨면서 인사하는데 사람들은 왜 사랑하지 못하고 도둑질하려는지 그냥 달라 해도 줄 수 있는데 우리 교회이름은 사랑 나누는 교회이기에 누구든지 돈을 달라하면 주었다. 남편 목사님이 그러라고 하시고 스스로 그렇게 하셨다.

우리는 병원에 있는 환자들이 우리 성도들이다. 그들이 오면 냄새도 나서 기존 성도들은 오지 않는다. 지금은 올 수 없어 간식비만 보낸다. 윤석열 대통령님께서 국가보훈부와 재외동포청을 출

범시켜서 감사드린다. 새벽에 일어나 다시 본 신문에서 너무 반가 웠다.

사할린에는 우리 삼촌이 끌려가서 살다가 돌아가시고 사촌 오빠와 숙모님이 단장면 사연리 고향으로 57년 전에 오셔서 손수건을 선물로 주셨다. 사촌오빠는 고향에 오고 싶었는데 서류를 못해서 못 오자 울면서 택시 운전을 하다 교통사고로 돌아 가셨다고 했다. 나의 빨간 가방안에 있던 그 손수건을 보면서 하염없이 울었다. 사촌오빠가 돌아가시고 숙모도 돌아가시고 이제는 사할린에서 단장면 고향을 모르고 살고 있을 조카들의 평안을 기도 드린다. 손수건은 너무 작은 데 주황색 점속에 여자토끼가 작은 북을 두드리는 그림이었다. 수많은 가방이 바뀌어도 이 손수건이 들어 있어 너무 놀라웠다. 이것도 하나님 아버지 은혜입니다. 국가 보훈부가 전쟁 희생자를 구호업무를 맡고 있다고 하니 너 무 감사합니다.

6·25전쟁에 나갔던 박영조 외삼촌 엄마의 외동 남동생인데 낙동강 전쟁에서 행방불명 통지서 받은 후에 살아와 서 경사가 났으나 전쟁 후유증으로 정신 이상을 일으켜 우리 집에도 왔다가 결혼 생활도 안되고 아들하나만 낳고 여자는 가버리고 행려인이 되어 거리를 떠돌다가 어느 하늘아래서 죽었는지 모릅니다. 외할머니는 눈동자가 썩도록 울어 나주에는 치매로 세상을 떠나고 외할아버지는 피붙이 손자 집에서 외롭게 가슴에 멍이 들도록 자신을 학대하며 94세 세상을 떠났지요.

우리 아버지는 자신이 무능해서 가족들 고생시킨 것이라 미안해하시며 제가 시집가는 그날 피를 토하며 우셨다고 엄마가 말씀

하셨지요. 일본이 미워서 딸을 차별한 것이 늘 미안해서 저를 보면 더 잘해 주려 하셨지요. 돌아가시기 전에 헛소리를 하시며 누가 돈 만원 받으려 잡으러 온다고 하시기에 세가 만원 드렸지요. 1974년 1월 24일 한 많은 이 땅을 스스로 떠나셨지요. 지금까지 아무에게 도 하지 않았던 우리의 가족사는 이 나라의 희생자들인 것을 저는 말하고 싶습니다. 누구에게 갚아 달라고 하는 말은 아닙니다. 부디 강한 나라 위대한 나라로 동방의 횃불로 날마다 활활타게 하소서 우리나라는 잘 될 것입니다.

나는 다시 여자라면 지금 남편을 만나서 서른한 살까지 낳은 보 배들을 마흔 살까지 낳아서 복된 가정을 만들고 싶습니다. 보배들 은 자기 먹을 것을 다가지고 태어납니다. 부지런하고 정직하면 누구나 잘 살 수 있습니다. 책을 많이 읽어야 합니다. 위인들의 살 아온 이야기를 우리나라를 지킨 선열들의 이야기를 많이 읽어서 나는 어떤 사람 될 꿈이 있어야 합니다. 우리 가족 들은 고난과 고통의 터널을 지나 왔습니다.

저는 자궁암을 10년 동안 고통 속에 있다가 마산 벧엘 기도원 에 올라서 회개하고 일주일 금식기도한 후 나충자 원장님의 안수 기도를 받고 고침 받아 32년 지난 지금 깨끗합니다. 그러나 교만 하지 말라고 무리하면 어지러운 증세가 옵니다. 또 회개하고 열심 히 먹고 쉬고 행복하게 살아갑니다. 사남매 보배들이 시키는 대로 건강하고 행복하게 나누고 베풀고 섬기며 살아 보렵니다.

장녀 가족은 울주 평리교회를 섬기는 이호기 목사와 장녀는 고 신대학 음악치료 박사학위 공부하더니 반곡초등학교 센터장으로 인생은 아름다워로 노래 가르치며 살며 두 남매를 찬양사역 자로 키우더니 지금은 결혼을 위해 기도하고 있습니다. 둘째 장남 이헌석 목사는 병원사역하다 우리 가족 셋이서 하고 있고 셋째 차녀는 광주 샘물교회 김익조 목사와 같이 사역하며 광주 청소년 상담사역자로 송원대학교수로 상담박사로 살며 두 남매를 인도로 보내 공부시키며 마음이 큰사람들이지요.

막내아들 이헌체목사는 동일프로이데중고등학교 교장으로 동일교회 목회행정과 교육 디렉터를 맡아 삼남매 아버지가 되어 꿈꾸는 것 같다며 지내고 있더이다. 저는 보배들 위해 기도하라고 새벽을 깨우며 이글을 쓰게 하시더이다. 망망대해 배 한척인 우리 가족 이였지요. 지금 자라는 꿈나무들에게 잘 될 것이라고 행복할 것이라고 말해 주고 싶습니다. 지금도 길에 나가서 만나는 중학생들에게 꿈을 가지라고 힘들더라도 절대로 주저앉지 말고 예수님 도와주세요. 소리 지르라고 했지요. 사랑받기 위해 태어났습니다. 하나님 아버지께서 우리 대한민국을 지키시고 계십니다.

일본정용가족인 우리는 피해를 입었지만 증인이 없어서 정용가족 등록도 안 된답니다. 우리 친정형제 오남매는 아직 건강하지 못해도 버티고 견디며 살고 있습니다. 84세 언니는 일본에서 반공호로 도망가신 엄마 치마를 붙들고 다녔다고 합니다. 여형제 셋 남동생 둘 우리 오남매는 대한민국이 약해서 도둑맞은 피해자들입니다. 이제는 일본을 용서했습니다. 안 그러다 내가 먼저 죽을 것 같더이다. 착한 일본사람들 때문에 용서 했습니다. 악한 일본인들은 깨닫지 않으면 하나님 아버지의 진노의 채찍을 맞을 것입니다.

복 주시는 하나님

57년 전 사할린 동포 사촌오빠가 주고가신 작은 손수건을 보다가 이렇게 긴 글을 쓰게 되었습니다. 이 모두가 저를 살리시고 지키시고 복주신 하나님 아버지 은혜와 사랑이라 생각 하며 감사와 찬양을 드립니다. 모든 영광을 주님께 올려 드립니다. 이명희 종교국장님께 이 글을 보내드립니다. 참으로 밝은 혜안을 가지셔서 많이 존경합니다.

국민일보를 만나서 너무 고맙습니다.

저는 최자실 목사님이 이름을 드보라라 지어주셨습니다. 모든 분들을 사랑합니다. 대한민국은 잘 될 것입니다.

스승 같은 당신에게

정아 아빠!

정말 오랜만에 불러 봅니다.

당신이 거센 파도가 휩싸이는 바다로 항해로 떠난 지금 다섯개의 발가락 양말을 빨다 이 글을 씁니다.

하늘은 무척이나 곱고 청아해요.

햇살은 또 얼마나 아름다운 빛깔을 보내고 있는지……

빛을 바라보노라면 수많은 물빛 동그라미가 제 가슴으로 달려옵니다. 쪽빛 바다엔 멀리 수평선 물띠가 두른 곳으로 한 없이 가고 싶어지네요. 오륙도 바위들이 정겹게 바다 가운데 파도들의 얘기를 듣고 있는 것 같고요 그중에 거북이 바위는 끝머리를 육지로 육지로 다가오고 있는 것 같아요 바위도 땅에 붙어 있고 싶은가 봐요.

정아 아빠! 경남 창녕 부곡에서 땅 끝 마을 부산 영도에 둥지를 만든 지가 어느덧 여름이가고 가을이 왔네요.

이곳에 오게 된 시간까지 정말 긴 여행을 하고 있는 것 같아요. 당신은 벌써 회갑을 지낸 분이 열심히 가족을 위해 두 손 걷어붙였는데 일자리를 잃은 저는 당신과 함께 아침과 저녁을 맞게 돼 꿈만 같군요. 미안해요 정말 미안해요!

그렇게 용기가 있고 가족을 사랑하는 뜨거운 속마음이 계신 줄은 이제야 알게 되었답니다.

당신은 항상 제게 두렵고 무서운 사람이었고 가족 부양도 제게 맡기고 자신과 자신의 일만 알고 사신 분으로 알았으니까요. 1965년 5월 16일 34년 전 결혼식을 치렀을 때도 사랑도 모르는 제게 사랑하도록 만들겠다고 장담하시며 교사 월급 5천원을 친정 어머님께 주시며 부탁하셨지요. 친정어머님은 당신의 그 눈빛 때문에 승낙하셨고 우린 그렇게 만났지요. 저보다 어머님을 더 좋아하셨던 당신은 결혼 후에도 항상 어머님을 칭찬 하셨지요.

그러나 제게는 늘 무섭고 두렵고 선생님 같은 그런 남편이었지요. 68년 부산 대연동에서 지낸 시집살이는 잊으려야 잊히지가 않아요. 외아들인 당신은 교직생활 속에서도 자신의 취향대로 운동 속에 빠졌고 가정은 덤으로 생각하셨지요. 월급봉투는 구경할 수 없어도 왜 안주시느냐고 말 한마디 못했지요.

지금도 당신수입이 얼마인지 물어보지 않는 삶이니까요. 제게는 꿈과 소망이 있었기에 당신의 배려 없이도 잘 이겨냈지요. 그 길이 오직 일기를 쓰는 것과 부산일보 삼면경이 제 친구가 되었지요. 원고료가 나오면 무엇을 할까 생각하다 무서운 남편의 시어머님께 잘 보이려고 양장점에서 치마를 맞춰 드렸지요 어머님을 사랑하려고 했지만 참긴 세월이 걸렸어요. 아들을 사랑하는 어머님께 먼저요 저는 먼 곳에서 있었지요. 그것이 제게 밑거름이 되어 홀로서기를 배우게 되었지요. 밝은 태양을 보며 항상 용기와 소망을 가꾸어 갔지요. 어느덧 삶은 수레를 닮아 34년이란 시간 속으로 태워 다 놓았지요. 끝없이 인내하며 토해낸 언어들이 책을 엮어주시던 당신이 정말 소중하고 고마워요. 죽음에 문턱까지 갔을 때도 제 등 뒤에서 정아! 하고 부르는 당신의 음성을 듣고 깨어나기도 했어요. 당신은 제게 무섭고 두려운 선생님 같은 남편이지만 속 깊은 내면엔 맑은 샘 같은 사랑이 있음을 알게 되었지요.

두 딸들은 이미 결혼하여 백합같이 향기롭게 살고 있으니 정말 고마워요 자기의 일밖에 모르던 당신이 이제는 손녀 손자속에 삶의 기쁨을 누리시는 것을 보며 정말 감사해요.

아직 대학을 다니는 장남과 군에서 수고하며 나라를 지키는 막내를 기다리며 열심히 가정을 돌보는 당신이 너무 고마워요. 정말 고마워요! 34년 동안 제게 스승이던 당신은 오늘도 제게는 스승으로 다가 옵니다.

10년 전 교직을 사임할 때도 남자나이 50이면 자신이 물러날 줄도 알아야 된다며 체육교사를 그만 두시더니 경험 없는 사업에 손댄지 10년! 이제는 112평 유치원과 가정집이 아이 엠에프 한파로 넘어가고 달 셋방으로 옮기고도 여전히 당당히 파도 타듯 가정을 쪽배에 싣고 노젓는 당신에게서 진정 제게 스승이신 것을 고백합니다. 정아아빠! 예진이 예찬이 하진이 할아버지! 정말 존경해요 고마워요!

복 주시는 하나님

제 눈에 흐르는 이 눈물은 제가 결코 슬퍼서 우는 것이 아니에 요 대궐 같은 집을 잃은 고통에서도 아니에요.

검은 하우스 속에 두고 온 내 책상과 책들과 원고와 가재도구 때문도 아니에요 아직도 제가 살았고 사랑하는 가족들이 함께 슬퍼 하고 기뻐하고 위로하며 이웃을 도울 수 있도록 배려하신 당신이 고마울 따름이에요. 고신 복음병원 호스피스 자원 봉사자로 나가 도록 권고하신 당신에게 더욱 고마워요.

우린 다시 일어났어요. 하나님의 은총으로…………

모든 고통을 딛고 당신이 아침마다 떠나는 저 사회라는 바다는 무척 험한 파도가 출렁이고 있지만 전 당신을 믿어요. 진실로 당신 은 5천원으로 시작하신 34년을 기억하며 햇살처럼 밝게 사실 것 이라는 것을 ………

아이 엠 에프도 이길 것을 .…………

정말 미안해요 오직 이말 밖에 할 수 없음을…….

그리고 사랑해요 여보!

1998년 10월 28 일 당신의 아내 희가 드림

겨울에 꾸는 꿈

사계절 중에 겨울이 제일 무섭고 싫었다.

가난한 사람들이 제일 견디기 어려운 계절이요 병약한 사람들에게 무서운 계절이기 때문이다.

나는 겨울이 좋다는 사람들이 이해가 되지 않았다. 벗은 나무를 볼 때도 마음이 아프다. 찬바람이 살갗을 찌르는 것도 무서웠다. 수도가 얼고 화장실도 얼어서 싫다.

그러나 어쩌랴 다가오는 계절을 막을 수도 없는 것을. 이제는 이런 겨울을 사랑 하며 나 혼자 꿈을 꾸려한다.

겨울을 잘 견디면 아름다운 봄날이 나를 만나려오고 있기 때문이다. 사랑하는 이웃들을 만나서 겨울을 사랑하며 지내려 한다. 칼바람 속에도 완전무장을 하며 따스한 햇살사랑을 만난다. 내 삶의 황혼이 다가온 지금에야 겨울을 사랑하며 새로 운 꿈을 꾸게 되었다. 젊은 날에는 병약한 몸이라 항상 죽음을 생각했다. 사남매가 장성한 후에 죽어야 할 텐데⋯⋯

왜 그렇게 많이 아팠는지 이유를 몰랐다.

시어머니와 남편과 네 명의 보배들 속에 엄마요 아내요 며느리라는 이름이 나를 무겁게 했는지 모른다.

십년동안 해마다 5월이면 열병을 앓았다. 그때에 쓴 글이 있기에 적어본다.

병색인

완전한 병색인이 되어버린 나

해마다 찾아오는 병과의 싸움

왜 이렇게 아파야하는지 몸살

또 몸살 열이 나면 아무것도 할 수가 없다

아픔은 고통을 수반하고

고통은 죽음을 생각한다

사남매 장성 후 죽겠노라고

울며 기도한 나이기에

위에서 부르시면 기꺼이 가야겠지

아직 할 일이 너무 많은데 부르시지 않겠지

허약한 몸을 보며 죽음을 느끼며 산다

남편에게 물어 보았다

"나 죽어도 당신 혼자 살 수 있겠지요?"

실없는 물음 어리석은 여인

고개 짓는 남편을 보며 바보스런 물음이

완전한 바보 아내 알게 했었네.

1988년 5월 31일

30년 전 5월에 쓴 글이었다.

65년 5월 16일 결혼하여 십년동안 5월이면 아파서 입원했다.

남편은 스승같이 늘 학생을 가르치듯이 훈계하며 살았다. 외아들인 남편이라 외로워서 그랬거니 하며 살았다.

그 모든 날들이 남편의 극진한 사랑이라는 것을 내 곁을 떠나신 후에 알게 되었다. 병약한 아내를 두고 가시면서 얼마나 마음이 아팠을까 갑자기 당한 사별은 어떻게 살 희망이 없었다. 통곡하며 지낸 몇 날들을 병원과 언니 집으로 다녔다.

그러다 남편과의 약속이 생각나서 51년 함께한 삶을 시와 산문으로 "마음 등불"이란 제목으로 책을 만들었다.

독학으로 배운 컴퓨터를 만지며 울기도 많이 울었다. 가족들의 사진들을 찾아 책속에 넣었다. 남편은 내 곁을 떠났지만 한권의 책이 되어 나와 함께 겨울의 강을 건너고 있다.

이제는 울지 않는다. 마음을 새롭게 다짐한다. 병약한 몸을 잘 돌보며 행복한 겨울을 보내려 한다.

이웃과 우리 보배들에게 아름답게 늙어가는 모습을 보이려 한다. 인생의 황혼인 겨울의 강가에서 나를 사랑하련다.

복 주시는 하나님

남편이 떠난 후 생시같이 꿈에 와서 "어찌 살래" 하신다. 나는 꿈에도 씩씩하게 "어찌 살기는 잘 살고 있지" 했다. "책 만든다고 수고했어"라고 위로해 주었다.

남편은 떠났지만 책 만들어준 것이 고마운 모양이다.

나의 남은 날은 내가 살고 있는 아름다운 이 땅에 행복의 노래를 부르며 희망의 꽃씨를 뿌리며 살려고 꿈을 꾼다.

우리는 하나님 아버지 사랑의 꽃

이성희

> 하나님이 세상을 이처럼 사랑하사 독생자를 주셨으니 이는 저를
> 믿는 자마다 멸망하지 않고 영생을 얻게 하려 하심이니라(요한복음
> 3장 16절)

이 말씀은 우리를 사랑하신 하나님 아버지께서 독생자 예수님을 십자가에 내어 주시고 우리의 죄와 병과 죽음을 다 해결하셨습니다. 하나님 아버지 사랑 예수님의 순종과 희생과 사랑 그 은혜 말과 글로서는 다 할 수 없어 이 생명 다하는 날까지 하나님 아버지 사랑합니다. 참 감사합니다. 그 뜻대로 사는 것뿐이더이다.

저는 91년 7월에 사립 동성유치원을 하면서 너무 힘들어서 자궁암 심장 협심증 간경화 세 가지 병으로 죽음 직전에 오직 자녀들 사남매 때문에 지금은 죽어서 안 된다고 생각하여 병원치료하다 조직검사 두 번하고 자궁암 3기라는 말하며 속히 수술하지 않으면 죽는다고 의사가 담배를 물고 제게 말할 때 너무 마음이 안 좋아서 "나는 수술 안합니다. 천국병원에 갈 겁니다" 했더니 "아 예수 믿는 사람들은 그런 병원이 있다고 합디다."

그 길로 남편과 의논하고 마산 벧엘기도원으로 가기로 했지요. 그런데 교회여름성경학교 설교를 마치고 온 남편이 목욕탕에서 손을 씻으며 노래를 부르는데 너무 화가 났지요. 저는 죽을지 살지 모르는 병에 걸려 기도원 가려 짐을 싸고 있는데 노래를 부르니까 너무 미워서 소리를 질렀지요.

"나는 죽을지 살지 모른 체 짐을 싸는데 너는 그렇게 기쁘냐. 나 죽고 나면 다른데 장가갈 생각에 노래가 나오나. 아이 무슨…"

욕이라고는 안하고 교사 아내 장로아내 밀양 박씨 외가 여주 이가 친가 양반이라고 친정어머니 훈계를 가슴에 품고 예수 믿는 믿음의 가정이라 자신을 다독인 제가 완전히 다른 모습이 되어 속사포같이 퍼부으며 울어버리니 26년 동안 살아온 아내가 아닌 다른 모습에 남편은 놀라서 도망가 버리고 3일 밤낮을 울었지요.

그때 두 딸이 달려와서 하는 말이 "엄마는 안 죽어 엄마가 죽으면 나는 하나님을 안 믿을 거야. 우리 금식하며 기도할게. 엄마 힘내고 기도원에 올라가면 하나님이 엄마 고쳐주실 거예요. 엄마 정신을 차리셔요." 그러면서 엄마 불러가는 하나님을 안 믿을 거라고 하는 말에 마음이 찔렸지요. 그후에 본 교회 이윤재 목사님이 심방을 오셔서 시편 91편 1절에서 7절 말씀을 주시며 하나님이 꼭 고쳐주실 것이라고 하시며 그 날개깃으로 덮으사 품어주시며 이 재앙을 지나가게 하신다고 하셨습니다.

그 말씀을 붙잡고 회개하며 기도하는데 시편 35편 말씀을 주시며 하나님 아버지께서 나의 손방패가 되셔서 지키신다고 확신을 주셔서 7월 22일 마산 벧엘기도원으로 친정어머니와 막내여동생 제부 목사님이 차에 태워다 주어서 올랐지요.

나충자 원장님이 보시더니 회개하라 하시더이다.

생각나는 대로 회개하라 하셔서 돌아보니 영적 교만죄가 먼저요 내가 했다는 교만죄 가난한 교사시절 5백 원 셋방에서 지금까지 알뜰히 내가 했고 사남매 보배들도 내가 잘 키웠고 한가지 죄는 자주 아프니까 곧 죽을 것 같아서 수필집 한권 내고 죽으려고 한 죄, 나의 살아온 일들을 세상에 알리고 죽으려고 한 죄가 제일 큰 죄들이었지요. 칠순 시어머니와 친정어머니가 계시는데 죄 중에 큰 죄며 보배들을 생각하면서도 죽을 준비를 한 것이 큰 죄들이었지요.

생명은 하나님이 주신 것이기에 하나님 아버지가 오라 하시는 그날까지 최선을 다해 살아내야 하는 것인 데 저는 제 마음대로 죽을 준비를 하고 있었지요. 그것은 10년 동안 4월과 5월이면 병원에 실려 가는 고통을 겪어서 죽을 준비를 했지요. 보배들 결혼이나 시키고 가야 할 것이라 생각했지요. 몸이 너무 약해서 금식기도를 못한다고 7일간 미꾸라지 곰탕을 먹으며 기운을 회복 시켰지요.

그 후 7일간 금식기도를 들어가자 친정어머니는 자식이 굶는데 못 보겠다며 집으로 가셨지요. 함께 계시며 어머니는 "하나님요 착한 우리 딸 살려주시고 나를 데려 가소서" 하시며 온 기도원 걸어 다니시며 기도하셨다고 원장님이 말씀하셨지요. 어머니는 독실한 불교신자요, 저만 예수님을 믿었고 전도하여 막내 여동생이 믿어서 목사 사모가 되었지요. 나중에 어머니도 예수님을 믿고 언니도

복 주시는 하나님

믿어 부산 안락로교회 권사님이십니다. 일주일 금식기간 동안 오직 회개기도만 했지요. 새벽 3시에 일어나서 물가에 앉아서 물소리에 울음이 들리지 않도록 꺼이꺼이 목 놓아 울었지요.

7일 금식 마지막 날 8월 6일 새벽 기도시간에 커다란 두 손이 보이더니 빛나는 반지를 제 가운데 손가락에 끼워 주셨습니다. 환상은 너무도 생생하게 지금도 눈에 환하게 보이는 듯 합니다. 너무 놀라면서 예수님의 손이라는 것을 알았습니다. 유치원이 너무 어려워서 울고 기도 할 때도 예수님이 제 등 뒤에서 "딸아 왜 우느냐 내가 없는 것처럼 딸아 사랑한다" 하시며 안아주시는 것을 꿈을 꾸고는 위로를 받았습니다.

그 시간에 원장님이 제 배에 손을 얹고 기도하시더니 "딸아 암 덩어리가 떨어진 줄을 믿으라" 하셨지요. 저는 불같이 뜨거움을 느낀 후 엉엉 울면서 감사합니다. 외치다 화장실로 달려가 암덩어리를 쏟아냈습니다. 할렐루야 예수 그리스도는 언제나 오늘이나 믿는 자에게 능력을 베푸십니다.

병은 자기가 잘못해서 오는 것입니다. 먹어야 할 때 먹고 잘 때 자고 일할 때 일하고 선한 마음으로 살면 병은 이기게 됩니다. 저는 안 먹고 안자고 못된 생각으로 착한 척 선한 척하며 사람들은 몰라도 하나님은 아시고 제 몸이 망가지도록 버려두신 것입니다. 일주일 금식 후에 보호식을 7일 해야 하는데 저는 4일 되던 날 열 명의 마리아 회원들이 저를 보려 와서 같이 내려 왔습니다. 한 사람이 만원씩 내어서 어려운 목회자 가정에 조금씩 위로하는 그런 모임인데 지금은 두 사람이 일 년에 두 번씩 은퇴 선교사님을 돕고 있습니다. 이 일을 하도록 살려 주신 하나님 아버지께 영광을 돌려 드립니다. 기도원에서 내려 오는 날도 하나님께서 은혜를 베푸셨습니다. 봉고차 기사가 벌에 쏘여서 속히 가자고 하는데 제가 망설이다가 같이 가려고 짐을 챙기는데 늦어지자 그 기사가 뒤로 넘어지며 쓰러져서 다른 차로 병원에 보내고 봉고차에 성도들은 저랑 같이 무사히 올 수가 있었습니다.

그 가운데 역사하신 하나님 아버지께 영광을 드립니다. 그 분이 운전을 했으면 함께 탄 성도들은 큰 사고를 당할 뻔한 것을 막으신 것입니다 나충자 원장님은 "제게 이성희 집사 수지 맞았네" 하시며 저를 기도원을 할 사명이라고 매일 예배드리고 헌금을 하면서 기도처를 만들라 하셨습니다. 저는 집으로 내려와서 그럴 수가 없었습니다. 중앙일보에 천만원고료 논픽션에 "고향을 지키신 어머니"란 글에 당선되었고 "소설집 팔리도랑"을 만들어 방안에 책이 천 권이 있었습니다. 죽을 준비하며 쓴 글들이 날개를 달고 가는 곳마다 상금과 상패를 가지고 왔습니다.

그 일들로 인해서 더 살고 싶었습니다. 그 후로 가정은 112평이나 되는 집과 유치원은 식당을 만들어 팔려고 내놓아도 팔리지 않아서 4년 동안 식당을 하면서 살고 있는데 미국에서 최영호 목사님이 간증을 가시자고 왔더이다. 저는 웃으며 못간다 했더니 하나님은 그렇게 살라고 살리신 것 아니라 하시어 미국에 아들과 같이 가라고 남편이 하기에 사진도 찍고 하다 제가 그만 두었습니다. 기도원에서 내려온 저는 남편에게 잘못을 빌었습니다. 행복할 줄 알았지만 원장님이 고난이 많을 것이라 하시며 매일 승리를 하라고

복 주시는 하나님

하셨습니다. 그러나 저는 매일 승리가 아닌 실패자로 살았습니다. 첫째 남편에게 제일 불만이 많았습니다.

남편은 자기 위주로 사는 사람이며 일을 벌려놓고 뒷일은 모두 제가 해야 하는 것입니다. 틀려도 따라오라는 것입니다.

안되면 다시 돌아오면 되니까 당신이 이래라 저래라 하지 말라는 것입니다. 불같은 성격이면서 어려운 사람은 무조건 우리 집에 데려와서 먹이고 제우고 방을 얻어서 방세는 우리가 주고 무슨 일이든지 하게 하여 살도록 했습니다. 그 분들은 미안하고 고맙지만 자리 잡고 떠나면 그것으로 기뻐했습니다.

부잣집 외아들인 남편은 초등학교, 중·고등학교 선생님이실 때도 제자들을 우리 집에 데려와서 맛있는 음식해 먹이고 재우고 그리고 자기이름 한 자 제 이름 한자 넣어서 동성 장학금을 중학생 두 사람에게 주기도 했습니다. 제자 사랑도 각별하지만 자식 사랑은 말도 못할 사랑이라 제가 당신의 딸이면 좋겠다고 했지요. 딸들을 특별이 더 사랑한 것은 결혼하면 남의 집에 살아야 한다고 더 잘해 주었지요. 토요일 오후면 진영 갈빗집으로 데리고 가고 겨울 방학이라도 부산 어린이 대공원으로 데리고 가고 어려운 학생을 우리 집에 데리고 와서 공부하도록 도와주었지요. 그 학생들이 큰 언니가 되어 우리 장녀는 그런 언니 속에 자라서 지금도 아빠의 그 사랑을 자랑스럽게 생각합니다.

우리 집은 IMF 폭탄 전부터 유치원 빚에 시달리자 남편이 제게 무릎을 꿇으며 눈물을 흘리며 내가 잘못해서 이렇게 되어서 죽고 싶다고 했지요 장녀가 졸업하여 피아노 학원을 해서 잘 되고 있을 때 학교를 그만 두고 동성 사립유치원을 하다 빚과 병을 만났지요. 그 후 남편을 먼저 부산으로 보냈지요.

두 딸이 부산에 살고 있었고 정리되면 부산으로 갈 생각으로 남편을 먼저 보내며 말했지요. 고신총회와 복음병원 이사로 6년 동안 계셨기에 부산으로 보내며 2백 만 원을 가지고 살고 버티면 내가 112평 이 집을 팔고 가겠다고 약속을 했지요. 그런데 2년이 지나도 집은 팔리지 않고 부곡교회 마룻바닥에 눈물이 흐르도록 기도해도 집은 팔리지 않았지요. 빚은 일억 사천인데 112평 집이 2억 5천에 팔려고 해도 팔리지 않아서 2억에 팔려고 하는데 누군가가 전화가 와서 자기 동생이 사주려는데 부곡교회 집사가 그 집을 사지 말라고 해서 수다리(지역이름)에 땅을 사서 집을 짓는다고 했지요.

저는 그때 하나님께 기도하자 커다란 포레인안에 저를 태워서 산위에 가져다 놓았습니다. 그 환상을 주시고 하늘 문이 열리더니 마이신 같은 생약이 한없이 쏟아져 내렸습니다. "하나님 아버지 이 약이 무엇입니까" 했더니 시편 23편으로 만든 생약이니라. 이 약을 많은 사람들에게 나누어 주어라" 하셨습니다. 저는 그것을 하나님이 주신 응답으로 믿고 이 윤재목사님께 말씀드리며 5년만 부산에 가서 장남 공부 끝내고 돌아오겠습니다. 하고 농협 두 곳에 연락하여 빚은 이집으로 실 컷되니까 알아서 하라고 하고 시어머니는 친구인 지서장 사모님이 9개나 방이 있기에 두 개만 달라고 하니 그냥 있으라고 하면서 유치원해서 어렵게 제게 위로를 했지요.

그분은 복을 받아 그곳이 비싼 값을 팔려서 큰 부자가 되었지요.

복 주시는 하나님

そ

그렇게 고마운 사모님을 이제는 소식을 알 수가 없지만 너무 고맙고 감사합니다. 막내아들이 97년 3월에 군대 보내고 4월 18일 퇴소식에서 120명 부모 대신 격려사를 하여 4박 5일 행복한 휴가를 보내고 그날 이후로 사랑하는 우리 막내 목사는 그 집과 영영 이별을 하게 되었지요. 그 집에서 태어나 75년 5월 15일 생일인 막내는 그 후에 정든 그곳이 다시 가지 못했습니다. 98년 8월 15일 빈손인 저는 밥그릇 12개 숟가락 12개 반찬그릇 7 다섯 개 야외용 가스버너를 냄비 두 개를 챙겨 넣고 목사 안하려는 장남이 8년 동안 쉬고 고신대학교에 가자고 하며 남편을 불러서 영도 동삼동 단칸방 전세 150만원 달세 10만원에 살게 되었지요. 4키로 쌀 1만원에 사고 저는 금식하며 부르짖었지요.

아들을 위하여 고신대학에 신덕일 교수님을 찾아서 2시간 동안 울면서 가정사를 말씀드리고 장남을 다시 복학 시켜 달라고 하면서 이렇게 애원을 했지요. "교수님 지금은 돈이 없습니다. 그러나 고신대학에 40평에 있던 민예품이 돈으로 헤아릴 수 없는 것을 드렸으니 우리 장남 이곳에서 특별 장학생을 만들어서 목사 만들게 도와주세요. 제가 서원을 해서 목사 안 되면 안 됩니다." 지금 생각하면 어쩌면 그렇게 뱃장이 좋았는지요. 그러자 교수님은 교수회의에 물어 보겠다. 하셨지요.

우리 집이 부자로 살 때에 장로님이 사서 모은 민예품을 누가 땅을 주고 사겠다는 것을 팔지 않고 고신대학교에 김병원 총장님이 학교 발전을 위해 기부해달고 할 때 남편이 제게 묻기에 돈보다 학교 발전이 중요하지 않느냐고 하며 기쁘게 드렸지요 이동근 장

제5부_ 세월의 강을 건너며, 남기고 싶은 흔적 **339**

로 기증 민예품 기념관을 우리 부부 함께 보면서 잘 한일이라 생각했지요. 세가 본 책들도 큰 책장 4개와 함께 전국여전도 회관에 제 이름으로 기증을 했지요. 어떤 감사패나 보상도 바라지 않고 다 망하는 가운데서도 기쁨과 용기가 솟더이다. 하나님 아버지께서 70년에 산골 부곡으로 발령 내시고 28년을 지나며 복을 주시고 500원 단칸셋방에서 억대 부자로 만드신 하나님 아버지시니까 또다시 훈련하신 후에 욥과 같이 갑절에 복을 주실 것을 믿었지요. 믿음은 바라는 것들의 실상이라 하셨기에 실상으로 나타나서 이제는 행복한 마음으로 이 글을 쓰며 울지 않는 항상 기뻐하며 쉬지말고 기도하며 범사에 감사하며 살고 있습니다.

두 딸들의 눈물을 보시고 하나님 아버지께서 우리 가정을 신앙의 명문가로 세우심이라 믿습니다. 7전세금 150만원을 달라는 주인에 기다리라고 하고는 기도를 하면 그냥[날라라" 하시는 응답이 왔지요 "어디로 나를 까요" 하면 아무 응답이 없었지요. 그러다 생각이 "복음병원으로 전도하러 가자" 생각했지요.

그리고 제 간증집 50권을 들고 송희완 목사님을 찾아 갔지요. 목사님은 남편이 복음병원 이사이신 것을 알기에 반가와 하시며 "권사님 여기서 전도하셔요" 하셨지요. 그러자 옆에 있던 강도사님이 교육도 안 받고 전도하면 안된다하시며 권사님이 전도하면 내 옷을 벗겠다 하기에 저는 나와서 호스피스 사무실로 갔지요. 그곳에서 반기며 강현옥 전도사님이 잘 오셨다고 손옥희 권사님 따라 가면 될 것이라 하시고 책을 주시며 강의 어제 끝이 났는데 다음에 교육받고 지금부터 봉사하시라고 하셨지요. 3만원을 드리겠

복 주시는 하나님

다고 하니 다음 교육받을 내시라고 하셨지요.

그날부터 고신 호스피스가 되어 예쁜 분홍 가운을 입고 암병이 든 환자들을 만나며 위로를 했지요. 6명의 환자들은 모두가 희망은 완치되면 자원봉사자로 살고 싶다고 했지요.

그곳에서 6년을 자원봉사 하는 동안 제게 기도부탁하며 전화번호를 적어준 그분들은 다 천국 가시고 유방암으로 힘드시던 최 집사님 한분만 시편 23편을 붙잡고 두 아들과 남편을 위해 기도하며 병원비가 없어 기도부탁하기에 눈물로 기도 했더니 친정 가족들이 병원비를 가지고와서 돈이 남았다고 하시고 그후에 신학공부를 하고 전도사님이 되셔서 복음병원 파송 선교사로 대동병원을 섬기며 부산 사상교회 권사의 사명도 함께 하고 있습니다. 불신 남편은 예수님을 영접하시고 힘든 목수 일을 66세까지 하시고 1년 동안 암으로 투병하시며 병상세례를 받으시고 천국 가셨습니다. 귀하신 전도사님은 너무도 예뻐서 남자들이 보면 탐낼 수 있기에 항상 조심하라고 말하며 기도하고 있지요.

6년의 자원봉사를 하나님께서 갑절로 복을 주셔서 이제는 사남매가 목회자의 길을 가고 남편은 늦게 사 신학 공부하여 8년을 행복한 병원사역과 노인대학을 하시며 장례식을 다니시며 너무나 잘 인도하시기에 장로님이신 남편이요 불같은 성품인 분이 어찌 그리 변하셨든지 저는 놀라고 또 놀랐습니다. 저는 물같은 사람이라 있는지 마는지 입을 다물고 말없이 살았지요. 그런데 목사님이 되고 보니 성품이 정말 달라졌고 항상 감사하다고 입에 달고 살더이다. 그리고 두 사위 목사와 두 아들에게 하시는 부탁은 베푸는 목사가 되라는 것입니다. 가시기 한 달 전 장녀의 생일 성탄절 다음날이라 그때는 지나도 지금 해주고 싶다고 1월 4일에 맛있는 집 하얀집에 서 장녀의 가족과 삼촌 가족 즐겁게 식사를 했지요. 한 달에 한번 은 자녀들 집을 돌고 싶어서 "우리 오라고 안하더나" 물었지요. 그 러던 분이 2016년 2월 4일 천국 가시는 그날을 아시는 모든 사랑 하는 분들에게 식사대접하고 밭에 키운 배추들을 나눠 드리고 10 시에 목욕탕에 가서 목욕 다하시고 축구감독이랑 즐겁게 이야기한 후 누군가가 화장실에 화장지 없다고 하니까 갖다 주고 그 자리에 서 소천하셨지요. 제가 달려갔을 때 너무도 평안한 모습으로 계시 기에 저는 하나님 아버지 저를 불러 가시고 목사님을 살려 달라고 울면서 간구 드렸지요. 구급차에 실려서 병원에 가는 동안 제 기도 는 한 가지 저를 대신 가는 것이었지요.

그렇게 건강하시고 감기도 안 걸리시는 분이요 저는 온갖 병을 달고 살았지요. 면역이 없어 대상포진, 어지럼증, 이명, 손발 저림, 심장 두근거림, 수 없는 아픔을 보면서 아내 없는 세상을 살지 않 게 하시려고 하나님 아버지께서 부르심을 이제야 깨달았습니다. 6 년을 혼자 살아보니 먼저가신 분이 참으로 복된 것이라 생각이 됩 니다.

그동안 많이 힘들어 죽고 싶다 천국가고 싶다를 마음으로 달고 살았지요. 사단은 제 뒤에서 너는 못산다 죽어라 속삭였지요.

그러면 꿈속에서 오신 남편이 나 안 죽었다. 살아 있다하며 안 아 주며 위로 했지요 3년 동안은 매일 밤 꿈속에 찾아와서 위로했 지요 그러다 코로나가 터지고 어려워지자 "꿈에 와서 돈있나" 물었지요. 그래서 "당신 돈 오만 원을 줄까요" 하면 "아니" 하셨지요. 와사풍이 와서 눈이 내려오고 입이 내려오고 왼쪽 팔이 아파서 견딜 수 없어 도 보배들 걱정할까봐 말하지 않고 혼자 병원 다니며 쑥찜을하며 한의원에 3년을 다녔습니다.

그러다 콜링갓 기도 시간 브라이언 박 목사님을 만나며 자판기를 아침마다 만나면서 저는 새로운 삶을 살기 시작했습니다. 울면서 좌절했을 때 요한복음 14장 1절에서 31절 말씀을 주님이 주셨습니다. 항상 기도하며 읽은 말씀이지만 그날의 말씀은 아버지가 딸에게 주시는 귀하고 복된 말씀이라 제 눈물을 거두어 가셨습니다. 그리고 "항상 기뻐하라 쉬지 말고 기도하라 범사에 감사하라 이는 그리스도 예수 안에서 너희에게 향하신 하나님의 뜻이니라. 데살로니가전서 5장 6-8절 말씀을 주시며 웃기 시작했습니다. 억지로 소리 내어 웃습니다. 돌아보니까 살아온 세월이 웃게 만들었습니다. 제 이름을 부르며 웃습니다.

제일 행복했던 시간을 생각하며 웃습니다. "이성희 수고했다. 젊은 날에 잘 참아내고 잘 살아내서 고맙다. 발에게도 고맙고, 손에게도 고맙다. 눈에게도 귀에게도 고맙다. 하하하 내가 이리 늙을 줄을 몰랐네 하 하 하 내 몸은 늙어도 나는 서른 살이다 서른 살이다." 그러면서 머리를 두드립니다. 그러면 머리는 서른 살로 알아듣고 그때의 행복한 순간을 기억해 냅니다. 그 순간 우리 보배 사 남매를 가지고 낳고 낳고를 네 번이나 해낸 일을 기억하며 얼마나 행복한지 모릅니다.

장녀 벽옥 진주를 낳을 때는 밀양수산 교회에서 성탄예배를 드리고 친정에 다녀와서 아기를 낳으려 했는데 친정집에서 언니랑 형부랑 놀다가 배가 아파서 작은 방 내 어릴 적 언니랑 자던 그 방에서 우리 보배를 낳으며 첫 애기라 얼마나 산고가 심한지 친정 어머니랑 남편이 함께 땀을 흘리며 애쓰다 의사가 와서 주사를 엉덩이에 맞으며 순산을 했지요.

12월 26일 초저녁에 예쁜 보배를 안았지요. 둘째는 시어머니가 아들 안 낳으면 쫓아낸다 하시기에 하나님 아버지께 기도하여 얻은 아들인데 4년 후에 친정어머니 집으로 아기 낳으러 갔지요. 시어머니는 하숙생이 있어서 친정에서 낳으라고 할 때에 남편 거제 상고에서 근무하기에 저만 아기 낳으려 친정에 왔지요 6월이 예정일인데 7월 15일에야 통증이 오더니 남편이 오시자 새벽에 장남 남보석이 태어났습니다. 셋이서 고통을 함께하면서 저는 이웃에 소리 들릴까봐 잇몸을 깨물어서 나중에 잇몸이 다 내려앉아서 치료를 했지요 지금도 생각하면 등에서 땀이 나듯 하네요.

그 후 4년이 흘러서 부곡중학교에서 근무하며 셋방으로 다니던 우리에게 10만원을 주고 시골집을 사고 3년 뒤 셋째 보석 비취가 태어났지요. 그때는 남편 고성 영현중학교에 근무했지요. 3월 15일 사모님들과 이월 쑥떡을 먹으며 저더러 쑥떡 먹고 순산하라 하시더니 그날 밤 시어머니는 놀러 가시고 아이는 이모랑 자고 있는데 저는 배가 약간 이상하더니 방안을 세 번 엎드렸더니 아기가 쑥 나왔지요. 친정 어머니가 제게 아기를 낳을 때 네가 혼자 낳을 수도 이렇게 하라시며 탯줄을 아기 발끝까지 재더니 양쪽으로 실을 묶은 후 가운데를 가위로 잘라라 하셨지요. 그대로 자르고 아기를

복 주시는 하나님

보니 아들인줄알고 열 달 동안 기뻤는데 딸이라 조금 서운했지요. 태를 낳지 못하고 아기만 이불에 말아두고 있는데 시어머니께서 놀다가 오셔서 뒷박을 주시며 깔고 앉으라 하시기에 앉았더니 탯줄이 나왔지요. 막내여 동생이 달려와서 "언니야 아기가 너무 예쁘다 코를 세우자 코가 예뻐야 된다" 하며 코를 세웠지요 시어머니는 화가 나셔서 투덜거리시며 목욕을 시키고 첫밥을 해서 자는 두 보배들을 깨 워서 밥을 먼저 주시면서 "너희들 동생을 엄마가 낳았다. 잘 돌보고 해라 많이 먹어라" 하시며 미역국과 밥을 먹였지요 어른들의 지혜를 보면서 감사했습니다.

아가를 보면서 만져 보고 예쁘다고 하더니 자려고 이모랑 같이 옆방으로 갔지요. 보배들이 가고 난후에 아가는 소록소록 잠을 자고 울지 않았지요. 밥과 국을 먹고 아가를 안고 젖을 먹이는 순간 하나님 아버지로 부터 내려오는 그 사랑이 가슴에 차오르며 말로는 표현할 수 없는 그 황홀경에 사로잡히며 어쩌면 이 아기가 그렇게 예쁘고 사랑스러운지 행복하고 또 행복했지요. 세 번씩이나 고통을 겪으며 낳을 줄 알았는데 이 아가는 아프지 않고 순산을 한 기적은 하나님 아버지의 은총이라 여겨집니다. 시어머니는 딸이라고 부엌에만 가시면 바가지 소리가 났지요.

남편이 고성영현에서 달려와서 제게 수고했다고 위로하고 아가를 보고 "예쁘다 우리 아가 하며" 기뻐했지요. 그리고 어머니께 우리 보배가 아들이 아니라고 부곡까지 서운하다고 했다면서요. 아들 하나면 됐지 딸이면 어때요." 한 후 임해진 낙동강에서 가서 큰 잉어를 아이의 키만 한 것을 사와서 고아서 먹이라고 해서 일주일

동안에 다 먹 나니 이제 일어나서 밥해라 하더이다.

평소에는 어머니가 식사 준비를 하셨는데 딸 낳았다고 밥하라고 하더이다. 그래도 저는 행복해서 애 하고는 밥하러 나와 보니 연탄도 없고 나무도 없었지요. 안마을에 들어가서 사모님 집에서 연탄 화덕을 이고 와서 연탄을 때고 나무를 사러 마을에 가서 장작을 사왔지요. 저는 그저 행복하여 아무것도 마음에 서운하지 않았지요. 비취 보배가 처음 말을 배울 때 엄마 아빠도 아닌 "좋다" 하며 첫말을 하더이다. 우는 소리 떼쓰는 소리 한번 없이 예쁘게 자라서 지금도 그 말을 합니다.

또 4년이 흘러서 다음에 5월 15일에 막내 자수정 보배를 안게 되었지요. 이 보배는 남편이 영산 중학교에 근무할 때라 영산읍에 아기를 받아주는 조산원이 있다는 소식을 들었지요. 그날에 양수가 터지기에 조산원에 갔더니 아직 멀었다고 배가 아프거든 오라고 했지요 그때는 시골집을 두고 부곡 소재지에 땅을 사서 탁구장을 하고 있었지요. 영산장날이라 이곳저곳 다니며 아기가 나오려는 시 간만 기다리고 있었지요. 긴 봄날의 해가 다 지고 나니 배가 아 파서 갔더니 이제 준비 하라 하더니 금방 아기가 태어났지요. "아들입니다." 하는데 춤이라도 추고 싶었지요. 아 나는 이제 내 할 일을 다 했다. 이제 그 만 낳아도 된다는 안도감이 와서 너무 행했지요 아기를 낳으니 시어머니가 좋아서 미역국과 밥을 주시는데 배가 아파서 먹을 수가 없었지요. 밥만 먹으려 하면 배가 아파 오는 것입니다. 시어머니는 세 아이와 막내 여동생과 다섯 식구 때문에 가시고 아기 낳은 엄마인 제가 밥을 챙겨 먹어야 했지요 남편은

복 주시는 하나님

너무 좋아서 "당신 소원이 무엇이냐" 물었지요. 나는 부곡 온천에 가계를 안하는 것이라" 했더니 고시로 40만원 계약금 주었던 가게에 가서 돈을 받아와서 제게 주더이다.

불같은 성격인 남편이라 말을 못하고 있다가 네 번째 보석을 안으며 제 소원을 이루었지요. 보배가 고맙기만 합니다. 그리고 이름을 지어 와서 보이며 "법헌 살필체" 이현체 하며 아기를 보고 좋아했지요 그러나 저는 네 번째 아기를 보고 너무나 가여워서 견딜 수가 없었지요. 아기는 키만 커다랗고 눈과 코와 입은 또렷한데 살이라고 없이 고추만 커다랗게 보였습니다. 아기에게 미안했지요.

열 달 동안 탁구장 돈 벌면 저금하러 다니고 먹는 것도 못 먹고 시어머니와 세 보배들 먹이는 것 보내느라고 나의 몸은 돌보지 않아서 태교도 하나도 못하고 어찌해야 돈을 모을까만 생각했지요. 아기를 보는 순간 미안해서 젖도 모자라서 우유를 먹여도 먹지 않고 작은 젖만 먹고 자랐지요. 교회는 멀어지고 돈을 모은 일에 기를 쓰며 살다 이 보배들의 장래가 걱정되어 막내아들을 업고 세 아이들을 데리고 부곡교회에 등록을 하게 되었지요.

부곡교회는 20명도 안 되는 성도들이 있었고 큰 교회에서 15만원 보조 받으려 매달 가서 전도사님께 4만원을 드리고 있었지요. 그때 우리 가정이 1만 5천원 십일조를 내니까 자립이 되었지요. 그곳에서 장녀 벽옥진주를 첫 피아노 반주자로 키우며 13년을 반주자로 주일학교 교사로 청년회 부회장으로 자라더니 목사 사모가 되어 울주 평리교회 이호기 목사를 보필하며 음악 치료 박사과정을 공부하여 1월에 프랑스로 사역을 가게 하신 하나님 아버지 두 보배 예진 예찬 남매를 주시고 각자의 사명을 주신 주님께 감사드립니다.

부곡교회는 그 후 부흥이 되어 120명의 성도들이 교회를 크게 지으려다 생각이 달라서 절반이 나가고 절반이 남아서 아름다운 교회를 건축하여 하나님이 기뻐하시는 교회로 건축하신 이윤재 목사님은 교회 빚 다 갚으시고 다른 교회 가시고 간경화로 소천 하셨습니다. 60세에 가신 목사님이 꿈에 나오셔서 이성희 권사 고맙습니다. 목사님이 무엇인가 필요하다고 말씀하시면 최선을 다해 구해 드렸습니다.

지금 부곡교회는 손부경 목사님이 2004년 2월 24일 이 목사님과 바꾸어서 하나님이 기뻐하시는 교회를 위해 새벽 기도시간 직접 차를 운행하시고 은혜로운 목회를 하고 계십니다. 둘째 보배 장남 남보석은 목사가 안되고 서울에서 외교관이 될 거라 하더니 나중에는 탤런트가 된다고 집을 나가고 그 많은 세월을 성장통으로 아파하다가 온천병원사역과 노인대학 영어 강의를 하며 목사로서 지내다가 아버지 천국가시고 힘들어 하며 하면서도 여기까지 오게 하신 분은 하나님 아버지십니다.

세 번째 받은 비춰 보배는 절대로 시집 안가고 아빠하고 살거라 하더니 맏사위에게 좋은 친구 소개 해주라 했더니 삼성에 돈 잘 버는 사람을 소개해서 만나더니 일 년후에 결혼하고 절대로 목회하는 사람은 안한다고 해도 결혼 7년 만에 강권적인 부르심에 순종하여 지금은 광주 샘물교회에서 사랑의 무지개를 만들고 있으며 청소년 상담 사역자로 송원 대학교수로 지내며 하진, 현민 보배 낳

복 주시는 하나님

아 인도에 보내 공부시키고 살게 하더이다.

네 번째 미안한 우리자수정 보배는 네 번째 보석이라 호기심이 많아서 가만있지 못하는 성품 때문에 항상 조심스러웠는데 믿음으로 성령의 불을 받고 "난 은사할거야" 했지요. 그 현신애 권사님 집회에서 돌박이가 "아이구 뜨거워라" 하더이다.

군대 간 후 그 큰집은 사라지고 단칸방에 있는 부모와 형을 보고 한마디 말도 없이 하룻밤을 자고 군대로 돌아간 후 재대할 때까지 집에 오지 않았지요. 그동안 하나님 아버지께서 복음병원 호피스 자원봉사자 6년 동안 일을 다 보상해주시며 더 많은 것으로 채워 주셨지요. 달셋방에서 4개월 살고 세 개의 방이 있는 독채 월 20만원에 있게 하시고 암환자를 제게 붙이시고 그에게 회개 하고 천국가시도록 인도 하셨지요.

제가 나은 벧엘기도원에 올라 가셔서 나충자 원장님의 기도를 받으며 1년 살다 천국 가셨답니다. 그다음에는 다섯 개 있는 천만원 전세로 있게 하시고 나중에는 15평 아파트를 주시더이다. 그러나 112평 부자로 빚쟁이로 살아본 저는 그 어떤 곳에도 빚없이 자기 분수대로 사는 것이 참 행복인 것을 말하고 있습니다. 마지막 켄테이네에서 살면서도 하나님께서 오래 살게 안 하실 거라고 믿었습니다.

집 때문에 울은 것은 남편이 교사라 발령받고 갈 때마다 셋집에 사는 것 너무 싫어서 항상 울었습니다. 하나님 아버지께서 가는 곳마다 사랑받고 칭찬받고 살면서 울면서 헤어지고 다시 사람을 사귀며 살았습니다. 이제는 50년 살아온 부곡에서 모든 여행을 끝내고 천국을 바라보며 우리 보배들이 하나님 사랑 이웃 사랑 실천하며 살기를 기도하고 있습니다. 아차, 했으면 태어나지 못할 막내 자수정은 무남독녀 외동인 청옥 보석을 만나서 한결, 라엘, 은결, 삼남매 보석을 키우며 동일프로데이 아카데미 교장으로 대구 동일교회 부목사로 지내고 있더이다.

아버지 목사님 생전에 집에 오면 너는 누나가 아들이면 이 땅에 못 태어났어. 그러니까 용돈도 많이 주고가라 하시면 "알았습니다. 감사합니다." 하면서 용돈을 더 많이 주고 갔습니다. 아버지목사님은 "나는 교감이 안되어 학교를 명예퇴직을 했는데 너는 벌써 교감이 되었네" 하시며 기뻐하셨지요.

지난 5월에 교장이 되었다는 소식을 사돈으로 통해 듣고 전화하며 "아들 목사님 축하해요. 교장선생님 때문에 엄마가 더 조심스럽게 살아야지 고마워요. 엄마에게 뿔을 달아 주어서" 했더니 "예 어머니 명심하고 조심스럽게 살겠습니다."

하나님 감사합니다. 모든 영광을 홀로 받으소서. 9월 27일에 5박 6일로 독일로 부부가 사모 신학교 졸업 여행을 간다고 사돈에게 듣고 감사했습니다. 장녀 벽옥진주 부부가 대국 선교 간다고 19명 가시는데 기도 부탁하시더니 비취부부가 필리핀 단기선교 일주일을 간다고 사돈을 통해서 듣게 하더이다.

막내 자수정 목사에게 아버지 같은 동일교회 오현기 목사님은 이 부부를 얼마나 사랑하고 아끼시는지 배워라 가르치시며 인도하시니 머리 숙여 감사 또 감사드립니다. 남을 가르칠수 있을때까지 끝없이 배워야 하는 것이 사람의 일입니다. 우리 보배 첫 외손녀

복 주시는 하나님

예진이를 동일교회 그 큰 살림을 맡은 간사로 부르사 서울에서 불안한 할머니 마음을 헤아려서 찬양으로 세계를 다니다 꿈을 접고 대구동일교회로 내려와서 그 어려운 살림을 살아내는 우리 보배 황옥, 진주, 예진이, 예찬, 오직 하나님 아버지께 영광을 올려드립니다. 아버지를 이별의 순간도 없이 떠나보낸 우리 보배들이 얼마나 힘들고 고통스럽겠지만 엄마 앞에서는 열심히 살고 있는 모습을 보이려고 애를 쓰는 것 마음으로 느끼고 있지요.

세상에서 부모자식 갈라놓는 전염병은 명절이 와도 만나지 못하는 한해를 보내고 우리 보배들은 전염병 없는 고대도라는 곳으로 엄마를 태워가서 좋은 것 보게 하고 좋은 것 먹게 하고 쉬게 하며 둘째사위 사돈과 함께 올해 추석 명절에도 동일 프로데이 아카데미에서 먹고 자고 좋은 것 보게 하고 아름다운 자연 속에 6층 건물 속에 꿈나무들의 세계의 리더로 키우고 있는 것을 보고 오니 우리 대한민국의 미래는 이들의 손에 달렸기에 눈물로 축복기도를 드리고 행복한 시간을 보냈지요.

대구동일교회 성도들은 좋은 목사님을 만나서 죽어도 걱정이 없더이다. 부활의 동산이 있어서 성도들의 유골을 그곳에 묻고 대리석 벽에는 이 땅에서 수고한 그 이름을 떠난 날을 기록하여 한간에 81명씩 기록했더이다. 2005년부터 2022년까지 다 적혀 있어서 보면서 저분들은 참 행복한 교회를 만나다고 생각했지요. 고령이라는 알지도 못한 그 땅을 동일 교회에서 알게 하시고 초등학생, 중학생, 고등학생을 세계 속에 리더로 길러 내는 아름답고 보배로운 거룩한 땅에서 하룻밤을 지내며 삶과 죽음 이 공존하는 참으로 귀한 곳을 보게 한 우리 보배들에게 감사하며 축복합니다.

저를 이번 코로나 모진 고통을 견디게 하시고 아직도 이 땅에 할 일 기도하는 일을 위해 살게 하신 아버지 하나님께 모든 영광을 올려 드립니다. 후유증으로 조금만 무리하면 온 몸이 소리를 지르고 눈 아랑 귀랑 손과 발 모두가 반응을 해도 콜링갓 기도 시간을 보면서 함께 기도하고 2시 기도시간과 밤 12시 기도시간을 만나며 잠이 안 오면 내 주를 가까이를 몇 번이나 부르다 잠이 들면 자고 깨면 찬송하며 지냅니다.

목에는 첫소리가 나고 오른 귀는 안 들리고 오른 눈이 잘 안보여도 더러운 것은 보지 말고 좋은 것만 보라고 그러시나 보다 하며 웃고 또 웃습니다. 83세인 우리 언니 권사님은 날마다 "와 안 죽고 이리 오래 사는가. 엄마는 76세에 천국 가셨는데 나는 와 이리 오래 사노" 하십니다. 그러면 부산과 부곡에서 날마다 전화하며 언니가 기도하라고 살려 두신 거다 합니다.

언니는 늦게 예수님을 믿어 형부는 예수 믿고 천국 가시고 가족들은 두 손자가 예수 믿다가 군대 갔다 온 후 세상으로 빠졌는데 큰 손자를 4월부터 12번을 교회 나가고 아가씨와 사랑에 빠져서 교회 안 나간다 합니다. 우리 형제는 5남매인데 아들은 둘 딸은 셋인데 딸들만 예수님을 믿습니다. 언니는 권사님, 저는 권사요, 남편 목사 천국가시고 막내 여동생도 동서교회 목사 사모인데 남동생 둘은 믿지 않습니다. 남동생을 전도해야 하는 데 기도만 하고 있습니다. 삼형제 딸들이 간구하면 두 동생들도 예수님을 믿을 것이라 생각합니다.

복 주시는 하나님

언니의 삼남매도 어릴 적에는 교회 잘 갔는데 엄마 아버지가 회사 다닌다고 교회 안 가니까 다 안 나가게 되었다 하십니다. 언니는 제보고 자식들 잘 키웠다고 하지만 저는 울면서 기도한 것 밖에 없습니다. 지금도 저 보배들이 엄마 없는 곳에서 마음이나 상하게 하는 사람들이 없는가 오해하고 마음 아프게 하는 사람은 없는가 항상 기도하고 또 기도 드립니다. 누군가가 아프게 하면 그 이름 부르며 하나님 아버지께 일러 주면 됩니다. 그러면 용서해라 하십니다. 용서하고 나면 내가 삽니다. 미워하면 내가 힘듭니다. 병이 났습니다.

모든 것을 하나님께 아뢰면 하나님 아버지께서 위로해 주십니다.

하나님의 음성을 들으려면 영이 맑아야 합니다. 항상 사랑한다고 하십니다. 이 땅의 모든 사람은 하나님의 사랑의 꽃이라 하십니다. 이 꽃들이 잘 살다가 천국에 오기를 기다리십니다. 암병으로 힘드십니까? 위의 말씀을 계속 외우며 간구해보세요. 물질로 어려움을 당하십니까? 하나님 아버지께 구하고 찾고 두드리면 주십니다. 양식이 없어서 그냥 기도하고 있었더니 벧엘기도원에 원장님을 보고 하나님이 이성희 양식 주라고 해서 27만원을 보내와서 저는 놀랐습니다. 32년 되었네요. 하나님은 살아 계십니다. 바로 믿고 바로 살고 나도 섬기고 베풀면 만국 부자 아버지 하나님이 한없이 부어 주십니다.

저는 1998년 8일 15일부터 돈을 벌리려 가보지 않았습니다. 없으면 굶고 있으면 먹고 병이라도 기도하고 버티고 견디고 살았습니다. 그러면서 가정을 목숨 걸고 지켰습니다. 외손자들 돌보고 가정을 지키며 살며 89세 시어머니가 중풍으로 쓰러지셨는데 영도 병원에 입원하시고 어머니께 천국가시고 싶으시냐고 물으니 너 거 잘 되는가 보고 가거라 하시기에 그러면 기도하시자고 하면서 하루에 세 번씩 기도 드리며 살려 달라고 하며 식사를 죽으로 여섯 번씩 드리니 3개월 만에 걷게 되었고 10년을 건강하게 사시다가 99세에 새집에서 이제는 갈란다하시기에 백세 채우고 내년 4월에 가시라하니 네가 너무 아깝다 하시며 노인대학하지마라 일 많이 하지마라 하시고 11월 28일 주무시듯 천국 가셨지요. 가시기 전에 온가족들 전화 다하고 증 손자까지 잘 가셔요 증조할머니 하며 인사 후 우리 부부와 장손자 찬송 들으며 천국 가셨습니다.

복된 죽음은 우리 시어머니의 죽음과 친정어미님의 죽음입니다. 친정어머님도 95년 8월 15일 제가 갔을 때 "내가 곧 갈 것이니 너무 마음아파 하지마라 너는 하나님을 믿으니 괜찮은데 네 언니가 걱정이다 언니도 큰 교회가라고 해라" 그것이 마지막 이였지요. 30일에 웃는 모습으로 천국 가셨더이다. 두 분의 어머니 저도 본받고 싶습니다.

제가 사는 길을 인도하신 분은 하나님 아버지십니다.

오직 기도하며 말씀 붙잡고 말씀대로 될 것이라고 믿습니다. 자연을 통해서도 가르치십니다. 들국화 한 포기가 열여덟 가지가 나서 처음 만났을 때 51송이 나의 결혼 생활 알게 하더니 95송이를 그 다음 110송이 시어머니 살아계시면 연세라 그리워졌습니다. 125송이 들국화를 만나서 의자에 앉아서 하나님께 감사기도를 드렸지요 행복한 하루를 주셔서 감사합니다. 그러다 들국화는 지기

복 주시는 하나님

시작해서 지금은 네 송이가 남았습니다. 수고했다고 그 많은 꽃송이를 피우며 나를 행복하게 해준 것 너무 고맙다고 우리네 삶도 그렇게 살다가는 것이라고 하나님 아버지 실물 교육이더이다. 흑장미가 네 송이가 피어서 너무 감사했지요. 얼마나 향기가 나는지 밤이면 더욱 향기가 나더이다. 그러다 삼주가 지나면서 꽃잎이 시들어서 너무 가여워서 엉엉 울고 가지 아래 붉은 새싹이 두개가 나더니 금방 자라는 모습을 보며 내 눈물 방울을 보시고 장미 새싹을 보내신 것 같더이다. 한 가지만 새싹이 쑥쑥 자라서 꽃송이 보듯이 매일 보러가서 입술을 데며 호호 불어 줍니다. 시월에 핀 흑장미 처음이더이다.

이제 겨울이 오면 모든 것은 다 잠을 잡니다.

푸른 잎을 가진 것은 동백과 향나무 측백나무입니다.

그러나 봄이 오면 다시 깨어납니다. 황홀한 모습으로 웃습니다. 겨울을 지나야 봄이 오기에 사랑하는 사람들과 맛있는 음식 먹으며 수고한 손과 발과 온 몸에게 수고한다고 잘 이겨내자고 매일 매일 위로하면 좋겠습니다. 저는 새벽을 깨우며 이 땅에 모든 분들이 행복하시를 간절히 기도 드리며 삽니다.

온 세계가 서로 사랑하며 살기를 기도 드립니다.

이태원의 참사가 다시는 이 땅 없기를 눈물로 기도 드립니다. 아름다우신 하나님 아버지 사람은 존귀하고 보배라 하십니다. 믿음으로 사는 우리는 하나님 아버지 사랑의 꽃송이입니다. 아름다운 꽃송이로 모든 분들이 행복하시기를 간구 드립니다.

동화

빨간 딱지

지애는 샛별 유치원에 다닙니다.

동생 지훈이랑 아빠 엄마랑 행복했어요.

지애네 집은 이층집인데 이층에는 지애네 가족이 살고 일층에는 예쁜 인형들을 만드는 공장이었어요.

어느 날 밤이었어요.

아빠가 인형공장이 잘 안된다고 걱정을 했어요. 중국 인형이 들어와서 더 어려워졌다고 했어요. IMF 때문에 더욱 어렵다고 했어요. 지애는 IMF 사태가 무엇인지 몰라도 무서운 것이라 생각했어요

유치원에서도 선생님이 IMF 때문에 물건을 아껴야 한다고 하셨어요.

이웃에 사는 민재네 집에는 국수 공장을 하는데 IMF 사태라 밀가루 값이 많이 올랐다고 많이 힘들다고 하셨어요.

지애가 유치원에 다녀와서 엄마에게 물었어요. "엄마 IMF 사태가 뭐야?"

"왜 모두 겁을 내고 그래?" 엄마는 지애를 안으며 울먹였어요.

"지애야 넌 어리니까 몰라도 돼. 그냥 지금처럼 착하게 유치원 잘 다니고 동생 지훈이 잘 돌보아 주면 돼."

예쁜 엄마의 목소리가 한숨과 함께 나왔어요. 지애는 엄마 말씀처럼 유치원에 잘 다니고 동생 지훈이를 잘 데리고 놀아 주었어요. 그러던 어느 날이었어요.

지애가 유치원에 다녀와서 엄마를 불러도 집안에 아무도 없었어요. 일층에 인형 공장도 조용 했어요. 집안에 들어가서 티브이를 켰을 때 이상했어요. 옆면에 빨간 딱지가 붙어 있었어요.

아빠가 쓰시는 컴퓨터에도 장롱에도 붙어 있었어요.

지애는 빨간 딱지를 떼어서 친구 민재에게 보여 주고 싶었어요. 이웃에 사는 민재네 집에는 엄마 아빠가 다 계셨어요.

"지애 놀러 왔구나 어서와" "안녕하셔요. 민재 있어요"

"응 방에 있을 거다 같이 놀아라" 민재 엄마 아빠가 반가와 하셨어요.

지애는 이웃에 사는 민재랑 제일 친하게 지냈어요.

지애가 민재 방에 갔을 때 민재는 불럭 쌓기로 하고 있었어요. "민재야 뭐 하니?"

"응 지애니 어서와 같이 놀자."

지애가 빨간 딱지를 보이며 말했어요. "민재야 이거 예쁘지 네 줄려고 가져왔어."

"이게 뭔데 빨간딱지 그래 고마워 책속에 넣어 놔."

지애가 민재 책갈피 속에 넣어 두었어요.

지애는 엄마가 찾을 때까지 민재네 집에서 놀았어요. 해가 지고 어둠이 와도 지애를 찾으러 오지 않았어요. 지애는 집에 가고 싶었지만 빈 집이 무서웠어요. 이튿날 지애가 집으로 갔을 때 사람들이 웅성거렸어요. 아빠는 머리를 푹 숙이고 앉아 있었어요.

　"이거 봐요. 김 사장 이거 왜 떼었어요. 이거 떼면 법에 걸리는 것 몰라요."

　그러자 아빠가 힘이 없이 말했어요.

　"죄송합니다. 저는 그것을 떼지 않았습니다. 돈을 구하느라 어제 종일 집에 없었습니다."

　"거짓말 하지 말아요. 당신은 두 가지 죄를 지었어요." "정말입니다. 저는 모릅니다. 조금만 기다리면 돈을 구해 보겠습니다."

　지애는 두 눈이 동그래졌어요. 방안으로 달려가서 엄마에게 물었어요.

　"엄마 엄마 저 사람들 왜 저래 아빠보고?" 엄마는 통통 부은 눈으로 울고 있었어요.

　"지애야 어떡하면 좋겠니? 지애야 미안하다." 지애를 안고 엄마가 울자 지훈이도 지애도 따라 울었어요.

　"앙앙 엄마 울지마 아 엄마 울지마 엄마 앙앙앙" 지애는 무엇이 잘못 된 것인지 알 수가 없었어요. "엄마 저 사람들이 아빠보고 왜 저래?"

　"저 사람들은 돈 받아 주는 사람들이란다. 아빠공장이 잘 안되어 돈을 빌렸는데 못 갚아서 저러는 거란다."

　"그럼 어떻게 엄마 아빠 보고 잡아 간다고 했어. 앙앙" "모르겠어 나도 모르겠어. 지애야 우리는 어떻게 살지. 흑흑" 지애는 민재네 집으로 달려 갔어요.

"민재아 어제 준 빨간딱지 내게 도로 주어야 겠어. 그게 떼면 안 되는 거란다. 우리 아빠보고 떼었다고 난리가 났어. 앙앙앙" 민재는 놀라서 책갈피 속에 빨간 딱지를 지애에게 주었어요. 민재 아빠가 듣고 지애네 집으로 달려 갔어요.

빨간 딱지를 손에 들고 갔어요.

"어이 김 사장 무슨 일인데 지애가 우리 민재한태 빨간딱지를 주었다가 도로 달라기에 내가 가져 왔는데 무슨 일인가?" "돈을 얼마 빌리고 빨간 딱지 붙은 거야"

"응 이천만원 빌렸어. 어디 막을 길이 없어. 옛날 같으면 돌릴 수가 있는데 인형 공장이 워낙 경기가 없어. 중국 인형이 싸게 들어와서 우리 공장을 운영할 수가 없어. IMF시대잖아." "지애가 왜 민재집에 가서 울고 그랬니?"

"지애가 우리 민재에게 빨간딱지 선물했더라. 하하하" "그랬구나. 지애가 떼어서 내가 혼났지. 하하하"

"그건 지애가 민재를 그 만큼 좋아 한다는 거야. 하하하" "지애랑 민재는 제일 친한 친구니까 주고 싶은 거야. 하하하" 모처럼 웃음소리가 지애네 집에서 울려 퍼졌어요.

방안에서 울던 지애 엄마랑 지애랑 지훈이랑 다 낫었요. "이봐 김 사장 자네 나랑 사돈 안할 거야. 사돈이며 친구잖아 우리 국수 공장은 그런대로 운영이 되니까 내가 이천만원 돌려줄게 인형공장 처분해 그리고 우리 두 가정이 같이 국수 공장을 하자 그게 아이들도 우리도 모두 IMF시대를 견디는 게 좋을거야. 힘내자 우리 사돈."

지애 아빠가 민재 아빠를 안으며 말했어요.

"고마워 이사장 난 혼자인 줄 알았는데 자네가 정말 내 친구였어. 오늘 빨간 딱지 붙인 사람은 고향 후배이거든. 참 부끄럽고 괘씸해서 가족들 보기 더 미안해서 죽고 싶었어."

민재아빠가 등을 두드리며 말했어요.

"그 사람 아직 젊어서 그래 IMF시대라니까 미리 겁먹고 그러는 거야. 돈이 다가 아닌데 말이야. 사람이 얼마나 귀한지 몰라서 그래. 그 사람 이제 자네같이 좋은 선배 돈 때문에 잃었잖아. 그게 젊어서 몰라서 그래. 하하하 그 덕에 내가 좋은 사돈 만났지. 하하하"

민재 아빠는 기쁜 목소리로 더욱 위로를 했어요.

"IMF 사태는 함께 뭉치면서 이겨내는 거야."

우리 두 가정 함께 모아서 국수공장 해보자고 우리 국수공장 어차피 민재랑 지애 둘이 거니까 하하하하"

지금까지 울었던 지애 엄마의 눈에서 더 많은 눈물이 흘러 내렸어요. 지애는 웃고 있는 아빠랑 민재 아빠를 보면서 웃다가 울고 있는 엄마를 안아 주며 토닥토닥 두드리며 말했어요. "엄마 울지마. 이제 우리도 민재랑 같이 국수 공장한다고 하잖아. 나는 날마다 민재랑 놀아야지 울지마. 엄마 뚝 해야지."

지애 엄마는 지애가 토닥이는 손길이 너무 고마웠어요.

"아빠 미안해요. 내가 빨간딱지를 떼어서 민재 가져다주어서 아빠가 그 사람들한테 혼난거 정말 미안해. 아빠 앙앙앙"지애가 아빠의 품에 안기며 앙앙 우는데 모두 웃었어요.

"하하하 지애야. 아빠는 지애가 민재를 그렇게 좋아하는 줄을 몰랐지. 우리 지애 신랑하나 잘 골랐네. 하하하 "

지애는 아빠가 웃으니까 너무 좋았어요.

아빠가 웃으며 말했어요. "나는 벌써 딸 덕을 보는 복 많은 아빠네. 안 그래 여보 당신도 웃어라 어제 하루 마음 고생한 것 수렁에 빠졌다가 나온 마음이라 온 세상이 허망했는데 오늘 보니 참으로 살맛나는 세상이네. 우리 남은 날은 멋지게 웃으며

살아 보자. 이 사장 정말 고마워 큰 절을 받게나."

지애 아빠는 민재 아빠에게 엎드려 큰절을 했어요. 민재 아빠도 놀라서 마주 절을 하며 웃었어요.

"그래 오늘 사돈 상견례 날이라 생각하세. 하하하하"

슬픔에 잠긴 지애네 집에 기쁨과 행복한 웃음소리가 하늘 멀리 울려 퍼지며 IMF시대를 겁내지 않았어요

(추신: 이 동화는 IMF 사태때에 쫄딱 망했던 이성희 "명자"
엄마의 상상 동화입니다. 행복은 마음안에 있습니다. 행복하세요.)

사랑하는 이성경 내 언니에게

이성희 동생이 드림 5월 23일.

사랑하고 보고 싶은 내 언니야.

우리가 만난 지가 언제인지 모르겠네.

어느 사이 5월이 와서 내 마음이 아프면서 지나가네. 언니가 그렇게 살아가는 것을 대단하고 존경한다.

그 동안 수고한 것 우리의 하나님 아버지께서 다 아시고 나에게 아무도 신경 쓰지 말고 언니만 챙기라고 하신다. 돈도 다른 곳에는 보내지 말고 언니에게 보내라 하신다. 나는 하나님 아버지 말씀만 듣고 살아가기에 순종만 하면 된다. 언니야 하루만 힘내고 살아 보자 가족들은 걱정 마 하나님 아버지께 기도만 하자 모두가 잘되게 하실 거야.

5일에 결혼하여서 57년을 이 집안을 위해 눈물로 기도하며 살았는데 이제는 언니 가정을 알게 되어서 더 많이 기도하며 살아볼게 하나님 아버지께서 언니의 기도가 하늘나라에 다 올라가서 이제는 기다리기만 하면 된다.

언니야 우리 제일 예쁜 언니야 나는 지금도 언니랑 같이 찍은 사진을 날마다 보며 행복하게 지낸다. 57년의 세월이 내 앞에 다 사진으로 있어서 너무 고맙다.

우리는 이세 고목나무란다. 비바람 태풍을 겪으며 살고 있는 고목나무와 든든히 살다가 하나님 부르시면 가는 고목나무란다. 아직도 살았기에 꽃도 피고 잎도 피는 거란다. 언니가 할 일은 날마다 하나님 아버지께 그 가정과 교회와 나라와 세계를 위해 기도하는 것 나와 언니의 할 일이란다.

힘내고 큰 마음먹고 사랑하며 견디고 버티고 살아보자 주님이 부르실 때까지 우리 언니 파이팅. 기설이 질부 준규, 준현이 모두 행복 만들며 살자. 안녕.

하나님이 하셨습니다

밤 기도를 마치고 내가 매일 기쁘게

최 선규집사님 정애리 권사님 만났나이다.

브라이언 박 목사님 간증을 듣고 보게 하시더이다.

94년 6월 17일 차중에 찾아오신 전도하신 분이

세상에 빠져 할 것 다하고 사는 브리이언 박 목사님

교회를 모르고 무속신앙 가문인 부모님 가족들

하나님은 전도자 목사님 만날거라고 형의 꿈에

아버지가 말씀하시고 전도자 목사님 보내셨답니다.

그 목사님 기도 따라한 예수님 보혈로 이 죄를 씻어

하나님 자녀로 영접기도 하시고 뜨거운 눈물이 비 오듯

두 뺨에 타 내리는 알 수 없는 음성으로 회개하며 우는데

속에서 시커먼 것이 빠져 나가는데 스무 번이나 했고

형은 오십 번이나 빠져 나가는 것이라 했습니다.

"이것이 깨끗한 마음이라" 감동하며 전도하신

목사님 교회를 찾아갔답니다.

예배시간 통성 기도합시다. 하는데 이상한 기도가

입에서 나와서 방언의 은사를 받게 되었답니다.

10월 4일 신학을 하여 주의 종의 길을 갔답니다.

주님 영접한 4개월 만에 부르심을 입었답니다.

주님이 가르치시고 말씀 하시는 데로 순종하며

개척 교회를 시작하여 사역하던 중에

목사님 기도가 "하나님 저는 하나님을 내 어깨에 모시고 자랑하며

술 담배 마약하던 나를 이렇게 만나 주셨다고 전하고 싶습니다"

했더니 교회를 문을 닫고 집회에 나가라 하시는데

순종하며 있었더니 정말 집회에 부흥 강사로 부르시고

한 번도 자신이 문을 두드리지 않고 하나님이 보내사

부흥 집회를 다니시며 "하나님이 하셨습니다. 하나님이 하셨다"고

간증하시며 예수님이 하신 것처럼 말씀을 가르치고

각색 병을 고치시고 모든 약한 것을 고치시게 하셨답니다.

오직 성경 말씀으로 가르치시고 기도하시면 기적이 일어나서

왼쪽 귀먹은 권사님 귀를 고치시고 권사님이 목사님 말씀 너무

시끄럽다고 하시는데 자신의 귀가 고쳐진 줄을 몰랐답니다.

성령님께서 지금 이 시간 왼쪽 귀먹은 사람 고침 받았다하자

권사님 자기 왼쪽 귀를 고치심 받은 알고 감사하셨답니다.

이 말씀을 적는 이 시간 1시 51분인데 제 왼팔도 무거운 것들어

너무 아파서 올리지 못했는데 지금 깨끗이 나아서 자판기를

두드립니다 "할렐루야 하나님 아버지 하셨습니다.

오늘을 주시고 저녁기도 시간에 졸리게 하고 왼팔은 아파서 쑤

시는데 그래도 기도드리며 정신이 혼미하여 기도줄을 놓치고 새벽인지 저녁인지 분간이 안되더이다.

이런 일은 없었는데 기도를 방해하는 어두운 영들이 자꾸만 방해하는 것을 느끼며 기도를 마치니 12시 22분인데 브라이언 박 목사님 사이트를 열게 하시더이다.

그 시간 '내가 매일 기쁘게'가 방송이 되었고 브라이언 박 목사님 간증을 듣게 하셨습니다. "하나님이 하셨습니다. 아멘"

은혜를 받으며 제가 기도드린 것을 적어 봅니다.

"하나님 아버지 제가 걸어온 고난의 길에서 행복의 길을 걸어 가는 이 행복을 이웃들에게 전하게 하소서. 하나님 한 분만이 나의 행복인 것을 전하게 하소서." 이 기도대로 다섯 번째 책을 만들려고 준비를 합니다. 네 권의 책을 내면서 감사는 했으나 지금처럼 행복을 몰랐습니다. 만 권의 책이 세상으로 날개를 달고 나갔습니다. 고통의 시간 원망의 시간 좌절의 시간을 지나서 이제는 아름다운 봄동산을 걸으며 날마다 하나님 아버지 날개 그늘 아래서 기쁘고 즐겁게 춤추며 기도와 찬양으로 삽니다.

하루가 천년같이 귀하게 여기며 만나야 할 사람 찾아 위로하며 행복을 나누고 살아가고 있습니다.

이 행복이 어디 숨어 있다. 이제 만나게 되었을까요. "하나님이 저를 말씀으로 찾아 오셨습니다."

브라이언 박 목사님처럼 성령의 음성을 들으며 삽니다. 이해가 안 되는 사람은 저를 이상하게 보았습니다. 마음이 청결한자는 하나님을 볼 것이라 하셨습니다.

복 주시는 하나님

날마다 하나님의 솜씨인 자연을 보면서 음성을 듣습니다. 아름다운 새들도 제게 보내셔서 행복합니다.

들깨를 던져주며 자주 놀러 오라고 하며 행복합니다.

시계가 2시 15분인데 이제는 내 주를 가까이 찬송을 부르며 자야겠습니다. 브라이언 박 목사님 혹이 녹아지도록 9월부터 기도드립니다. 제 오른 손목에 콩알 같은 혹이 났는데 작년 12월 20일 콜링갓 기도시간에 "하나님 아버지 제 암도 32년 전에 녹여 주셨는데 이것도 녹여 주셔요." 하고 나서 다음날 새벽기도 시간에 만져보니 깨끗이 없어졌습니다.

"할렐루야 하나님이 하셨습니다." 저는 간증하며 기도하면 고쳐주신다고 미운 사람이 없고 다 용서하고 성령의 아홉 가지 꽃밭이 되라고 합니다.

미운 사람이 생기지요. 그래도 내 마음 밭에 뿌리가 내리지 말게 해야 합니다. 아 행복한 이 시간을 주신 하나님 아버지 참 감사합니다. 아파서 들지도 못한 왼팔이 너무 예쁘고 고맙습니다.

제 몸에게 수고했다고 말하고 감사 기도 드리고 잘렵니다.

이글을 읽는 모든 분들에게 제게 주신 행복을 나누어 드립니다.

참 감사합니다. 행복한 새벽입니다. "하나님이 하셨습니다"

2023년 12월 13일 새벽 2시 28분

붙이지 못한 편지

사랑이 많으신 대통령님께 어둠 속에 빛나는 등불이신
하나님 아버지의 은혜와 권능과 사랑이 이 나라와 대통령님께
임하시기를 진심으로 기도 드립니다.

여호와여 주는 등불이시오니
여호와께서 나의 흑암을 밝히시리이다.
내가 주를 의뢰하고 적군을 달리며
내 하나님을 의지하고 성벽을 뛰어 넘나이다.

(사무엘하 22:29-30)

　다윗의 승전가를 읽던 중에 감히 대통령님께 이 편지를 쓰게 되었나이다. 힘내시고 인내하시고 더 많이 깊이 대한민국을 살펴 주소서. 애매한 짐승들이 우리 인간들 대신 죽어가고 있습니다. 이것은 하나님 아버지의 징계입니다. 회개합니다.

　하나님 아버지 마음으로 이 나라를 사랑하시기에 온역이 지나가게 될 것입니다. 그리고 자유 평등 평화 아름다운 대한민국을 배고픈 이 없는 복지 국가로 이루어질 것입니다.

　이 땅을 바라보신 하나님 아버지께서 대한민국을 얼마나 사랑

하시는지 모릅니다. 이 땅에 IMF를 만나기전 우리는 너무 흥청 거렸습니다. 무조건 큰 집 큰 차 큰 것으로 자랑하다 쫄딱 망했습니다. "이래서는 안 되는데 사람들이 이래서는 벌 받을 것인데…" 이런 마음이 올 때에 하나님 아버지께서 물질을 치셨습니다.

첫째 부모를 버리는 죄, 둘째 유산 시키는 죄, 셋째 자식을 우상화하는 죄, 넷째 재물을 쌓아놓는 죄, 다섯째 음란 도박하는 죄, 여섯째 부부 관계 잘못된 죄, 일곱째 청년의 때를 헛되이 보내는 죄, 여덟째 무관심 하는 죄, 아홉째 사치 연락하는 죄, 열째 음식을 버리는 죄. 이 열 가지 죄악을 알게 하셨습니다. 장로님 대통령님께서 전국에 하루 금식을 선포하시면 좋겠습니다.

1996년 10월 4일 금요일 밤 나의 죄 민족의 죄를 안고 펑펑 울었습니다. 교회가 하나님 사랑 이웃사랑을 입으로만 부른 곳이 많았습니다. 1997년 12월 IMF 폭탄으로 얼마나 많은 사람과 기업들이 쓰러졌습니다. 그곳에 저희 열두 가족들도 있었습니다. 112평이나 되는 건물과 148평 땅이 공중으로 날아갔고 동전 한 푼 없는 빈 손이었습니다.

그때 저는 하나님 아버지 마음을 알고 길을 찾아 떠났습니다. 산골 유황온천 마을에서 부산 영도복음병언 봉사와 섬김의 길을 선택 했습니다. 지금까지 우리 가정을 위해 살았다면 이제는 이웃의 아픔을 찾아서 호스피스 자원 봉사자의 길을 택했습니다.

무엇을 먹고 살것인가.

마태복음 4:4 "예수께서 대답하여 가라사대 기록되었으되 사람이 떡으로만 살 것이 아니요 하나님의 입으로 나오는 모든 말씀으로 살 것이라 하였느니라 하시니"

우리는 어디로 가는가

요한복음 14:6 "예수께서 가라사대 내가 곧 길이요 진리요 생명이니 나로 말미암지 않고는 아버지께로 올 자가 없느니라"

우리의 고향은 어디인가

빌립보 3:20 "20오직 우리의 시민권은 하늘에 있는지라 거기로서 구원하는 자 곧 주 예수 그리스도를 기다리노니"

이 문제의 해답을 알고 부터는 항상 웃고 살게 되었습니다. 1998년 8월 15일 제 삶을 새롭게 시작하게 하신 하나님 아버지께서 33년을 훈련하신 후 아름다운 봉사자의 길에서 빈 손으로 나가는 길에 아름다운 비단천을 만들게 하시더이다.

영도 복음병원 제 13기 호스피스 자원봉사자 14기 봉사자들이 함께했던 1998년 9월부터 2004년 12월까지 참으로 많은 사랑 속에 삶이 무엇인지를 진심으로 알게 했던 시간들이었습니다. 믿음이란 어떤 고난도 이겨 내게 하는 역발산이었지요. 열두 가족이 모이면 맛있는 것 먹고 웃고 행복했습니다.

돈 걱정 집 걱정 몰려 와도 이기게 하셨고 오만원이라도 생기면 빚을 갚아가며 살게 하시더이다. 결혼한 두 딸의 가정은 영도에 모여 견디고 힘을 내게 했지요. 집으로 가면 울었던 두 딸과 사위들이 너무 고맙고 미안합니다.

대통령님 구제역 때문에 북한 때문에 반대자들 때문에 홀로 앉아 얼마나 영혼과 육신의 겪고 계시는지 잘 알고 있습니다. 꼭 승리하실 것입니다. 이 민족의 죄악들을 보며 대신 회개하는 저희들이 이 땅에 의인들이 있기에 하나님 아버지께서 용서하시고 좋은 길로 인도하실 것입니다.

다윗왕의 승전가가 대통령님의 기도로 인해 울려 퍼지게 하시기를 기도드립니다. 한 번도 남의 나라 것을 빼앗지 않던 우리 민족 대한민국 우리 조국입니다. 이 민족이 회복되는 길은 죄를 무서워하고 하나님 아버지 사랑을 실천하는 길입니다.

이 땅에 내린 징계는 우리 그리스도인들이 빛과 소금 역할을 못하고 예수님 말씀대로 살지 못한 죄 때문입니다.

네 명중 한명이 예수님 믿는 나라가 이렇게 죄악이 관영한 것은 모두의죄 나의 죄입니다. 대통령님 힘내시라고 한 편지가 도로 마음을 아프게 하여 마음이 저려 옵니다.

다윗의 승전가를 꼭 읽어 보시고 사무엘하 22:1-51절 말씀대로 대통령님과 후손들에게와 이 땅의 그리스도인들과 회개하는 모든 분들에게 축복으로 임하실 줄을 믿습니다.

제 삶이 끝나는 날까지 기도 드리겠습니다. 사랑합니다.

정말 존경합니다. 국민을 부모 형세같이 섬기겠다 하신 말씀, 그 아름다우신 마음 하나님이 아실 것입니다.

승리 하시기를 기도 드립니다. 억분의 일이라도 위로가 되시기를 주님의 이름으로 기도 드립니다.

2011년 2월 25일 12시30분
경남창녕군 부곡면 원동1길8 촌부 이 성희[명자] 드림
이 편지를 2023년 8월 25일 발견하여 이명희 국장님께 드렸습니다.

사할린에서 58년 전에 오신 사촌 오빠가 주고 가신 사할린산
예쁜 손수건이 제 가방에 있더이다.
밀양군 단장면 사민리 구천리 고향에 살고 싶어해도 올 수가 없어
울다가 교통사고로 세상 떠난 오빠의 선물입니다.

이성희 시와 수필집

복 주시는 하나님

■
초판 1쇄 인쇄 / 2024년 3월 10일
초판 1쇄 발행 / 2024년 3월 15일

■
지은이 l 이 성 희
펴낸이 l 민 병 문
펴낸곳 l 새한기획 출판부

■
주소 l 04542 서울특별시 중구 수표로 67 천수빌딩 1106호
TEL l (02)2274-7809 / 070-4224-0090
FAX l (02)2279-0090
E-mail l saehan21@chol.com

■
출판등록번호 l 제 2-1264호
출 판 등 록 일 l 1991. 10. 21

값 20,000원

ISBN 979-11-88521-85-2 03810

Printed in Korea